Allison Hoover Bartlett

Allison Hoover Bartlett est une journaliste américaine. Elle écrit pour *The New York Times*, *The Washington Post* et le *San Francisco Chronicle Magazine*. Sa curiosité pour les livres anciens naît le jour où un ami lui fait découvrir un herbier du XVIIe siècle. *L'homme qui aimait trop les livres* (Éditions Marchialy, 2018) est son premier ouvrage. Il n'était, à l'origine, qu'un article, repris dans l'anthologie *The Best American Crime Reporting 2007* (Kindle Edition, 2007).

L'HOMME QUI AIMAIT TROP LES LIVRES

ALLISON HOOVER BARTLETT

L'HOMME QUI AIMAIT TROP LES LIVRES

Traduit de l'anglais (États-Unis)
par Cyril Gay

MARCHIALY

Titre original :
THE MAN WHO LOVED BOOKS TOO MUCH:
THE TRUE STORY OF A THIEF, A DETECTIVE,
AND A WORLD OF LITERARY OBSESSION

MIXTE
Papier issu de sources responsables
FSC® C003309

Pocket, une marque d'Univers Poche, est un éditeur qui s'engage pour la préservation de l'environnement et qui utilise du papier fabriqué à partir de bois provenant de forêts gérées de manière responsable.

Éditeur original : Riverhead Books

ISBN : 978-2-266-29862-9
Dépôt légal : janvier 2020

ALLISON
HOOVER BARTLETT

L'HOMME QUI AIMAIT TROP LES LIVRES

Pour John, Julian et Sonja

Que celui qui volera, empruntera ou ne retournera pas ce livre à son propriétaire soit frappé de paralysie et qu'il perde ses membres. Que les vers de livres lui rongent les entrailles, telle la marque du ver qui ne meurt point, et que les flammes de l'enfer le consument à jamais.

Anathème trouvé
dans un manuscrit médiéval
du monastère San Pedro
à Barcelone.

J'ai connu des hommes qui ont risqué leur fortune, ont traversé le monde, ont oublié leurs amis, ont même menti, trompé et volé, tout cela pour mettre la main sur un livre.

A. S. W. Rosenbach,
libraire du XXe siècle.

Prologue

Sur un coin de mon bureau repose un livre vieux de presque quatre cents ans, enveloppé de nombreux mystères et d'un vieux sac en lin. C'est mon ami Malcolm qui l'a trouvé alors qu'il accomplissait la désagréable tâche de trier les affaires de son père après son suicide. Il y avait une note manuscrite sur le sac qui commençait par ces mots : « À qui de droit », et qui expliquait ensuite comment, quelques années auparavant, une amie avait emprunté ce livre dans une bibliothèque universitaire où elle travaillait et l'avait malencontreusement emporté avec elle après son déménagement. Elle disait qu'elle avait voulu le retourner anonymement à la bibliothèque, mais qu'elle n'avait pas eu le temps de s'en occuper. Délicatement, Malcolm sortit du sac le tome lourd et volumineux avec ses fermoirs en cuivre étincelants. « Il est magnifique, non ? » dit-il en me le passant. Je pensai immédiatement : Effectivement, il est magnifique. Puis : Il est volé.

Le lendemain, je me réveillai avec le livre en tête. Est-ce que cette histoire racontée dans la note était vraie ? Dans le cas contraire, d'où venait ce livre ? Il était écrit en allemand, avec quelques mots de latin, mais de quoi traitait-il ? Avait-il une quelconque valeur ? Malcolm accepta de me le laisser pour quelque temps. Avec l'aide d'un ami germanophone, d'un bibliothécaire et d'un libraire de livres anciens, j'appris qu'il s'agissait d'un exemplaire du *Kräuterbuch* (« herbier[1#] ») de plantes médicinales de Hieronymus Bock, un botaniste et médecin allemand. Après les autodafés du Moyen Âge, les savoirs de la médecine traditionnelle s'étaient perdus, si bien qu'au moment de la publication du *Kräuterbuch* en 1630, ce livre avait permis de revenir aux anciens remèdes, ce qui était révolutionnaire pour l'époque[*].

Le *Kräuterbuch* pèse six kilos, et sa couverture en chêne est recouverte de cuir de porc[2]. Elle est lisse, même si on peut y voir des motifs floraux concentriques et des enjolivures embossées qui ont été noircis par les mains de ceux qui l'ont tenu. J'allai le montrer à John Windle, le libraire de livres anciens de San Francisco, et il me raconta que ceux qui commandaient un exemplaire du *Kräuterbuch* au XVIIe siècle devaient payer un supplément pour que les illustrations soient colorisées, ce que fit le propriétaire de cet exemplaire-ci. Les couleurs, pour la plupart dans des teintes olive ou vert argenté, jaune moutarde et lie-de-vin, étaient négligemment appliquées, ce qui, comme me l'indiqua Windle, était

---

Les appels de note numérotés renvoient aux notes de fin d'ouvrage, p. 255. *(Toutes les notes sont de l'auteure.)*

* Hieronymus Bock était un homme sujet à controverse. En qualité de médecin et métaphysicien, il estimait que chaque plante correspondait à une partie du corps.

Échange d'e-mails avec Barbara Pitschel, conservatrice de la bilbiothèque du Jardin botanique de San Francisco. *(Toutes les notes sont de l'auteure.)*

une marque d'authenticité. Si vous tombez sur un exemplaire méticuleusement peint à la main, il y a de bonnes chances pour que ce soit l'œuvre du commis d'un libraire du siècle dernier afin d'augmenter la valeur du livre[3]. Pour ouvrir le *Kräuterbuch*, vous devez le presser entre vos mains, afin de libérer les fermoirs de cuivre en forme de colonnes égyptiennes, évasées à l'extrémité en de magnifiques palmiers. Lorsqu'on les tourne, les pages émettent un craquement étouffé, qui n'est pas sans rappeler le bruit d'un drapeau par un après-midi venteux, et elles dégagent une odeur sèche et boisée, une combinaison de moût et de suavité qui me rappelle les livres de mes grands-parents. J'associe toujours l'odeur d'un vieux livre à l'époque à laquelle il a été écrit, comme si son parfum émanait directement du décor dans lequel se déroule l'histoire. Dans le cas du *Kräuterbuch*, cette odeur a fait un long voyage dans l'espace et le temps depuis l'Allemagne de la Renaissance. En passant ma main sur les pages, je sens de légères ondulations, probablement dues à l'humidité, mais aucune n'est déchirée. La page de garde a disparu, mais j'ai appris que cela n'avait rien d'inhabituel. Le papier coûtait cher au XVIIe siècle, et une page blanche pouvait très bien être découpée pour servir de papier à lettres, pour emballer du poisson[*], ou à toute autre fin plus utile que de rester vierge au début d'un livre. Quand je demandai à Windle combien le livre pouvait valoir, il me répondit que, vu son bon état, il l'estimait entre 3000 et 5000 dollars.

---

* « Il y a une histoire très connue à propos d'un universitaire allemand du XIXe siècle qui s'est rendu chez un poissonnier un jour. Il aurait vu les poissonniers arracher les pages d'une bible pour emballer le poisson. »

Interview de John Windle par l'auteure.

J'en fus agréablement surprise, mais dans la mesure où ce livre ne m'appartenait pas, je n'avais aucune bonne raison d'éprouver une telle satisfaction.

En parcourant le livre avec une amie germanophone et sa mère (plus accoutumée au lettrage ancien), nous avons découvert des remèdes à toutes sortes de maladies physiques et mentales, allant de l'asthme à la schizophrénie, et d'autres qui servaient à venir à bout de maux bénins[4]. À la page 50 par exemple, pour « une mauvaise odeur sous les aisselles », on recommande une longue liste d'ingrédients : aiguilles de pin, bulbes de narcisses, feuilles de laurier, amandes, noisettes, châtaignes, chêne, tilleul et bouleau, bien qu'il ne soit pas indiqué comment les employer exactement. Les cerises séchées aident à combattre les calculs rénaux et les vers. Les figues séchées accompagnées d'amandes sont recommandées en cas d'épilepsie. Mon remède préféré, toutefois, concerne la déprime. « Souvent, la juste gaieté nous manque, et si nous n'avons pas de vin à cet instant, nous serons pleinement satisfaits lorsque nous en aurons. »

Le texte apparaît à travers les pages du *Kräuterbuch* d'une manière fantomatique, laissant croire que ce qui existe sur ces feuilles pourrait se dissoudre à n'importe quel moment ou s'estomper entièrement. Mais ce n'est pas arrivé en trois cent soixante-quinze ans. Le *Kräuterbuch* n'a pratiquement pas bougé depuis qu'il a été relié. Le plus impressionnant est de voir à quel point sa main ne s'est pas affaissée et comment ses fermoirs résistent encore. Il contient une forme d'inflexibilité coriace qui a tenu le coup durant toutes ces années, et il me fallut du temps avant de comprendre que je ne l'abîmerais pas en le consultant.

J'en avais appris long sur ce livre, mais j'ignorais toujours d'où il provenait. Au cours de mes recherches sur les vols de livres anciens, je ne trouvai aucune information sur le *Kräuterbuch* – même la conservatrice de la bibliothèque dont le livre portait l'estampille n'en avait aucune trace. Cependant, je tombai sur quelque chose de beaucoup plus intrigant : un nombre incalculable d'histoires de vols. Certains avaient eu lieu quelques semaines ou quelques mois auparavant, d'autres il y a plusieurs années, que ce soit à Copenhague, dans le Kentucky ou à Cambridge[5]. Ils avaient été perpétrés par des chercheurs, des prêtres, des esprits cupides, et d'autres personnes qui me fascinaient plus encore : des frappadingues qui ne volaient que par amour des livres. Le nom de Ken Sanders apparaissait dans plusieurs récits. Il s'agissait d'un libraire de livres anciens qui s'était improvisé détective. Il avait poursuivi, pendant trois ans, un certain John Gilkey, devenu le plus grand voleur de livres de ces dernières années. Lorsque je contactai Sanders, il m'expliqua qu'il avait participé à l'arrestation de Gilkey deux ans plus tôt, mais que celui-ci était sorti de prison depuis. Il n'avait pas la moindre idée d'où il vivait et doutait fort que je puisse le trouver. Il estimait aussi que Gilkey faisait partie de ceux qui volent par amour des livres. Voilà une motivation que je pouvais comprendre. Il fallait que je le rencontre.

Plus j'en apprenais sur les collectionneurs, plus je me considérais comme l'un d'entre eux : pas une collectionneuse de livres, mais des histoires que je récoltais au cours de mon enquête. À l'image de ceux qui sont gagnés par la frénésie à mesure que leur collection prend forme, plus j'obtenais des informations plus j'en demandais. Je découvris ce qu'était le vélin, le bougran, les errata et les tranches à témoins. Mes carnets de notes se multipliaient pour former une pile haute comme dix *Kräuterbuch*. En accumulant des anecdotes sur des voleurs, des libraires, et le monde du livre ancien, j'en vins à comprendre que cette histoire n'était pas qu'une simple compilation de délits mis bout à bout, mais qu'elle parlait aussi de la relation intime, complexe et parfois dangereuse que les gens ont avec les livres.

Cela fait des siècles que les bibliophiles et les escrocs s'affrontent au sein de ce petit monde, et cette histoire en est l'écho. C'est aussi une mise en garde pour tous ceux qui prévoient de devenir libraires de livres anciens. On peut aussi finalement voir cette histoire comme une leçon pour tous les écrivains qui, comme moi, abordent un sujet en croyant naïvement qu'ils pourront s'y intéresser comme on regarde passivement un défilé.

Lorsque j'écrivais ce livre, le *Kräuterbuch* trônait sur un coin de mon bureau. Je savais que mon ami voulait le rendre, mais dans la mesure où la conservatrice m'avait dit qu'il ne leur appartenait pas, j'estimai qu'il n'y avait pas péril en la demeure. Par ailleurs, j'appris que lorsqu'un livre manquait à l'appel depuis plusieurs années, les bibliothécaires se débarrassaient des documents qui lui étaient attachés : à la fois dans un geste de désespoir et de frustration, mais aussi de protection, car ils ne voulaient pas que l'on apprenne qu'ils avaient perdu un ouvrage, tout particulièrement lorsque celui-ci avait de la valeur. La bibliothécaire du *Kräuterbuch* m'avait expliqué qu'après la mise à jour du système informatique, les informations contenues dans l'ancien fonds avaient été perdues. Peut-être que le *Kräuterbuch* faisait partie du lot. Je conservai ce livre pendant des semaines, puis des mois, et me disais : *Je m'en occuperai plus tard.* Je le feuilletais à l'occasion. Sur une illustration, on peut voir au pied d'un pommier (*Apfelbaum*), parmi les fruits tombés, un crâne et un os. Il doit donc y avoir une pomme empoisonnée ! Sous un arbre d'une autre espèce, des hommes portant une casquette et une culotte vomissent. Et à côté d'un troisième arbre, des garçons au visage angélique, entièrement nus à l'exception d'une ceinture qui entoure leur large ventre, sont accroupis en train de déféquer. Lorsque je tourne la page, il y a des hommes et des femmes qui dansent ivres à côté d'un arbre encore différent. Même un illettré pouvait saisir les propriétés de chaque plante. Mon illustration préférée se trouve presque à la fin du livre : c'est un dessin circulaire très élaboré d'une douzaine de visages symbolisant chacun un type de vent, ils soufflent dans des directions distinctes et, toutes joues gonflées, prodiguent un remède ou un mal particuliers. De petites taches irrégulières, que l'on appelle des rousseurs, recouvrent cette illustration et parcourent l'ouvrage, elles sont causées par l'humidité et le manque d'aération[6]. D'autres taches ont, elles, plutôt des formes de gouttes. De quoi donc ? Du vin, de la cire, des larmes ? Chaque page renferme un mystère, une histoire.

Dès que je referme le *Kräuterbuch* et presse sur la couverture pour rabattre les fermoirs, il exhale comme un soupir et s'affaisse. Je me rassure en me disant que je vais, bien évidemment, le retourner à son propriétaire, quel qu'il soit. Et en attendant, j'aurai conservé un livre qui ne m'appartient pas, et j'aurai essayé de ne pas penser à ce que cela disait de moi.

Comme un papillon autour de la flamme

1

Le 28 avril 2005, le temps était doux et radieux, c'était l'une de ces journées de printemps new-yorkaises où tout semble possible et, à l'angle de Park Avenue et de la 66e Rue, une file d'optimistes s'allongeait. C'était l'ouverture du Salon du livre ancien de New York, et les gens attendaient que la chasse au trésor commence. Le salon a lieu tous les ans au Park Avenue Armory, un édifice détonnant aux allures de château fort, avec tourelles et meurtrières, dont un historien a dit qu'il est assez vaste pour qu'une formation en rang, quatre par quatre, puisse entrer et sortir. Ce n'est pas ce genre de formation que je trouvai à mon arrivée, mais un flux constant de bibliovores qui passaient les portes, impatients d'être les premiers à voir et à toucher les objets de leurs désirs : premières éditions contemporaines, textes avec enluminures, americana, livres de droit, livres de cuisine, livres pour enfants, histoires de la Seconde Guerre mondiale, incunables[1], ouvrages lauréats du prix Pulitzer, histoires naturelles, littérature érotique, et autres tentations innombrables.

À l'intérieur, les agents de sécurité avaient pris position et étaient prêts à expliquer, à deux reprises aux personnes les plus indignées, que tous les sacs, à moins d'être d'une taille infime, devaient être déposés au vestiaire. Des éclairages avaient été disposés en hauteur, vifs et brûlants, comme des projecteurs sur une scène et, en entrant dans le salon, je me sentis comme une comédienne sans son texte. Depuis que je suis adolescente, je suis une fouineuse invétérée des marchés aux puces, à l'affût d'objets beaux et intéressants. Parmi mes dernières trouvailles, j'affectionne tout particulièrement une vieille mallette de médecin que j'utilise comme sac à main, des pièces de bateau en bois qui sont aujourd'hui accrochées au mur de ma maison, et un vieux kit d'horloger avec des fioles remplies de minuscules pièces détachées. (Lorsque j'étais adolescente, mes découvertes préférées étaient des bijoux fantaisie et des enregistrements pirates sur cartouche que l'on écoutait dans le van de mon petit copain.) Ce salon du livre n'avait absolument rien à voir avec tout ça. À mi-chemin entre le musée et la foire, l'endroit était rempli de livres qui valaient à eux tous des millions de dollars et rassemblait assez de reliures en cuir patinées pour qu'un décorateur d'intérieur s'évanouisse. Des collectionneurs avançaient d'un pas déterminé vers des stands précis, et des vendeurs mettaient leur marchandise en valeur sur des étagères tout en jetant un œil sur les dernières acquisitions des uns et des autres, juchées dans des boîtes en verre scintillantes. Ils disposaient même certains livres au milieu de leur stand, où n'importe qui pouvait les prendre et les feuilleter. Tout le monde sauf moi semblait avoir une idée précise de ce qu'il cherchait. Ce que je voulais n'était pas aussi clairement défini qu'une première édition ou un manuscrit enluminé.

J'aime lire des livres et j'en apprécie le charme esthétique, mais je n'en collectionne pas. J'étais venue à ce salon pour comprendre ce qui pousse les autres à le faire. Je voulais voir de près le monde des livres rares, cet endroit dont les us et coutumes me sont parfaitement étrangers. Avec un peu de chance – ce à quoi tout le monde devait aspirer à ce salon, j'en suis sûre –, j'espérais aussi recueillir des éléments sur les voleurs de livres anciens, ceux dont la passion les pousse à voler.

Pour cela, je venais rencontrer Ken Sanders, un vendeur de livres rares de Salt Lake City et détective autoproclamé avec qui j'avais parlé au téléphone. Sanders avait la réputation de prendre un grand plaisir à mettre la main au collet à des voleurs de livres et, tel un flic qui aurait été contraint de travailler sans son coéquipier pendant des années, il aimait aussi saisir la plus petite opportunité de partager une bonne histoire. Je l'avais appelé des semaines auparavant pour préparer notre rencontre, et au cours de notre conversation, il avait mentionné le mec à la Jaguar rouge qui lui avait volé plusieurs exemplaires de valeur du *Livre de Mormon*, le FBI qu'il avait aidé lors d'un week-end à coincer des escrocs yougoslaves, et le gang des Irlandais de la station-service – ils passaient systématiquement des commandes frauduleuses sur Internet et se faisaient envoyer les livres dans une station-service en Irlande du Nord. Mais ce n'étaient là que des préliminaires, une mise en jambes pour la grosse affaire : en 1999, Sanders avait commencé à travailler bénévolement au conseil de sécurité de l'Association des libraires de livres anciens d'Amérique. En bref, le boulot consistait à alerter les confrères chaque fois qu'il avait vent d'un vol afin qu'ils soient aux aguets concernant le livre en question. Au début, le travail était épisodique. Tous les deux à trois mois, il recevait un mail ou un coup de téléphone et transmettait immédiatement l'information à ses collègues. Mais avec le temps, le nombre de larcins grimpa. Aucun type de livre précis ne se dessinait ni aucun lien entre les vols, si ce n'est qu'ils avaient tous été commis par arnaque à la carte bancaire. Personne ne savait s'il s'agissait d'un voleur isolé ou d'une bande. Sanders entendit dire qu'un vendeur de Bay Area avait perdu un journal du XIXe siècle. La semaine suivante, un libraire de Los Angeles rapporta qu'il venait de perdre un exemplaire de la première édition de *La Guerre des mondes* de H. G. Wells. Sanders se mit à passer de moins en moins de temps à sa boutique et de plus en plus à essayer de comprendre ce qui se tramait.

Sanders avait inspiré profondément, puis s'était lancé dans le récit d'un incident étrange qui avait eu lieu à la Foire internationale du livre ancien de Californie en 2003, à San Francisco. La foire se tenait au Concourse Exhibition Center, un édifice en forme d'entrepôt et sans grand intérêt, en périphérie du San Francisco Design Center, à quelques rues de la prison du comté – soit entre des vitrines dédiées aux meubles de luxe et un clapier à criminels. C'était pourtant cet endroit qui avait été retenu. Forte de deux cent cinquante vendeurs et de dix mille participants, cette foire est la plus grande au monde. « Ce cirque n'en finit jamais », comme aime à le dire Sanders. À chaque inauguration, les collectionneurs et les vendeurs jubilent déjà en pensant aux affaires qu'ils vont pouvoir conclure. Cette année-là, Sanders avait organisé son stand avec beaucoup de prudence. Il était entouré de certaines de ses plus belles pièces – *Stratégie de la paix* signé par John F. Kennedy et une première édition du *Livre de Mormon* –, mais son esprit était ailleurs. Quelques jours auparavant, alors qu'il était assis à son bureau de Salt Lake City, cerné par des piles de livres et de documents, il avait reçu l'appel d'un enquêteur de San Jose, en Californie. L'enquêteur lui avait appris que le voleur qu'il avait essayé d'identifier trois ans plus tôt (et à cette époque Sanders avait le pressentiment qu'il ne s'agissait que d'une seule personne et non d'une bande) avait un nom, John Gilkey, et qu'il était à San Francisco.

Deux jours avant la foire, Sanders avait reçu un portrait photo de Gilkey. Il ne ressemblait pas à ce qu'il s'était imaginé.

« Je peux vous dire une chose. Il n'avait rien d'un Moriarty à mes yeux », m'avait-il confié en faisant référence au personnage que Sherlock Holmes appelait le « Napoléon du crime ».

C'était le portrait d'un homme ordinaire d'une trentaine d'années aux cheveux bruns, courts, coiffés sur le côté, vêtu d'un tee-shirt rouge sous une chemise blanche boutonnée, avec l'air plus déprimé que menaçant. Ken Lopez, un ami de Sanders et vendeur dans le Massachusetts, grand, les cheveux jusqu'aux épaules et un paquet de Camel dans la poche de tee-shirt, était, autant qu'ils sachent, la dernière victime de Gilkey (il lui avait commandé une première édition des *Raisins de la colère*). Peu de temps avant l'ouverture de la foire, Sanders et Lopez avaient évoqué l'idée de transmettre la photo de Gilkey à tous les vendeurs, et même d'imprimer des affiches WANTED pour les mettre à l'entrée. Mais Sanders s'était rétracté. Les victimes de Gilkey, dont un grand nombre se trouvaient à la foire, pouvaient très bien être un jour appelées à venir l'identifier parmi d'autres suspects et Sanders ne voulait pas courir le risque de contaminer la procédure. Tout ce qu'il pouvait faire était de rester vigilant et de se demander si Gilkey serait assez culotté pour venir se montrer en ces lieux.

« Je pensais qu'il serait attiré là-bas comme un papillon autour d'une flamme, dit-il. Et qu'il viendrait pour voler des livres. »

La Foire de San Francisco avait ouvert ses portes depuis moins d'une heure lorsque Sanders arrêta son regard sur un homme qu'il ne reconnaissait pas. Chose qui n'avait rien d'exceptionnel en soi. Sanders oublie souvent les noms et même les visages. Mais là c'était différent.

« J'avais ce type en ligne de mire et il m'a regardé dans les yeux en retour, dit Sanders, et j'ai eu une sensation vraiment flippante. »

Il n'avait pas le portrait photo de la police en tête. Il l'avait déjà oublié. C'était un autre élément qui avait attiré son attention, et en une fraction de seconde, il avait été envahi d'une étrange conviction. Melissa, la fille de Sanders, servait un client à l'autre bout du stand et il se tourna vers elle pour lui demander de jeter un œil sur ce Monsieur Tout-le-Monde aux cheveux bruns qu'il prenait pour Gilkey. Mais lorsqu'il se retourna pour désigner l'homme à Melissa, il avait disparu.

Sanders avait dévalé l'allée, était passé devant quatre ou cinq stands, avait bousculé un couple de collectionneurs dans sa course, et était arrivé à l'emplacement de son ami John Crichton. Encore sous le choc, il s'était arrêté pour reprendre son souffle.

« Je crois que je viens tout juste de voir Gilkey.

— Du calme, vieille branche, lui avait répondu Crichton en s'approchant pour lui taper sur l'épaule. Tu deviens paranoïaque. »

◆

J'avais donc toute cette histoire en tête alors que je déambulais dans le Salon de New York, en attendant l'heure de mon rendez-vous avec Sanders, et je me demandais, tout en observant ce qui se passait autour de moi, si l'une de ces personnes était Gilkey. Qui est vraiment cet homme d'un certain âge devant un stand à quelques mètres de moi, dont le regard oscille entre un livre à la couverture en cuir rouge sang et un autre presque identique ? Ou bien ce couple en noir qui chuchote en lorgnant sur un livre traitant de l'architecture française du XIXe siècle ? Difficile de ne pas soupçonner tout le monde, mais j'essayai de contenir mon imagination en m'approchant du premier stand.

Je me tenais devant le stand d'Aleph-Bet Books, attirée par le magnifique éventaire de livres pour enfants : des premières éditions d'ouvrages que j'avais lus dans mon enfance, comme *Pinocchio*, même s'il s'agissait ici de l'édition italienne qui, au prix de 80 000 dollars, devait bien coûter vingt mille fois plus que l'exemplaire que j'avais à la maison (publié chez Golden Book). Des collectionneurs excités encombraient le stand, mais je parvins à attirer l'attention de Mark Younger, l'un des deux propriétaires, qui m'expliqua pourquoi autant d'amateurs venaient chez lui. Les gens ont un attachement particulier pour les livres qu'ils se souviennent avoir lus enfants, dit-il, et très souvent c'est le premier genre de livres qu'un collectionneur recherche. Certains passent ensuite à d'autres types de livres, mais beaucoup collectionnent toute leur vie ceux qu'ils ont préférés dans leur enfance. Il me montra la première édition grand format de *Pierre Lapin* (15 000 dollars).

« C'est une histoire intéressante, dit-il. Personne ne voulait sortir son livre, donc elle [Beatrix Potter] a autopublié deux cent cinquante exemplaires. Aujourd'hui, les prix de cette édition peuvent grimper jusqu'à 100 000 dollars. »

Juste à côté, il me montra une première édition du *Chat chapeauté* estimée à 8 500 dollars. Pour moi, cet exemplaire ressemblait à s'y méprendre à une édition courante, et il me confirma qu'il était difficile de reconnaître la première édition d'un livre pour enfants, entre autres parce que le tirage n'est pas indiqué. Apparemment, il faut chercher d'autres indices. Younger m'expliqua que, pour la première publication du *Chat chapeauté*, les plats (terme désignant les couvertures – j'apprenais encore le jargon) étaient recouverts d'un papier mat, mais que par la suite on utilisa du papier couché (brillant). Je commençais à avoir l'impression de faire partie de ce petit monde. Lors de la prochaine brocante, je pourrais essayer de dénicher une première édition du *Chat chapeauté*.

Puis Younger accepta de me montrer des documents encore plus rares. Il possédait deux lettres de L. Frank Baum, l'auteur de la série du *Magicien d'Oz*, adressées à John R. Neill, l'illustrateur de plusieurs volumes. « Généralement, ce genre de lettres sont des documents vraiment extraordinaires qui partent bien », dit-il. Younger espérait les vendre entre 45 000 et 60 000 dollars. Il avait tellement de livres (sans parler des lettres, des illustrations originales et autres papiers éphémères) qui semblaient être « vraiment extraordinaires » que je m'éloignai avec une bibliomanie naissante.

En face d'Aleph-Bet, dans la même allée, il y avait les plus gros livres que j'aie jamais vus : des volumes d'histoire naturelle somptueusement illustrés, larges comme une table basse et deux fois plus épais, que le vendeur, un gentleman en nœud papillon à la voix feutrée, appelait des *elephant folios*. Si l'on considère leur taille et leur poids, ils portent bien leur nom. Je me demandais où ces livres pouvaient être utiles en dehors d'un musée, ou même comment ils pouvaient être commodément trimballés d'une étagère, par exemple, à une table. Après avoir admiré dans l'un des *elephant folios* une sombre illustration florale, inquiétante et luxuriante, « The Night-Blowing Cereus » de Robert John Thornton (1799), je partis dans la direction opposée, vers un stand où je pus voir l'un des rares originaux de la *Cinquième Symphonie* de Beethoven (13 500 dollars) et un tiré à part de grande valeur du premier article de James D. Watson et Francis Crick sur la découverte de l'ADN, « Molecular Structure of Nucleid Acids », signé (140 000 dollars).

Le catalogue du salon indiquait que Sanders se trouvait à l'emplacement D8. En chemin, je m'arrêtai encore à plusieurs stands. Devant l'étal de Bruce McKittrick Rare Books de Philadelphie, le propriétaire ravissait tous ceux qui s'arrêtaient de ses nombreuses réflexions sur les livres qu'il dispensait en rafales.

Son stand attirait plus de monde que n'importe quel autre à proximité, mais le champagne qu'il y servait n'était peut-être pas étranger à ce phénomène. Il me parla de Pierre l'Arétin, un auteur italien du XVIe siècle qui avait écrit quelques livres érotiques. En 1524, il rédigea un recueil de sonnets pour accompagner seize gravures, représentant des positions sexuelles, de Marcantonio Raimondi (qui, pour cette série, s'est inspiré de peintures de Giulio Romano, un disciple de Raphaël). C'est encore aujourd'hui l'un des plus fameux *erotica* de la Renaissance.

« Les originaux sont extrêmement rares et étaient lus jusqu'à la corde, ils étaient aussi profondément scandaleux, expliqua McKittrick, pas légèrement pornographiques. Rien à voir avec le *soft porn* français du XVIIIe siècle. À Venise, dans les années 1520, tellement de gens voulaient en posséder un exemplaire que le livre a pratiquement disparu. »

Il me raconta que des gens avaient piraté l'œuvre de l'Arétin, et qu'il vendait sur ce salon un faux exemplaire pirate du milieu du XVIIe siècle.

« Une contrefaçon de contrefaçon. C'est très intéressant. »

Avant le salon, j'avais appris qu'il y avait probablement autant de définitions du terme « rare » qu'il y avait de libraires. La plupart d'entre elles frisent la plaisanterie. Burt Auerback, un spécialiste de Manhattan, aurait dit : « C'est un livre qui vaut plus aujourd'hui qu'au moment de sa parution[2]. » Le collectionneur américain Robert H. Taylor définit un livre rare comme « un livre que je désire, mais que je suis incapable de trouver[3] ». Parfois ces gens répondent sérieusement, et tous s'accordent à dire que « rare » est une appellation hautement subjective.

L'occurrence la plus ancienne remonte à un catalogue de Bourse aux livres anglais daté de novembre 1692[4]. Mais il fallut attendre le début du XVIIIe siècle pour que des universitaires tentent de définir le livre rare avec la distinction, digne des Monthy Python, que le bibliophile J. E. Berger établit entre les termes *rarus*, *rarior* et *rarissimus*[5]. Le degré de rareté d'un livre demeure subjectif, la seule définition sur laquelle les collectionneurs et les vendeurs semblent s'accorder est une sorte de combinaison entre la pénurie, l'importance et l'état du livre. Les préférences et les modes jouent aussi leur rôle, cela dit. Lorsqu'une adaptation cinématographique sort, qu'il s'agisse d'*Orgueil et préjugés* ou d'un volume d'*Alice Roy*, les premières éditions deviennent souvent momentanément un objet de convoitise parmi les collectionneurs. Si Dickens reste très certainement le choix de prédilection, l'étoile de Dr. Seuss a atteint le firmament à mesure que les enfants qui ont grandi avec ses livres sont devenus adultes et ont désiré créer leur propre collection[6].

◆

En passant devant un impressionnant stand de jaquettes illustrées, j'entendis un vendeur dire à un chaland : « Ne jugez pas un livre à son contenu ! » J'en avais suffisamment lu sur les collectionneurs avant le salon pour comprendre la plaisanterie : de nombreux collectionneurs ne lisent pas leurs livres. Au début, je fus surprise, mais en y repensant, je compris que cela n'avait rien de si étonnant. Après tout, une grande partie de la tendresse que les lecteurs avides et les collectionneurs ont pour leurs livres est liée au corps même de l'objet. Les livres sont autant de contenants pour des histoires (sans négliger la poésie, les informations de référence) que des objets historiques et les dépositaires de souvenirs – nous aimons nous rappeler qui nous a offert nos livres, où nous étions et l'âge que nous avions en les lisant.

En ce qui me concerne, le livre-objet le plus important de mon enfance est *Le Petit Monde de Charlotte*, le premier livre que j'ai commandé par la poste après m'être inscrite à un club. Je me souviens encore de mon excitation quand je vis le facteur se présenter avec, à la porte d'entrée, un samedi matin radieux. Il avait une jaquette en papier sulfurisé, contrairement aux livres de bibliothèques recouverts de plastique auxquels j'étais habituée, et je pouvais dire à la manière dont les pages se détachaient les unes des autres que j'étais la première à l'ouvrir. Je vécus pendant deux ou trois jours dans le monde de Wilbur, et la seule chose qui fut aussi triste que la mort de Charlotte, sinon plus triste encore, est que j'avais fini de lire le livre. J'accordais une telle importance à cet état de demi-songe dans lequel on est plongé pendant la lecture que je réduisais mon nombre de pages quotidien afin de repousser l'inéluctable fin et mon expulsion de ce monde rêvé. Et c'est ce que je continue à faire. Cela n'a pas grand sens, d'ailleurs, car le plaisir que procure la fréquentation de cet univers ne s'éteint jamais vraiment. Vous pouvez toujours reprendre l'histoire à la première page – et vous pouvez aussi vivre avec le souvenir de la lecture. Chaque fois que j'ai revu mon vieux *Petit Monde de Charlotte* (d'abord sur l'étagère de mon fils, puis celle de ma fille), je me suis souvenue de la fois où je l'ai reçu. C'est un souvenir personnel qui a marqué un des chapitres de ma vie, tout comme j'associe certains livres à d'autres périodes. Ce schéma se reproduit : ma fille est rentrée de colonie de vacances l'été dernier avec un exemplaire des *Orphelins de Brooklyn* dans un état lamentable. Elle m'a dit qu'elle l'avait fait tomber dans un ruisseau, mais qu'elle ne pouvait pas supporter l'idée de l'abandonner, bien qu'elle l'ait fini. Ce livre en tant qu'objet est inextricablement lié à son expérience de lecture. J'espère qu'elle y tient toujours autant, car, tant que ce sera le cas, ses pages gondolées et gonflées lui rappelleront cette chaude journée où elle l'a lu les pieds dans l'eau – et les 14 ans qu'elle avait alors. Un livre est bien plus qu'un simple véhicule pour son contenu, et de mon point de vue, ce salon mettait cette idée à l'honneur.

◆

Au stand des boissons situé dans un recoin du salon, j'entendis un homme dire qu'il venait d'apercevoir Al Pacino, et un autre faire remarquer qu'il avait croisé l'un des experts de l'émission *Antiques Roadshow*. L'intérêt de cette émission de PBS (vos cochonneries sont peut-être d'une très, très grande valeur !) était aussi celui du salon. Les livres n'avaient pas l'air d'être de la camelote et pourtant la grande majorité des éditions modernes était en apparence parfaitement quelconque. Je m'étais moi-même demandé à plusieurs reprises : « Est-ce que j'ai encore ce livre ? Ou bien mes parents ? Est-il possible que ce soit une première édition ? »

En continuant mon petit tour, je constatai que les vendeurs étaient plus enthousiasmés par la présence du mec de *Roadshow* que par celle d'Al Pacino. Toutefois, je jetai un œil sur tous les hommes aux cheveux bruns qui passaient, dans l'espoir de voir une star de ciné. Pacino devait beaucoup plus facilement se fondre dans le moule que moi qui suis une femme. La plupart des collectionneurs sont des hommes*, généralement de plus de 40 ans. Ce sont des universitaires, de vieux hippies ou des bibliophiles chanceux dont l'héritage leur brûle les poches. L'un d'entre eux peut s'offrir un exemplaire signé de l'édition originale de *Portnoy et son complexe*. Lorsqu'ils manipulent un livre, les collectionneurs le nichent, à demi ouvert, entre leurs mains, afin de ne pas casser le dos ou causer tout autre trauma – aucun

* Traditionnellement, la collection est une activité d'hommes, mais les temps changent si l'on en croit la libraire Priscilla Juvelis de Kennebunkport, dans le Maine : « Il y a toujours eu un groupe de personnes très aisées, parmi elles des femmes, qui collectionnaient des livres, les héritiers par exemple. Ce qui a profondément changé, c'est qu'en 1980, lorsque j'ai commencé mon activité, aucune femme n'était à la tête d'un fonds spécifique, sauf à de rares exceptions. Et il n'y avait pas de femmes libraires. Aujourd'hui si, il y a des conservatrices de fonds spécifiques. Des universitaires femmes insistent pour présenter l'œuvre de Harriet Beecher-Stowe autrement que comme une curiosité. Il y a de nombreuses collectionneuses qui rassemblent l'œuvre d'écrivaines, des écrits sur les droits de la femme, et ces collectionneuses revendent ces documents pour se constituer un capital propre. Le climat a radicalement changé. »

accroc ni tache de café. Ils s'approchent et froncent les yeux derrière leurs lunettes pour mieux regarder les dos d'une rangée de livres, à la recherche d'une première édition de *Harry Potter à l'école des sorciers*, qui ne fut tirée qu'à cinq cents exemplaires (30 000 dollars), par exemple, ou de la première édition extrêmement rare de *The History of the Expedition Under the Command of Captains Lewis and Clark* (139 000 dollars). Des personnes aux ressources moins extravagantes sont probablement à la recherche de prises plus modestes, tel *Beloved* (125 dollars) de Toni Morrison, ou plus abordables encore, comme *Rabbit est riche* (45 dollars) de John Updike[7]. Ils errent eux aussi certainement dans les allées espérant être surpris, car tel est le rêve de tout chasseur de trésor – dans le cas présent, il s'agirait de tomber sur un livre dont la rareté, la beauté, l'histoire ou la provenance sont encore plus séduisantes que l'histoire imprimée sous sa couverture.

Dans un salon comme celui-ci, il est évident que n'importe quel livre est sensuel. Je regardais des collectionneurs se régaler les yeux, les mains et les narines. Un Anglais a déposé sa tasse de café à bonne distance avant de humer profondément un exemplaire d'*Alice au pays des merveilles* et de sombrer dans le terrier du lapin blanc des illustrations féeriques de John Tenniel. À le voir, j'étais persuadée qu'il appréciait simplement l'odeur des vieux livres, mais plus tard j'appris que les sentir est aussi une précaution à prendre : la moisissure peut ravager les livres, et un bon coup de narine est capable de vous dire si elle s'est infiltrée[8]. Tandis que je vagabondais de stand en stand, de livre en livre, je ressentis moi aussi cette attirance sensorielle : le toucher des pages épaisses aux bords bruts de coupe, la beauté ciselée des polices de caractères, la tension des couvertures en lin ou en peau de cochon, l'odeur de parchemin.

Avant le salon, j'avais effectué quelques recherches et appris que cet intérêt pour les livres rares et l'histoire de leur acquisition durait depuis maintenant vingt-cinq siècles[9]. Autour de 400 av. J.-C., on se moquait d'Euripide et de son appétit pour les livres[10]. Plusieurs centaines d'années après, Cicéron écrit qu'il « épargne [s]es moindres revenus » pour agrandir sa collection[11]. Pendant l'âge d'or des collectionneurs, entre 1870 et 1930 environ, le monde grouillait de bibliophiles enfiévrés. Ils constituaient, à l'époque comme de nos jours, une espèce obstinée, dont le désir passait d'un amour innocent pour les livres, la bibliophilie, à un mal bien plus désespéré, la bibliomanie, terme inventé par le révérend Thomas Frognall Dibdin en 1809[12]. Dibdin, à la fois bibliographe et avide collectionneur anglais, écrivit : « Ce qui rend [la bibliomanie] particulièrement remarquable, c'est qu'elle fait rage à toutes les saisons de l'année, et à toutes les étapes de l'existence[13]. » Lorsque les livres, comme ceux du Salon de New York, ont une histoire – secrète, scandaleuse ou tendre –, l'attraction n'en est que plus violente. Que leurs pages contiennent des informations historiques, scientifiques, de la poésie ou des histoires en devient presque secondaire. La foire grouillait de gens que les livres avaient ensorcelés.

À ce sortilège s'ajoutent les histoires de découvertes que les collectionneurs se racontent entre eux. L'une de mes préférées se déroula un jour de printemps en 1988[14]. Ce matin-là, un homme originaire du Massachusetts, qui collectionnait les livres d'histoire locale, était en train de fouiller dans une caisse d'un magasin d'antiquités du New Hampshire lorsqu'un objet retint son attention. Sous une pile d'ouvrages sur les engrais et les machines agricoles, reposait une mince brochure usée, à la couverture couleur thé, intitulée *Tamerlan et autres poèmes*, d'un auteur anonyme simplement identifié comme étant « un Bostonien ». Il était presque certain d'avoir trouvé un document exceptionnel, il acheta le fascicule 15 *cents* et rentra chez lui où *Tamerlan* ne passa qu'une nuit. Le lendemain, il contacta la maison de vente aux enchères Sotheby's et on lui confirma qu'il venait de faire l'une des plus excitantes découvertes littéraires depuis des années. Il s'agissait d'un original du premier texte d'Edgar Allan Poe, qu'il avait écrit à l'âge de 14 ans, une trouvaille à laquelle les collectionneurs en quête de fortune aspirent plus souvent qu'ils ne l'admettent. Cette brochure de quarante pages d'apparence modeste fut publiée en 1827 par Calvin F. S. Thomas, un imprimeur de Boston relativement méconnu, spécialisé dans les étiquettes d'apothicaire, et son prix d'origine était de 12 *cents*. Mais l'exemplaire en question, en bon état pour ses 161 ans, qu'il passa probablement pour la plupart à dépérir de caisse en caisse dans des greniers poussiéreux, serait bientôt vendu aux enchères pour la somme faramineuse de 198 000 dollars. La valeur de *Tamerlan*, qui ne causa aucun émoi au moment de sa publication et pour lequel aucune critique ne fut même écrite, n'est pas liée à ses mérites littéraires, mais au prestige de son auteur, et chaque fois qu'un exemplaire est découvert, les prix explosent.

Les estimations du tirage varient entre cinquante et cinq cents exemplaires, mais à ce jour seuls quatorze ont refait surface, et la plupart sont détenus par des institutions publiques. À la fin des années 1890, un vendeur de Boston le repéra parmi les livres à 10 *cents* d'un confrère, et il le revendit plus tard 1 000 dollars. Dans les années 1950, le document sans prétention fut retrouvé par deux facteurs au fond d'une malle pleine de livres qu'ils avaient récupérée dans un vide-grenier. Six mois plus tard, ils le revendirent 10 000 dollars. Il reste peut-être encore quelques exemplaires dans la nature, ce qui est suffisant pour encourager n'importe quel collectionneur invétéré, et moi-même à présent, à se diriger vers une caisse de livres dans le fond d'un magasin d'antiquités, sur la pelouse d'un vide-grenier, ou dans un recoin abandonné d'une boutique d'objets d'occasion, dans laquelle nous chercherons consciencieusement, animés par l'espoir d'une chance soudaine, un livre à la couverture marron clair.

Sur le salon, un libraire me raconta une anecdote célèbre concernant deux livres : l'un de Hemingway et l'autre de Thomas Wolfe. Chacun aurait écrit dans son exemplaire une longue dédicace à l'autre. Un jour, un libraire avisé informa le malheureux propriétaire, qui venait juste de débourser une somme rondelette pour ces livres, que les inscriptions n'étaient pas authentiques et donc que les livres ne valaient pas autant qu'il les estimait. Plus tard, ce fut un autre libraire qui découvrit qu'il s'agissait en fait de formidables imitations : Wolfe avait écrit la dédicace de Hemingway, et Hemingway celle de Wolfe.

Alors que je continuais de déambuler dans le salon, on me raconta des histoires d'un tout autre genre – des histoires de vols – qui aiguisèrent ma curiosité de rencontrer Sanders. Bruce McKittrick, le libraire qui m'avait parlé de la « contrefaçon de contrefaçon » de l'Arétin, me redirigea vers un homme aux cheveux bouclés, un « mec très bien » selon lui.

Ce mec très bien était Alain Moirandat, un vendeur suisse, grand, élancé et à la diction impeccable. Il était atypique, même dans une foule d'érudits du monde du livre. Dès les premières minutes de notre conversation, il mentionna Nietzsche, Goethe et les architectes florentins. Il sortit un manuscrit non relié d'un étui en verre gardé dans un petit caisson en bois. Il l'avait obtenu à des enchères en 2004. La description disait simplement qu'il s'agissait d'« une œuvre dans son intégralité de Flaubert, de 254 pages ». L'estimation initiale était « absurdement basse, dit-il. Je ne savais pas quoi faire. Comme plein d'autres libraires dans ce milieu, je n'ai pas assez de fonds propres, mais le prix était tellement ridicule. Je pense que les gens ont mal lu l'inscription, peut-être qu'ils ont cru que le texte ne faisait que vingt-cinq pages. J'ai fait une offre… et je l'ai eu pour la moitié de son prix ».

Il ouvrit l'étui et, à ma grande surprise, m'invita à feuilleter les pages légèrement jaunies. Elles étaient écrites à l'encre brune, qui s'était quelque peu estompée, tout comme les taches et les éclaboussures qui parsemaient les pages. Plusieurs lignes avaient été agressivement rayées. Moirandat expliqua que Flaubert aurait pu écrire ce texte au cours d'un voyage. « Mais je suis persuadé qu'il ne l'a pas écrit pendant son périple. La graphie est trop propre. »

Il me lut un passage à voix haute en français :

Je m'abstiendrai donc de toute déclamation et je ne me permettrai que six fois par page le mot pittoresque et une douzaine de fois celui d'admirable [...] *je veux que mes phrases sentent le cuir de mes souliers de voyage* [...]

« C'est comme si nous pouvions jeter un œil dans son atelier », soupira Moirandat en regardant le manuscrit par-dessus mon épaule.

Je devais bien l'admettre. Son caractère inachevé, avec des mots raturés et des taches d'encre, lui attribuait une qualité immédiate et intime. Moirandat me laissa seule avec le manuscrit quelques minutes tandis qu'il conseillait un client. Je touchai les pages et compris à quel point j'aimerais posséder un objet pareil. « Et voilà comment ça arrive », me dis-je. Je pouvais très bien glisser ces feuillets sous mon gilet et filer vers la sortie. En attendant le retour de Moirandat, je remarquai plusieurs autres jolis documents qu'il avait laissés sur son stand. Il n'était pas très précautionneux. Presque tous les vendeurs que j'avais vus jusque-là agissaient de la sorte. Lorsque Moirandat revint, je dus me retenir pour ne pas lui dire d'être plus prudent. Autant expliquer à un hôte japonais que les invités doivent garder leurs chaussures aux pieds. La confiance faisait clairement partie de la culture du livre rare, et qui étais-je pour lui conseiller d'aller à l'encontre de ce principe ?

Quand je demandai à Moirandat s'il avait été victime de vols, il me raconta qu'il s'était déjà rendu jusqu'en Allemagne à la poursuite de quelqu'un qui lui avait dérobé un volume à Bâle. Lorsque Moirandat lui avait mis la main dessus, le voleur avait nié être sur les lieux au moment des faits, mais Moirandat connaissait aussi bien les caractéristiques physiques de son livre qu'une mère les taches de rousseur ou les cicatrices de ses enfants. Au tribunal, il dit au juge, qui tenait le livre en question, de l'ouvrir à la page 28.

« Vous y verrez de tout petits trous, et si vous allez à la dernière page, vous y trouverez le nom du précédent propriétaire. »

Le juge inspecta les pages, et le prévenu, un instituteur, fut condamné.

Moirandat me décrivit aussi la méthode de « la ficelle mouillée ».

« Un homme est arrivé un jour à la bibliothèque avec un morceau de ficelle en coton cachée entre la gencive et la joue. Il disposa le fil humide à l'intérieur d'un livre, le long de la reliure. Puis il rangea le livre sur son étagère et revint quelques semaines plus tard. En séchant, le fil se rétracte, et produit une coupe nette. »

Le voleur n'avait nul besoin de dissimuler une lame. Un petit bout de ficelle, voilà tout ce qu'il lui avait fallu pour partir avec une page de grande valeur : une reproduction originale d'un tableau de Manet. Par la suite, il s'était rendu à la boutique de Moirandat pour lui revendre un livre : « Il s'agissait d'une édition rarissime d'un texte de Goethe sur la cathédrale de Strasbourg. C'est l'un des très, très grands textes de Goethe, fondamental pour l'avenir du romantisme. La petite marque ronde d'un tampon de bibliothèque, de dix-huit millimètres de diamètre, y était apposée et il avait tenté de l'effacer. Je pouvais voir le coup de tampon, mais j'étais incapable de dire de quelle bibliothèque il provenait. J'ai appelé toutes les bibliothèques de Suisse jusqu'à ce que je trouve la bonne. » La police fut informée, et l'homme, le voleur de Manet et de Goethe, fut arrêté.

Je m'éloignai en trouvant incroyable que ce genre de vols n'arrive pas en permanence.

Je passai à nouveau devant le stand de McKittrick, et il me fit signe d'attendre un instant tandis qu'il traversait l'allée pour dire un mot au vendeur hollandais Sebastiaan Hesselink. Plus tôt, lorsque McKittrick m'avait raconté l'histoire de la fausse copie pirate de l'Arétin, je lui avais demandé s'il connaissait d'autres exemples de crimes dans le milieu, des vols par exemple. Lui, n'en avait aucun pour moi, mais s'il allait voir Hesselink, c'était pour lui demander d'accepter de me parler *du vol*, lui dit-il dans un murmure. Il était d'accord et McKittrick nous présenta. Je supposais que tous les libraires n'étaient pas prêts à partager leurs histoires de vols, et m'estimais donc chanceuse que Hesselink accepte de le faire. Tandis que son fils tenait le stand, Hesselink et moi nous mîmes à l'écart des stands pour nous asseoir sur des sièges pliants dans l'un des couloirs sombres et calmes.

Il me raconta, avec un accent typiquement hollandais, comment un homme l'avait appelé quelques années plus tôt pour savoir s'il était intéressé par certains articles très rares, dont un livre d'heures et des lettres de présidents des États-Unis. Hesselink était bien évidemment intéressé, mais ses soupçons s'étaient éveillés dès qu'il avait vu le livre. Il habitait à la campagne, dans l'arrière-pays d'Amsterdam, « au milieu de nulle part », et voilà qu'un type faisait tout le chemin depuis New York pour lui montrer un livre qu'il aurait très bien pu revendre aux États-Unis.

« Déjà, ça, c'était louche », dit Hesselink.

Il inspecta les documents et fit une offre, que l'homme s'empressa d'accepter. « Ça aussi, c'était bizarre », me confia-t-il. Afin de gagner du temps, Hesselink dit à cet homme que, dans la mesure où les banques étaient fermées, il pouvait lui faire un chèque, sachant pertinemment que l'homme préférerait des espèces. Il lui donna rendez-vous le lendemain quand Hesselink serait en mesure de le payer en billets. Dès que l'homme eut pris congé, Hesselink contacta des collègues aux États-Unis pour savoir s'ils avaient entendu parler d'un livre qui ressemblerait à celui que l'on venait de lui présenter. Il ne lui fallut que quelques heures pour découvrir que tous les documents en question avaient été dérobés à l'université Columbia. Hesselink contacta Interpol, le FBI et les autorités hollandaises, et ils convinrent d'un rendez-vous le lendemain à 16 heures pour piéger le voleur, dans le parc public d'Utrecht.

Cette histoire semblait sortie tout droit d'un roman d'espionnage, et ma partie préférée était encore à venir : cette nuit-là, Hesselink et son fils découpèrent dans des journaux des rectangles de papier de la taille de billets de banque, et en glissèrent quelques liasses – le « paiement » – dans un sac en plastique. À 16 heures, le lendemain, l'homme arriva au parc avec les documents. La police, en gilets pare-balles, avait cerné les lieux. Hesselink invita l'homme à le suivre jusqu'à sa voiture où il avait laissé l'argent. Après quelques manœuvres burlesques, la police parvint à l'arrêter. Toutefois, le poursuivre en justice se révéla être une tout autre paire de manches.

Je demandai à Hesselink s'il avait eu peur en lui tendant le sac d'« argent », sachant que l'homme aurait pu être armé et que la police aurait pu ne pas être assez rapide, mais il me répondit qu'il était resté calme. J'étais impressionnée. Ce n'était pourtant pas un enquêteur aguerri, mais un vendeur de livres rares qui avait joué à James Bond le temps d'une journée. Je quittai le couloir où nous étions pour regagner la foire, avec une nouvelle histoire à ajouter à la liste qui s'allongeait dans mon carnet. L'excitation que j'éprouvais en les écoutant, en les collectant, était similaire, je suppose, à l'excitation que pouvaient connaître les collectionneurs satisfaits sur le salon.

Si jamais des vols avaient été commis le jour de l'ouverture, je supposai que l'organisateur en aurait eu vent et je fis donc une halte par son bureau pour avoir le fin mot. Il m'assura qu'il n'y en avait pas eu un seul, mais aussi que les vols étaient assez peu fréquents pendant ce genre de manifestations. Je ne savais pas si je devais le croire. Sanders m'avait expliqué que les libraires étaient réticents à parler des vols de livres rares. Qu'importe l'art et la manière avec lesquels les livres ont été volés : dans le commerce, et tout particulièrement chez les libraires de livres anciens (à qui certains ouvrages ont été confiés), on part du principe que la victime a manqué d'attention. Des libraires connus pour avoir conclu des affaires à hauteur de millions de dollars sur une poignée de main sentent parfois qu'ils risquent d'être black-listés s'ils avouent une perte. « Une fois que vous portez la marque du vol, m'expliqua McKittrick, vous êtes grillé. » Dans la mesure où des collectionneurs leur confient leurs livres chéris et de grande valeur pour les revendre, ils ne peuvent pas courir le risque de paraître vulnérables.

J'avais emporté un mince carnet de notes avec moi, et je regrettais déjà qu'il ne fût pas plus épais. Chaque vendeur avait une histoire différente à raconter. La seule phrase que j'entendis plus d'une fois était : « Tout livre rare est un livre volé. » Les nazis pillèrent insatiablement de nombreuses collections de livres et d'œuvres d'art, m'expliquaient les vendeurs, tout autant que les Romains qui embarquèrent les bibliothèques entières des Grecs, ou même que Christine de Suède qui accumula un vaste butin au cours de la guerre de Trente Ans[15]. Les libraires parlaient aussi de voleurs qui agissaient pour leur propre compte. Que ce soit du fait de conquérants ou à cause de collectionneurs véreux, les livres finissent par disparaître et, à moins que le voleur n'essaie de revendre le livre à un libraire réputé ou à une institution peu de temps après l'avoir dérobé, il y a de bonnes chances pour que l'on ne remonte jamais jusqu'à lui, m'a-t-on dit. Le livre finit par être revendu, au bout d'un an, d'une décennie, d'un siècle, à quelqu'un qui ignore tout de son passé trouble. Il est impossible de dresser un historique des propriétaires d'un livre. Ça, me dis-je, c'est un élément que les voleurs de livre avisés ont bien compris.

Je contournai un stand pour arriver à celui de Sanders. J'avais hâte de mettre un visage sur la voix de ce conteur hors pair. Il ne se fondait pas plus que moi dans la foule des amateurs de livres rares. Sanders avait du ventre, une queue-de-cheval effilochée et une longue barbe poivre et sel qu'il caressait et tortillait entre ses doigts. Ses sourcils chevauchaient ses yeux comme deux V pointus et renversés, lui donnant un air à la fois curieux et indigné. J'apprendrais bientôt qu'il oscillait souvent entre l'un et l'autre. Bien qu'il ait un côté bougon, si vous vous intéressiez aux livres ou à l'une de ses histoires, il avait tout le temps du monde pour vous. Il se surnomme « Book Cop » – le flic du livre –, mais ses amis l'appellent « biblioflic ».

Nous nous assîmes chacun sur une chaise au bout de son stand et je lui demandai comment les affaires allaient pour lui sur la foire.

« Dans une rencontre comme celle-ci, dit-il, je suis tout en bas de l'échelle. Pas comme ceux de Park Avenue. »

C'est comme ça que Sanders parle des allées face à l'entrée, dont les tarifs sont prohibitifs à moins d'être l'un des plus grands vendeurs de livres rares. Sanders, qui participait à six ou huit foires par an, est égalitariste et préfère le Salon de San Francisco, où les emplacements sont attribués par tirage au sort. « Un paquet de New-Yorkais le détestent, dit-il. Ils préféreraient qu'il n'y ait que le gratin. Moi, j'aime la mixité. » Je lui racontai qu'apparemment Al Pacino était venu faire des emplettes, mais ça ne l'intéressait pas du tout. Il me répondit qu'il avait déjà discuté avec l'acteur Steve Martin, qui collectionne des livres depuis longtemps, à deux reprises au cours de foires précédentes (pendant lesquelles il manqua aussi de bousculer Diane Keaton). Il ne reconnut pas Martin (ni Keaton) avant que Melissa, sa fille, exaspérée, lui dise de qui il s'agissait, les deux fois.

Je lui demandai de m'expliquer comment il s'organisait.

« On a commencé à déballer les cartons à 9 heures du matin hier. D'autres vendeurs viennent vous aider pour voir ce que vous avez. Encore faut-il s'y connaître. »

Il me parla d'un livre qu'un libraire avait vendu à un autre pour 200 dollars, dans la matinée, et ce même libraire l'avait revendu à un prix de 3 500 dollars l'après-midi même. Le second libraire avait su reconnaître la valeur d'un livre, là où le premier n'avait rien vu.

Nous n'étions pas assis depuis très longtemps quand Sanders me raconta la première fois qu'il avait participé au Salon de New York.

« Dix minutes après l'ouverture, j'ai perdu un livre d'une valeur de 1 000 dollars. Mon ami Rob Rulon-Miller, lui, ne retrouvait plus un livre qui en valait 35 000. Nous sommes allés au poste de police, qui donne juste en face de la porte de service de l'Armory. Vous voyez à quoi ressemble un poste de police new-yorkais. Et nous deux, en *costume*, là-dedans. J'ai laissé Rob parler en premier. »

Sanders me confia que les libraires étaient habitués à ce que les flics se foutent d'eux lorsqu'ils leur expliquaient qu'on leur avait volé un bouquin, surtout lorsque le livre coûtait une fortune. « Des gens payent une somme pareille pour un *livre* ? » demandaient-ils d'un ton sarcastique.

« Moi, comme je suis le plus malin des deux, continua Sanders, j'ai laissé Rob briser la glace et expliquer au sergent de garde que nous étions trois à avoir constaté un vol. Après que Rob lui eut expliqué l'affaire en détail, le sergent avait relevé les yeux vers lui, incrédule, et dit : "Roger *Williams* ? Vous parlez bien d'un des types qui ont fondé Rhode Island ?" Ce mec savait de qui on parlait. J'étais vraiment impressionné. Puis il avait ajouté : "Vous avez laissé filer un mec avec une première édition de *Roger Williams* ?" Et il avait regardé Rob l'air de dire : "T'es vraiment débile, c'est pas possible." Là-dessus, j'avais estimé qu'il n'y avait pas de quoi faire un fromage pour un livre à 1 000 dollars. »

Pour en revenir à des crimes plus récents, Sanders m'expliqua que, en se basant sur tous les vols signalés par ses confrères, il estimait que John Gilkey avait dérobé pour 100 000 dollars de livres à travers le pays, entre 1999 et 2003. Pas un voleur n'a été aussi actif, tous territoires confondus, les dix dernières années. Ce qui était encore plus inhabituel, c'est qu'aucun des documents que Gilkey avait volés n'avait été remis en vente sur Internet ou dans l'espace public. Ce détail, cumulé à la diversité des titres que Gilkey ciblait (embrassant tous les genres et périodes) et au fait que certains des livres volés n'avaient pas grande valeur, finit par convaincre Sanders que Gilkey volait par amour. Il aimait ces livres et il les voulait pour lui. Seulement le libraire n'avait aucun moyen de le prouver.

Quelques semaines plus tôt, lorsque nous nous étions parlé au téléphone, Sanders m'avait dit qu'il était persuadé que Gilkey était à présent sorti de la prison de San Quentin où il avait été incarcéré. Il en frémit, rien que d'y penser, me prévenant qu'il serait difficile, pour ne pas dire impossible, de le rencontrer.

Le lendemain de notre conversation téléphonique, je vérifiai cette info. En accord avec ce que Sanders présumait, Gilkey avait bien purgé une peine à San Quentin, avant d'être libéré. Ce que Sanders ne savait pas, c'est qu'il était de nouveau derrière les barreaux, à Tracy, en Californie, cette fois. Je rédigeai une lettre à Gilkey pour savoir s'il accepterait de s'entretenir avec moi. Sachant qu'il avait refusé de plaider coupable, je doutais fort qu'il se confie à moi. Je lui expliquai que je souhaitais écrire un livre sur les gens qui avaient vraiment été très loin afin de se procurer des livres rares. C'était un euphémisme qui, j'espérais, lui ferait baisser la garde.

En attendant que sa réponse arrive, je commandai plusieurs ouvrages sur les collectionneurs et lus une pile d'articles sur le sujet. L'un d'entre eux, publié dans *The Age*, un journal australien, me frappa, car il avançait que le vol de livres anciens était un phénomène très répandu. Pourquoi n'en avais-je jamais entendu parler ? Pourquoi aucun des amis que j'avais interrogés ne l'avait même évoqué ? L'article, daté de 2003, concernait les responsables des Archives secrètes du Vatican, une chambre forte souterraine contenant quatre-vingt-cinq kilomètres de documents historiques, de manuscrits enluminés, de livres antédiluviens et de correspondances rares qui doivent être gardés à l'abri des voleurs. Tout ceci était déjà très intrigant, mais c'est une phrase en particulier qui attira mon attention : un agent d'Interpol, Vivianna Padilla, révélait que, d'après les statistiques fournies par l'agence, le vol de livres était plus courant que le vol d'œuvres d'art.

Un autre article me surprit. Je l'ai trouvé sur le site de l'Association des libraires de livres anciens d'Amérique qui identifiait cinq types de voleurs : le kleptomane qui ne peut s'empêcher de voler ; celui qui vole pour le profit ; celui qui agit par colère ; le voleur ordinaire ; et enfin celui qui vole pour son usage personnel. Je suppose que l'Association les avait distingués pour aider les vendeurs à les reconnaître et à se protéger de toute la gamme de motivations qui pouvaient animer un voleur. *Connais ton ennemi*. De tous ces cas, c'est le dernier qui m'intéressait, celui qui vole par simple désir. Quelle était la différence entre ce genre de personne et un collectionneur ? Ils semblaient tous deux être passionnés et animés par le désir. Quelques vendeurs m'avaient déjà confié qu'au cours des décennies pendant lesquelles ils avaient travaillé dans le milieu du livre ils avaient été tentés plus d'une fois de voler, mais avaient trouvé la force de résister. Au salon, j'avais vu à quel point il était facile de partir avec quelque chose d'unique et de merveilleux (les papiers personnels de Flaubert !). Qu'est-ce qui pousse une personne à franchir la ligne qui sépare l'amateur du voleur ? Il fallait que je le découvre.

Après avoir passé plusieurs semaines à surveiller ma boîte aux lettres, je tombai sur ce que j'espérais tant – une enveloppe avec, en diagonale, écrit en grandes lettres rouges : COURRIER PÉNITENTIAIRE. Elle contenait une lettre rédigée d'une écriture fine et délicate sur du papier ligné.

Oui, écrivait Gilkey, *je serais enchanté de vous raconter mon histoire*.

La lettre était accompagnée d'une page arrachée à un manuel des services correctionnels. Il avait dessiné deux étoiles à côté de la section « Accès médias » et avait écrit dans la marge : *On obtient facilement une autorisation !*

◆

Assise en face du stand de Sanders, je le regardai parler avec des clients, certains qu'il connaissait bien, d'autres pas du tout. Dans les deux cas, il savait recevoir et partageait ses livres avec ceux qui les appréciaient. Une fois encore, j'eus l'impression que la foire était un théâtre, et Sanders, un acteur chevronné. Lorsque son stand fut déserté l'espace de quelques minutes, il vint se rasseoir à côté de moi.

« Gilkey m'a écrit de prison, décidai-je de lui dire, et il est d'accord pour me parler. »

Sanders ne dit rien pendant un instant. Je m'attendais à le voir excité par la nouvelle, impatient d'entendre les détails (car, après tout, c'était son objectif final), mais au lieu de cela il prit un air austère, incrédule. Avant de dire le moindre mot, il me lança un regard en biais.

« Vous devriez lui demander où sont planqués tous les livres qu'il a volés, répondit-il d'un air irrité. Je parie qu'il loue un garde-meuble dans les environs de Modesto d'où il est originaire. » Il fixa le sol un moment, avant d'ajouter : « Mais il ne vous dira rien, évidemment. »

Cela faisait maintenant deux ans que Gilkey avait volé les confrères de Sanders, mais celui-ci était encore visiblement marqué. Contrairement à moi, qui étais plutôt intriguée par les voleurs, Sanders, lui, avait le sentiment que l'on avait violé son mode de vie. Il avait contre Gilkey une rancœur légitime. Le temps était venu pour moi de partir, mais avant que je ne quitte son stand, Sanders me prévint une dernière fois :

« Croyez-moi, tous, et je dis bien tous, les voleurs de livres sont des menteurs-nés. »

Demi-vérités

2

De retour à San Francisco, une enveloppe m'attendait dans ma boîte aux lettres, estampillée COURRIER PÉNITENTIAIRE. Gilkey me donnait de plus amples détails sur les horaires de visite (seulement le week-end), me disait aussi que sa peine arrivait bientôt à terme (en juillet), et qu'il *serait bon pour vous d'appeler le DVI* [la prison] *et de fixer un rendez-vous*. Ce que je fis.

Le centre pénitentiaire Deuel Vacational Institution se trouve à une centaine de kilomètres à l'est de San Francisco, près de Tracy. Par une fin d'après-midi de printemps, je pris la voiture jusque là-bas, le ciel était d'un bleu terne, le vent soufflait fort et les collines brunissaient à cause de la sécheresse. Le long de l'autoroute, la voie de service était encombrée de Harley-Davidson, de hors-bord et de véhicules tout-terrain dans des états irrécupérables. Je pris Casson Road, qui conduisait à la prison, un ensemble de bâtiments à deux ou trois étages cerclé d'une double enceinte de barbelés.

Il était 9 h 15 et il faisait déjà chaud. Je dis à la femme en uniforme à l'accueil, retranchée derrière une vitre, que j'avais rendez-vous. « Eh bien, on vous appellera quand ce sera votre tour », grommela-t-elle en ajoutant que si j'avais de la monnaie sur moi, il fallait la mettre dans un sac en plastique, et que je ne pouvais pas faire entrer de billets. Alors, avant de rejoindre les autres personnes qui attendaient dans le hall, je fis un aller-retour jusqu'à ma voiture en courant pour déposer mon argent dans la boîte à gants.

Je n'étais jamais entrée dans une prison, mais une amie qui y était allée pour interviewer un détenu m'en avait parlé. Les femmes qui venaient en visite, m'avait-elle expliqué, étaient sur leur trente et un, et portaient généralement un chemisier cintré très échancré. Le désir et le danger étaient palpables.

À la réception du DVI, l'ambiance tenait plus de l'aumônerie que du bar glauque. Des parents, des épouses, des grands-parents et des enfants, d'origine hispanique pour la grande majorité, étaient assis et attendaient qu'on les appelle. De temps à autre, l'un d'entre eux se levait pour aller à la boutique de souvenirs, dans le coin de la pièce, où l'on vendait des articles confectionnés par les détenus. Un tableau de loup, aux yeux jaunes et au regard apeuré, était suspendu au-dessous de trois lampes magiques en bois identiques, à 24 dollars pièce, et d'un assortiment d'horloges arborant une image laquée de Jésus ou un paysage désertique.

J'attendais depuis plus d'une heure, essayant de ne pas penser à la boule qui se formait au creux de mon ventre. Que se passerait-il si Gilkey se montrait plus hostile que je ne le pensais ? Est-ce que je serais en sécurité lorsque nous parlerions tous les deux ? Je ne quittai pas le mur des yeux, sur lequel plusieurs petits panneaux écrits à la main annonçaient : « Pas de jeans », « Pas de haut sans manches » et « Pas de sandales ». Un autre encore intimait : « Pas de soutien-gorge à armatures ». Ça devait sûrement déclencher les détecteurs de métaux. Je traversai en courant le parking caniculaire jusqu'à ma voiture, m'enfonçai dans mon siège, me débattis avec mon soutien-gorge et finis par l'enlever par une manche. J'étais contente de ne pas porter un chemisier blanc. Je courus en sens inverse. Une demi-heure plus tard, on m'appela.

Après avoir passé le détecteur de métaux et deux portes lourdement verrouillées, j'arrivai dans la salle des visites et annonçai la raison de ma venue. J'eus l'impression d'attendre une éternité avant que des gardiens ne trouvent Gilkey, priant pour que l'interview se passe bien. Ils finirent par arriver avec lui et l'installer dans la petite cabine où il s'assit derrière une vitre en Plexiglas. Je m'approchai, essayant de donner l'impression que j'avais l'habitude de ce genre de choses. Il portait l'une de ces chemises orange que l'on fournit en prison par-dessus un tee-shirt élimé qui dépassait du col et un pantalon orange à la taille élastique. Il sourit et fit un geste de la tête comme pour dire : « Je vous en prie, asseyez-vous. » Je me dis que c'était bon signe, il n'avait pas l'air d'être énervé – pas encore. J'avais toujours ma veste et transpirais de chaleur et de nervosité. Je jetai un œil à ma liste de questions dans mon carnet, qui évitaient toute provocation : Où avez-vous grandi ? Quand avez-vous commencé à vous intéresser aux livres ? Etc. En fin de liste, j'avais écrit : Avez-vous déjà volé un livre ? Mais j'estimai qu'il faudrait attendre un autre jour pour lui demander ça. Je me présentai en parlant dans le lourd combiné noir qui était de mon côté de la vitre et, lui, apparemment aussi nerveux que moi, me dit bonjour très rapidement. Puis, d'une manière tout aussi précipitée, il me dit : « Donc, voulez-vous savoir comment j'ai eu mon premier livre ? »

Je soupirai et commençai à écrire. Lorsque nous nous rencontrâmes pour la première fois, Gilkey avait 37 ans. Il devait faire 1,80 mètre. Il avait les yeux couleur noisette, les cheveux noirs et fins, les doigts allongés et il se rongeait les ongles. Sa voix calme et posée me faisait penser à M. Rogers, le présentateur d'émissions pour enfants. J'essayai de ne pas y penser et lui demandai d'où lui venait sa passion pour les livres.

« Dans la maison de mes parents, le salon était rempli de milliers de livres, et je me souviens de l'impression qu'ils me faisaient. Je regardais aussi beaucoup de films anglais à l'esthétique victorienne, vous voyez, genre Sherlock Holmes. J'adorais ces films dans lesquels il y a toujours un gentleman en veste d'intérieur dans une vieille bibliothèque. »

Gilkey prenait plaisir à explorer ses motivations, mais elles n'avaient rien de significatif : pour lui, il en était venu à voler des livres afin de réaliser son fantasme, vivre comme un Anglais cultivé d'un autre monde, et il se contentait parfaitement de cette version des faits.

« C'est en regardant ces films que l'idée m'est venue des voler des livres. »

Gilkey sourit et haussa les épaules, comme s'il savait qu'il avait l'air ridicule, mais que tout était vrai. Si vous n'êtes pas né dans une bonne famille, prospère et éduquée, alors pourquoi ne pas intégrer ce genre de société par le vol ? Ses bonnes manières étaient en curieux décalage avec notre conversation, mais cela rendait l'entretien plus facile que je ne l'espérais.

Le règlement de la prison m'ayant interdit de prendre avec moi un stylo ou un enregistreur, je dus écrire au crayon à toute allure, les doigts crispés, craignant que ma mine ne se brise à chaque instant parce que je l'avais taillée trop pointue (les taille-crayons aussi étaient interdits). J'essayai de ne pas faire attention aux deux femmes, de chaque côté de moi, qui s'égosillaient gaiement et partageaient le moindre petit ragot tandis que Gilkey me parlait de sa librairie préférée.

« La première fois que j'ai mis les pieds dans une librairie, c'était à Los Angeles à la fin des années 1990, dans une grande enseigne : Heritage Book Shop. La librairie était installée dans un ancien mausolée. Il faut que vous voyiez ça », dit-il. Plus tard, j'appris qu'il n'y était pas simplement « allé », mais qu'il y avait aussi volé des livres.

Heritage Book Shop, qui a fermé ses portes en 2007, était l'une des librairies de livres anciens les plus florissantes du pays, fondée par deux frères, Ben et Lou Weinstein, qui géraient une sorte de quincaillerie avant de se faire une place dans le monde du livre ancien à la fin des années 1960. Avec ses vitres teintées, son mobilier anglais et ses voûtes, le magasin respirait l'opulence du Vieux Monde. Et celle du Nouveau Monde et de la vie hollywoodienne se ressentait dans les fauteuils qui avaient servi sur le tournage d'*Autant en emporte le vent*. Gilkey trouvait irrésistible cet alliage de raffinement désuet et de glamour, et s'il devait ouvrir sa librairie un jour, ce qui était son rêve, elle ressemblerait à celle-ci.

« Je pense que c'est là que j'ai eu une vision de ce que je pourrais posséder. J'ai commencé à rêver de bâtir une immense bibliothèque. Je me voyais assis derrière un bureau sublime, où je lirai et j'écrirai. J'aurai un globe juste à côté », ajouta-t-il sans se rendre compte qu'il s'était mis à parler au futur.

« C'est à l'Heritage que l'idée d'avoir ma propre collection m'est venue. »

Il venait de me dire, quelques minutes auparavant, que l'idée avait germé pendant son enfance, mais je ne l'interrompis pas. Puisqu'il était enclin à me raconter son histoire, je commençai à lui poser des questions. Il parlait d'une voix douce, agréable, presque raffinée, et était disposé à expliquer comment il avait monté sa collection, évitant toutefois d'employer des mots tels que « voler », « prison » ou même « larcin ». Il « obtenait » plutôt ses livres, et dut « partir » pour « avoir agi ainsi ». Il donnait l'impression d'être intelligent, mais prononçait parfois certains mots de la manière qu'ont les gens cultivés ayant grandi dans un milieu modeste.

Gilkey me dit qu'il ne collectionnait pas seulement des livres rares, mais aussi des tabatières, des instruments de musique, des cartes de base-ball, des objets en cristal, des pièces de monnaie, des autographes, précisant qu'il avait ceux de Stephen King, d'Anne Perry, de la princesse Diana et de Ronald Reagan. Les livres étaient indubitablement ce qui l'attirait le plus, mais Gilkey, comme tout bon collectionneur, accumulait des objets de différentes natures. Mais pourquoi ? Et qu'est-ce qui l'animait au point de risquer sa liberté ? Gilkey revint à son gentleman anglais et à son immense bibliothèque pour m'en dire davantage.

« J'aime avoir entre les mains un livre dont je sais qu'il vaut 5000 ou même 10000 dollars. Et aussi recevoir l'admiration des autres. »

L'admiration que sa collection provoquait semblait bien être au centre des motivations de Gilkey. Ce n'était pas tant l'amour des livres qui l'animait, que ce que sa collection disait de lui. C'était une ambition tout à fait commune – donner une image de nous-mêmes grâce à nos chaussures, notre voiture ou la musique que l'on écoute – mais poussée à l'extrême. Après avoir passé quelques jours parmi les collectionneurs du Salon de New York, je compris que nombre d'entre eux cherchaient à se construire une identité, achetant des livres comme s'il s'agissait de trophées en l'honneur de leur bon goût, de leur savoir et de leur influence. Peu de temps avant ma rencontre avec Gilkey, j'étais tombée, en feuilletant un magazine, sur une publicité pour un cabinet de gestion de patrimoine dans laquelle on voyait une femme distinguée sortant d'une librairie de livres anciens. À peu près à la même période, je reçus un catalogue de vêtements chics dont plus de la moitié des photos avaient été prises dans une vieille bibliothèque. Dans les deux scénarios, les vieux livres servaient de décor à la vie rêvée et prospère de ceux qui ont des biens et partent en vacances à l'étranger. Il est très tentant de croire qu'en possédant ce type de livres vous finirez par acquérir ce mode de vie, du moins vous pouvez laisser croire aux autres que vous vivez ainsi. Au cours de mes recherches, j'ai croisé d'autres sortes de motivations. Certaines personnes – collectionneurs de boîtes de céréales, de véhicules agricoles, de n'importe quoi – parlent de leur obsession comme d'un moyen de mettre de l'ordre et de combler un vide dans leur vie[1]. La plupart des gens n'aspirent-ils pas à un minimum d'ordre ? Et la plupart d'entre nous ne ressentent-ils pas un manque : enfance malheureuse, problèmes de santé, mariage raté ? Encore une fois, cette pulsion semblait être poussée à son extrême. Sous bien des aspects, Gilkey n'était pas si différent des autres collectionneurs. Le seul détail qui le rangeait dans une catégorie à part était son casier judiciaire.

Les incohérences pointaient à mesure que Gilkey parlait. L'alliance de son visage rond avec ses cheveux bruns et fins donnait l'impression qu'il était jeune et vieux à la fois. Il n'était pas apprêté, mais ses manières étaient impeccables, ce qui lui donnait un air perdu et sophistiqué. Plus frappant encore, il disait collectionner les livres pour se sentir « grand, noble, comme un prince, riche et cultivé », mais n'en restait pas moins un voleur qui cherchait à se draper dans la richesse et l'érudition.

Nous n'eûmes que trente minutes de conversation pendant lesquelles il parcourut toute son histoire, faisant des allers-retours dans le temps, plus guidé par le souvenir des nombreux livres qu'il avait dérobés que par la chronologie des faits. Il voulait dresser un portrait global. Peut-être pensait-il, tout comme moi, que ce serait notre seule et unique conversation. Lorsque nous en vînmes à parler de sa libération et de ce qu'il ferait ensuite, il m'exposa ses plans :

« Je ne manque pas d'idées. Quand vous êtes enfermé ici vingt-quatre heures sur vingt-quatre, vous avez le temps d'y penser. »

Il en énuméra quelques-unes à toute vitesse :

« Je veux avoir un livre de chaque écrivain célèbre.

« Je veux écrire à la bibliothèque présidentielle pour voir s'ils accepteront de m'envoyer un livre.

« Je vais prendre un encart dans un journal qui dira : "Aidez-moi à rester hors de prison : envoyez-moi un livre."

« Je vais ouvrir une librairie.

« J'ai déjà écrit un gros livre, inspiré par l'œuvre de John Kendrick Bangs. Il a écrit de la prose et du théâtre au XIXe siècle. Je lui ai rendu une sorte d'hommage. J'ai aussi écrit deux nouvelles à suspense. »

Gilkey était allé en prison cette fois parce que trois semaines après sa précédente libération, après avoir purgé trois ans pour vol de livres, il s'était rendu dans un salon où il avait émis un chèque en bois. « Je jure un peu dans le décor », dit-il avant de me laisser entendre qu'il avait dû se défendre contre des agressions sexuelles. En le voyant derrière cette vitre de Plexiglas, je pensai qu'il avait l'air d'un gamin assis au premier rang de la classe, avec un pantalon trop court et les cheveux bien peignés, qui se serait retrouvé jeté au milieu de violeurs et de braqueurs de bagnoles.

« Le niveau intellectuel est très bas ici, poursuivit-il. Moi, je suis allé à la fac, à l'université de Californie à Santa Cruz[2]. J'ai eu la vie extrêmement dure en prison. » Malgré cela, il trouvait le temps de lire. « Je suis en train de lire Tom Clancy. Au début, je me suis retrouvé avec un détenu qui n'arrêtait pas de parler, donc j'avais un peu de mal à me concentrer. En ce moment je lis des romans d'espionnage, comme *La Mort dans la peau* de Robert Ludlum, et des bouquins de James Patterson. J'ai dû lire entre vingt et vingt-cinq livres ici. Toutefois, je préfère les manuels de référence, car j'aime en apprendre davantage sur les antiquités et les pièces de collection. »

En 1998, alors qu'il était détenu à la prison du comté de Stanislaus pour escroquerie, Gilkey avait lu *Destinataire inconnu* de John Dunning, roman dans lequel une collectionneuse fait d'amples recherches sur les livres rares. C'est après cette histoire que Gilkey s'était renseigné plus sérieusement, plus minutieusement sur les livres anciens.

Gilkey m'expliqua qu'il n'aimait pas dépenser son « argent personnel » dans les livres, et trouvait injuste de ne pas avoir les moyens de se payer tous les livres qu'il voulait. Pour lui, l'équité semblait être synonyme de satisfaction. Je ne savais absolument pas comment répondre à ça, encore moins lorsqu'il parlait avec un tel aplomb.

« J'ai un diplôme d'économie, commença-t-il pour expliquer sa propension au vol. De mon point de vue, je retire un bénéfice de 100 % sur chaque livre volé que j'arrive à revendre. »

Il me fallut quelques secondes pour comprendre qu'il ne plaisantait pas du tout. Il était si calme et si poli que ce genre d'affirmation était particulièrement déroutant, et venait mettre sa vision du monde en adéquation avec ce qui est juste, correct et raisonnable. Son esprit ne cessait d'osciller, comme un pendule, entre sa volonté de ne plus jamais commettre de crime et la manière dont il « obtiendrait » d'autres livres. « Je ne veux plus agir dans l'illégalité. Le jeu n'en vaut pas la chandelle. » Puis il admit : « On connaît une forme d'excitation lorsque l'on tient le livre [volé] entre ses mains. » La conversation continua ainsi, alternant entre son désir et le vœu de ne plus s'y adonner. Seule l'une de ces deux options semblait sincère, ou même possible.

Gilkey avait été arrêté à plusieurs reprises pour avoir émis des chèques sans provision, et il me précisa qu'il ne savait pas que c'était contraire à la loi.

« Je veux dire par là que je me doutais que c'était un délit, mais pas un crime. »

Je savais que cette histoire était aussi peu probable que celle qu'il m'avait racontée à propos de son exemplaire de *Madeline à Paris*, le livre pour enfants de Ludwig Bemelmans.

« J'ai trouvé dans un vide-grenier une édition originale que j'ai eue pour un dollar. Aujourd'hui, elle vaut 1 500 dollars. »

La plus grande partie de ce qu'il m'avait dit jusqu'à présent était véridique (Sanders m'avait déjà donné les mêmes infos), mais ce n'était certainement pas le cas pour tout.

J'évoquai l'édition de 2003 du Salon de San Francisco, où Sanders avait cru voir Gilkey, tout en me gardant bien de mentionner le libraire.

« Oh, oui, j'y suis allé. Mais je crois que les gens savaient qui j'étais. »

Il venait tout juste de payer sa caution pour sortir de prison et était venu au Salon avec un livre ou deux qu'il voulait revendre à des libraires peu méfiants afin d'avoir assez d'argent pour se payer les services d'un avocat. Il avait arpenté les allées frénétiquement, avait parlé aux libraires, admiré certains livres et des illustrations de Jean-Jacques Audubon. L'un des livres qu'il avait avec lui n'était autre que *L'Homme invisible*, le titre était tout à fait approprié.

« Mais j'avais la sensation d'être observé, alors je suis parti. »

Donc, peut-être que Sanders n'était pas aussi paranoïaque que son confrère le suggérait. Peut-être que l'homme qu'il avait repéré le jour de l'ouverture était bel et bien Gilkey.

« Mais bon, vous savez, la police ne m'a jamais attrapé. Ce n'est pas elle qui m'a eu. C'est un type de l'Association des libraires de livres anciens. Ken quelque chose. Je ne me souviens plus de son nom de famille. »

Il m'observa pour savoir si je le connaissais, mais je ne voulais pas lui donner l'impression d'être du côté de Sanders, je ne dis donc rien. J'avais passé la demiheure à essayer de démêler le vrai du faux dans ce que me disait Gilkey, et voilà que mon silence, une demivérité, venait se loger entre nous comme l'une de ses supercheries.

Gilkey se mit à énumérer d'autres livres qu'il aimerait avoir, mais fut interrompu au milieu de sa phrase par un gardien. Nos trente minutes étaient écoulées.

Sur le chemin du retour, entre la ville aride de Tracy et la fraîcheur de San Francisco, je rejouai notre conversation dans ma tête. Gilkey n'était pas le criminel agressif et farouche auquel je m'étais attendue, et il ne s'était pas montré entièrement honnête avec moi non plus. Ce dont j'étais certaine, c'est qu'il s'agissait d'un homme absolument fasciné par les livres et par la manière dont ils pouvaient exprimer sa personnalité. C'était un collectionneur comme un autre – qui avait pourtant un caractère unique.

Au début, j'avais été soulagée face à ses bonnes manières, puis elles m'avaient déconcertée. Il n'était pas évident de concilier son aplomb avec son passé criminel, et les choses allaient devenir encore beaucoup plus compliquées.

3 Richie Rich

Quelques semaines plus tard, après la libération de Gilkey, nous nous revîmes au Café Fresco de Union Square, à San Francisco, où il m'avait donné rendez-vous. C'était juste à côté de Saks Fifth Avenue où il avait travaillé. Le café était décoré dans un style italien, avec d'immenses conserves de tomates et des sachets de pâtes qui prenaient la poussière sur des étagères métalliques et faisaient face à un présentoir à donuts réfrigéré tenu par une Hispanique. C'était comme si on avait voulu donner à la boutique des airs de campagne italienne, mais qu'on avait abandonné l'idée en cours de route.

Gilkey portait une chemise blanche repassée, une casquette de base-ball bleu foncé avec le logo PGA Golf inscrit dessus, et des baskets en cuir beige toutes neuves, le genre de chaussures que l'on voit aux pieds de gens de plus de 65 ans. Sa chemise et sa veste appartenaient à son père qui était décédé pendant qu'il était en prison au DVI. Il me confia qu'il lui manquait énormément, puis sortit un mouchoir en tissu roulé en boule de sa poche de veste. « Tiens, dit-il en regardant le mouchoir, ça aussi c'était à lui », et il le remit dans sa poche. Je pris un thé au comptoir, et lui un jus d'orange et un donut pour lesquels il me remercia vivement. Nous nous assîmes à une table, et il répondit à mes questions pendant deux heures. Il s'agissait pour l'ensemble de questions simples et directes, qui, quoi, quand, où, comment et pourquoi, mais c'était surtout la dernière qui m'intéressait et qui m'avait conduite ici. Pourquoi Gilkey aimait tant les livres rares ? Pourquoi est-ce qu'il les volait ? Pourquoi était-il prêt à risquer sa liberté ? Et enfin, pourquoi était-il enclin à me parler avec autant de franchise ?

Avant notre rendez-vous, je m'étais renseignée sur l'endroit où Gilkey avait grandi, dans l'espoir d'en savoir un peu plus sur sa personnalité et ses motivations. Il était né en 1968 à Modesto, en Californie, une ville de taille moyenne dans la San Joaquin Valley, qui doit rassembler aujourd'hui deux cent mille habitants. Les premiers colons étaient arrivés pendant la ruée vers l'or, les poches vides et la tête pleine de rêves, mais comme la plupart des immigrants installés en Californie au milieu du XIXe siècle, peu d'entre eux avaient fait fortune. Plus d'un siècle plus tard, Modesto s'était développée et était devenue une cité résidentielle idéale, rendue populaire par l'un de ses fils, George Lucas, et son film *American Graffiti*. Aujourd'hui, la ville fait appel à l'industrie de la télévision et du cinéma pour lui vendre ses décors typiquement américains. Mais derrière les façades fraîchement ravalées, elle connaît aussi le plus grand taux de vols de voitures du pays, la qualité de l'air y est médiocre, et, si l'on en croit les statistiques du FBI de 2007, le nombre de viols, de crimes violents, de braquages et d'effractions en proportion à sa population est supérieur à celui de New York. Il n'y a donc rien d'étonnant à ce qu'un homme comme Gilkey, qui cherche à se construire une identité de façade, ait grandi dans un endroit comme Modesto, dont l'image est si trompeuse.

En buvant sa bouteille de jus d'orange à petites gorgées, Gilkey me raconta qu'il était le cadet d'une fratrie de huit enfants. Son père avait travaillé à la Campbell Soup Company en qualité de directeur des transports, et sa mère était femme au foyer.

« Mes parents étaient un couple tout ce qu'il y a de plus normal, à mon avis. Ma mère est une femme d'intérieur. Elle adore s'occuper des enfants, prendre soin de la maison, c'est tout ce qu'elle aime. Mon père travaillait tout le temps. De 8 heures à 17 heures, pour rapporter de l'argent. Il s'occupait aussi beaucoup du jardin. Ma mère aimait fouiner dans les vide-greniers. Les trucs habituels, je dirais. Les trucs de famille habituels. »

« À partir de quand avez-vous commencé à collectionner les livres ? lui demandai-je.

— J'avais pas mal de *comics* de *Richie Rich* dans ma chambre quand j'étais petit. »

Richie Rich était un personnage à l'allure étrange habillé d'un short avec un large nœud papillon, petit garçon aimable né dans une famille extrêmement fortunée. Les gamins étaient attirés par le fantasme des gens immensément riches et par la satisfaction immédiate dont il jouissait. Richie Rich obtenait tout ce qu'il voulait sans le moindre effort. Gilkey, collectionneur de *Richie Rich* plutôt que de *Superman*, de *X-Men* ou des *Quatre Fantastiques*, voilà le genre de détail qu'un scénariste de série B aurait proposé à un réalisateur.

Gilkey ne semblait pas saisir toute l'ironie de ce qui l'attirait chez ce personnage.

« J'aimais ce gamin, avec son nœud papillon [...] et les couvertures très colorées. De jolies histoires, faciles à lire. Il était riche. Il passait son temps à jouer au base-ball avec Pee-Wee ou Freckles, et à mener sa vie d'enfant. Mais il était riche, il avait des chambres fortes et tout, là où il gardait son argent, ses diamants, ses bijoux, ses trésors. Tout le monde veut être riche, à mon avis. »

Peut-être, mais tout le monde ne meurt pas d'envie d'avoir l'air riche aux yeux des autres. C'est cet aspect-là qui distinguait Gilkey des autres collectionneurs. Même s'ils apprécient de susciter l'admiration de leurs confrères, ce n'est pas ce qui les anime. Il ne fait aucun doute que certains sont là pour en mettre plein la vue (Sanders les compare aux personnes qui font des safaris : « Tu vises, tu tires et te voilà avec un trophée ! »), mais j'avais le sentiment que cela restait une motivation secondaire. J'ai rencontré une collectionneuse ravie de me montrer la variété et la quantité de livres qu'elle possédait[1]. Elle assemblait sa collection depuis plus de dix ans, mais personne n'avait encore demandé à la voir. « Aucun de mes amis ne comprend », m'a-t-elle expliqué. Sa bibliothèque croissante était son jardin secret, purement et simplement.

◆

Je suis incapable de nommer un seul des *comics* que j'ai lus enfant. Je jetais de temps en temps un œil sur les numéros de *MAD* de mon grand frère, ou sur des numéros d'*Archies* que des amis pouvaient avoir, mais les *comics* ne m'intéressaient guère. Je collectionnais tout de même certains objets. Sur les étagères de mon enfance, je regroupais des animaux en verre, des roches de cornaline que j'avais ramassées sur la plage, des animaux en céramique que je rangeais dans la boîte à thé de ma mère, et, pour une raison qui aujourd'hui m'échappe, les tubes de bonbons en poudre Pixy Stix. La différence, toutefois, entre mon accumulation et une véritable collection est que je faisais grossir mes petits paquets avec un léger plaisir et non avec une attention particulière. Curieusement, le hasard et l'irrégularité avec lesquels mes collections grossissaient me procuraient une sensation de continuité (encore une pierre de coraline ! Plus grosse que les autres, mais à leur image) et renforçaient mon identité (personne autour de moi ne collectionnait ces objets, c'était *mon* truc) : deux satisfactions très répandues chez les enfants. Seulement, après avoir accumulé une trentaine d'objets, je finissais par laisser tomber. Mon désir était rapidement comblé, chose qu'un collectionneur serait loin de dire. Mon unique véritable passion d'enfant fut de fréquenter assidûment un cours de danse classique où je collectionnais claquages, ampoules, et, par-dessus tout, un profond sentiment de joie et d'intérêt. Tout au long de ces années, j'avais été attirée par mes camarades de classe qui fichaient le bazar, répondaient aux enseignants et réalisaient le genre de plaisanteries qui les faisaient atterrir directement dans le bureau du principal. (J'appris plus tard que deux d'entre eux étaient allés en prison.) Jamais je n'avais osé désobéir, mais j'étais secrètement impressionnée par ceux qui y parvenaient. C'était tout aussi excitant de me retrouver avec

Gilkey, même s'il ne s'agissait plus de l'excitation viscérale que j'éprouvais enfant, mais plutôt d'une émulation intellectuelle. Je ne parvenais pas à comprendre ce que les livres représentaient pour lui au point de risquer la prison.

Parcourir l'enfance de Gilkey était un bon moyen d'assouvir ma curiosité. Il me raconta comment un après-midi, alors qu'il devait avoir 9 ou 10 ans, il était monté dans le break familial avec ses parents et sa sœur Tina pour aller à Modesto, dans le quartier de Montgomery où il avait commis son premier forfait. Dans le supermarché, il admira les petites voitures Hot Wheels à 39 *cents*, les figurines de Superman et de Hulk et continua à farfouiller. Aucun de ses parents ne remarqua qu'il prit un gant de base-ball, et ils ne firent pas plus attention lorsqu'il sortit du magasin avec. Une fois à l'extérieur, il brandit son butin.

« Regardez ce que j'ai », dit-il.

Ils l'observèrent, ne firent aucun commentaire et descendirent les allées du parking. Une fois rentré à la maison, Gilkey, qui est droitier, s'aperçut que le gant était pour un gaucher.

Quand je lui demandai pourquoi ses parents ne l'avaient pas puni, il haussa les épaules.

« Ce n'est pas vraiment surprenant. J'aurais eu des ennuis si je l'avais rendu. »

Je ne pouvais pas laisser passer une remarque pareille, mais Gilkey sembla ne pas comprendre où je voulais en venir lorsque je lui posai d'autres questions à ce sujet. Peut-être que sa mémoire, à l'instar des légendes familiales, avait développé sa propre logique au fil des ans. Pour lui, l'attitude de ses parents n'avait rien de mystérieux. Ce souvenir en éveilla d'autres, et il se lança. Il me dit que sa famille avait un penchant pour le vol et il prétendit que sa sœur et son frère lui avaient dérobé certains de ses livres pendant qu'il était en prison, que l'un de ses frères et lui avaient piqué des trucs à leur sœur le jour où ils l'avaient aidée à déménager, qu'une autre sœur encore et un frère avaient fouillé dans les affaires de leur mère pour se servir. Apparemment, cette habitude remontait même à la génération précédente.

« Mon grand-père maternel avait une collection de livres. Ma mère lui en a offert plusieurs que ma tante lui a pris. »

J'en revins au sujet qui m'intéressait plus particulièrement : sa propre collection.

« Est-ce que vos parents étaient collectionneurs ?

— Ils m'ont appris très tôt que le moindre petit objet pouvait prendre de la valeur avec le temps, par conséquent moins on l'achetait cher, mieux c'était. Petit, j'accompagnais mes parents dans les vide-greniers. Ça ne me disait trop rien, je les attendais dans la voiture et ils revenaient toujours avec des bricoles. "Regarde ce que j'ai eu pour 25 *cents*. Je suis sûr que ça doit valoir 7 ou 8 dollars. C'est cadeau !" »

Ils rentraient à la maison, mettaient ce qu'ils avaient récolté sur les étagères ou dans des boîtes en attendant que cela prenne de la valeur*.

---

* Gilkey me raconta un autre souvenir d'enfance. Il me dit qu'il regardait beaucoup la télévision et qu'il adorait *Amazing Stories*. Il a été marqué par l'épisode où « la mère n'arrête pas de répéter à son fils qu'il finira par devenir fou s'il n'arrête pas de collectionner tous ces trucs. Alors, un jour, le jeune homme

Lorsque nous nous étions vus en prison, il m'avait dit que ses parents possédaient des milliers de livres et à présent il se souvenait de ceux qu'il préférait, « quelques volumes reliés en cuir sortis chez Time-Life dans la collection de westerns ». Puis, là encore, sans ironie apparente, il mentionna un autre titre de choix, *Crimes et Châtiment*, une encyclopédie du crime illustrée à ne pas confondre avec le *Crime et Châtiment* de Dostoïevski, qui trônait toujours sur la même étagère, alors qu'une centaine de livres de droit que ses parents avaient achetés n'y figuraient plus.

« On les a retirés pour faire de la place à d'autres livres, commenta-t-il. Plus vous mettez de livres dans votre bibliothèque, plus elle se construit, plus elle prend de la valeur, plus elle s'embellit [...] Pleine de livres, elle est splendide, vous pouvez lire ce que vous voulez, elle participe aussi à l'atmosphère qu'il y a dans la maison, n'est-ce pas ? Et elle ne cessera de prendre de la valeur. Toutes les maisons ne devraient-elles pas avoir une bibliothèque ? Disons que vous venez tout juste de rencontrer quelqu'un, vous pouvez l'amener chez vous et lui dire : “Regardez, voici ma bibliothèque.”[2]»

Voici ma bibliothèque ? J'ai toujours considéré mes livres comme des objets assez personnels, à garder pour soi, mais apparemment il était crucial pour Gilkey de pouvoir les exhiber. Là encore, je reconnais bien volontiers qu'un mur entier de mon salon est recouvert de livres, et que tous ceux qui entrent dans la pièce peuvent voir ce que j'ai lu. Si je suis un tant

---

chargea sa voiture avec toutes ses affaires et partit. Des années plus tard, ses collections valaient des millions de dollars ».

soit peu honnête avec moi-même, je dois admettre que ces livres fonctionnent comme des médailles : il y a *Ulysse* de James Joyce au dos décoloré (qui hurle ma force de persévérance !), *Terra Nostra* de Carlos Fuentes (je ne lis pas que des auteurs américains ou européens !), *Une chambre à soi* de Virginia Woolf (regardez, un classique du féminisme !), et ainsi de suite. Alors, il doit y avoir quelque chose d'autre là-dedans. Que dire des implications criminelles de sa collection ? Lorsque j'abordai la question avec lui, Gilkey me raconta comment les arnaques à la carte bancaire avaient commencé.

En 1996, selon ses dires, il se trouvait avec un ami à l'hôtel Red Lion DoubleTree de Modesto. « J'ai trouvé un reçu de carte bancaire par terre. Je lui ai dit que j'allais essayer de payer un truc ou deux avec le numéro qui figurait dessus, et il m'a répondu que ça ne marcherait jamais. Deux heures plus tard, j'avais acheté un paquet de choses par téléphone : une montre, une pizza, une affiche de *Psychose*. »

Gilkey ne s'est pas fait prendre parce qu'il n'a pas volé la carte bleue elle-même, auquel cas son propriétaire aurait fait opposition avant de prévenir la police. Mais comme il avait utilisé le reçu, le détenteur de la carte n'entendrait pas parler de ces dépenses avant de recevoir son relevé bancaire. Et finalement, c'est le vendeur qui se ferait avoir. Même si un libraire est assuré, me confia l'un d'entre eux, la franchise est souvent très élevée, parfois supérieure à la marchandise volée.

Il est fort probable que l'« ami » complice de Gilkey soit son père, avec qui il passait beaucoup de temps. Il continua de me parler de ces arnaques comme s'il s'agissait de petites plaisanteries, de facéties commises dans le feu de l'action, et il était frappé de voir à quel point c'était facile. « C'était bête comme tout », ainsi qu'il aimait le répéter chaque fois qu'il me racontait comment il avait volé tel ou tel livre. À cette époque, il travaillait à la poste de Modesto pour 11 dollars l'heure.

« Ça me suffisait en partie, mais pas pour acheter des livres. »

◆

Quelque chose me laissait penser que Gilkey n'aurait jamais assez d'argent pour acquérir tous les livres qu'il voulait. Freud expliquait que sa manie pour les antiquités « arriv[ait] en seconde position après [s]a dépendance à la nicotine[3] ». Il avançait que la motivation et le plaisir de toute collection trouvent leur origine dans le sentiment de conquête. « Je suis, par nature, un conquérant, écrivit-il dans une lettre, un aventurier, si vous voulez traduire le terme, avec tout le flair, toute l'audace et la ténacité propres à ce genre d'homme. »

Je commençais à comprendre que la différence entre celui qui aime les livres et celui qui va jusqu'à les collectionner n'est pas qu'une simple question de degré. Pour le premier, le livre est une sorte de souvenir : il y a ses livres d'enfance, ses livres de fac, ses romans préférés, ses choix incongrus. De nombreux réseaux sociaux nous proposent de lister nos lectures pour cette raison précise : les livres en disent long sur votre personnalité. Ce qui est particulièrement vrai pour les collectionneurs, dont les étagères ne reflètent pas seulement les lectures, mais leur intériorité : « La possession est la relation la plus profonde que l'on puisse entretenir avec les choses : non qu'alors elles soient vivantes en lui [le collectionneur], c'est lui-même au contraire qui habite en elles », écrit Walter Benjamin.

◆

Gilkey prit vie sous cette forme au printemps 1997, lorsqu'il se rendit pour la première fois dans un salon de livres anciens. Il me raconta qu'il venait alors de perdre son boulot d'employé au tri à la poste, et que son père venait de quitter sa mère. Père et fils, à présent aussi inséparables que deux frères, se rendirent à Los Angeles où ils projetaient de vivre ensemble. Un matin, Gilkey vit une publicité pour un salon du livre dans le *Los Angeles Times* et décida d'y aller.

En se promenant dans le salon, il fut impressionné par le nombre de libraires. Il s'était fixé pour objectif de « récupérer » de bons livres, pour une valeur d'un millier de dollars. Il était sidéré par les collections qu'il avait devant les yeux. *Ces livres pourraient être à moi*, pensa-t-il. Pour avoir été récemment au Salon de New York, je comprenais sa frénésie. Être entouré d'autant de livres fascinants est déjà grisant pour le moindre bibliophile, mais pour Gilkey, ce fut une véritable épiphanie. Cette expérience renforça non seulement son appétit, mais aussi sa volonté d'obtenir ce qu'il voulait de la manière dont il l'entendait.

Il remarqua une pièce dédiée aux livres d'horreur, l'un de ses genres de prédilection, et choisit trois premiers tirages : *L'Abomination de Dunwhich* de H. P. Lovecraft, *Rosemary's Baby* d'Ira Levin, et *Sept contes gothiques* d'Isak Dinesen. Il « paya » avec des chèques en bois et une carte de crédit qui avait déjà atteint le plafond autorisé.

Dans son esprit, il suffisait d'agir sans perdre de temps et de déguerpir avant que quelqu'un ne comprenne ce qu'il tramait. Et ce fut un succès. Avec les livres en poche, il se procura un numéro de *Firsts*, un magazine de collectionneurs. En le feuilletant, il tomba sur une annonce pour Bauman Rare Book Shop, qui semblait avoir « de beaux petits livres » à vendre. Il les appela et demanda le catalogue qui arriva en deux jours.

Gilkey me décrivit la collection qui commençait à prendre forme dans sa tête au fur et à mesure qu'il voyait les titres proposés dans le catalogue. Il rappela Bauman et demanda conseil. On lui mentionna une première édition de *Lolita* dans son étui vert in-octavo (boîtier protecteur, accessoire très commun pour un livre rare). Gilkey n'avait jamais entendu ce genre de vocabulaire, mais l'idée lui plaisait. De plus, pensa-t-il, ce n'était pas si cher pour un livre pareil, seulement 2 500 dollars. Il le commanda et *Lolita* arriva chez lui en quelque jours.

Ce n'était donc pas le premier livre de sa collection, mais ce fut le premier qu'il jugea de valeur, non seulement à cause de son prix (les autres livres lui avaient effectivement coûté moins de 1 000 dollars pièce), mais aussi à cause de son importance historique, de sa notoriété. Depuis sa première publication à Paris en 1955, ce roman, dans lequel un homme entre deux âges est épris d'une jeune fille, s'était toujours retrouvé en tête des livres censurés. En 1959, Nabokov avait dédicacé un exemplaire à son confrère Graham Greene. Nabokov, qui était un lépidoptériste accompli, avait esquissé un papillon légendé de cette phrase : « Queue-de-pie vert, dansant à hauteur de la taille ». En tant qu'exemplaire annoté (celui qu'un auteur signe et offre à une personne connue), sa valeur avait monté en flèche. En 2002, l'exemplaire de Greene avait été vendu aux enchères pour 264 000 dollars[4].

Bien que l'exemplaire de Gilkey ne vaille pas grand-chose à côté de celui-ci, il occupait une place de choix dans son cœur. Il le disposa sur son piano pour l'admirer.

Il aimait toucher l'étui dans lequel il avait été livré et la toile dont il était recouvert. Il aurait voulu que toutes les couvertures de livres soient ainsi faites. Le livre était en deux volumes, encarté d'une jaquette vert printemps, avec « Nabokov » disposé sur le bord supérieur, « Lolita » au centre et « The Olympia Press » sur le bord inférieur. Le design était simple et élégant. Contrairement à ses autres livres de collection, Gilkey se donna la peine de lire *Lolita,* mais le trouva « répugnant ». Je sentis qu'il avait émis ce jugement afin de gagner mon respect, comme pour signifier qu'il pouvait être à la fois un criminel et doté de sens moral. Son dégoût pour l'histoire de *Lolita* n'affectait pas pour autant ce qu'il éprouvait pour le livre-objet, car il savait qu'il continuerait à prendre de la valeur avec le temps. Non pas qu'il projette de le revendre un jour, mais pour que sa collection prenne de l'importance.

Ce livre occupait aussi la quatrième position sur la liste des cent meilleurs romans de langue anglaise du XXe siècle établie par la Modern Library*. Il se mit à lire et à collectionner les livres de la liste et décida qu'il les lui fallait tous.

Gilkey me précisa qu'il avait utilisé sa carte American Express pour se payer *Lolita*, sans que j'aie eu besoin de lui demander.

Quelques mois après avoir reçu *Lolita*, Gilkey séjournait avec son père dans un hôtel de Beverly Hills lorsqu'il fit un autre chèque sans provision provenant du carnet qu'il avait sorti au salon du Burbank, cette fois-ci pour acheter des devises. Il fut arrêté et mis sous écrou pendant quarante jours, avant d'être renvoyé à Modesto sous résidence surveillée et contraint de porter un bracelet électronique pendant toute la durée de la peine.

Un an plus tard environ, au réveillon de l'an 1998, il émit un autre chèque en bois, pour couvrir ses dettes dans un casino, et fut arrêté de nouveau.

« Il me fallait juste une rallonge, mais j'ai perdu », dit-il comme si cela pouvait fournir une explication suffisante.

Gilkey ne sortit de prison qu'en octobre 1999. Il se sentait trahi et attendait des compensations. C'est un cycle qu'il allait vivre à plusieurs reprises : être persuadé de rester intouchable, se faire arrêter, purger sa peine, être relâché avec le sentiment que tout lui est dû et un désir de revanche qui le conduit à recommencer.

---

* En 1998, les membres du comité éditorial de la Modern Library publièrent la liste des cent ouvrages qu'ils considéraient comme étant les meilleurs publiés en langue anglaise depuis 1900.

Après avoir passé autant de temps derrière les barreaux, il avait l'impression de courir après la montre. Il se fit donc une promesse, à lui et à son père qui avait presque 80 ans.

« Je vais nous bâtir un patrimoine. »

Une mine d'or

4

Au début de l'année 1999, Ken Sanders reçut une lettre de l'Association des libraires de livres anciens d'Amérique (ALAA) dans laquelle on lui demandait s'il approuvait la dissolution du bureau du Sud-Ouest dont il dépendait, et par pur esprit de contradiction, il s'y opposa[1]. Avec ses dix-sept membres, il s'agissait d'une des plus petites sections qui, contrairement aux plus grandes, n'organisait ni salon ni rencontre. Il apprit bientôt qu'il était le seul à avoir voté contre cette motion et, bien que le nombre de votes soit suffisant pour fermer la section, le bureau en décida autrement. Dans la mesure où chaque section devait avoir un président et un représentant, la direction demanda à Sanders lequel de ces deux postes il voulait occuper – cette proposition lui parut d'ailleurs légitime, considérant l'état des votes.

« Je m'en fiche, du moment que je n'ai pas à m'embêter avec les questions d'argent, répondit Sanders qui avait eu des problèmes financiers toute sa vie. N'importe, du moment que vous ne me nommez pas trésorier. »

C'est ainsi qu'il devint délégué régional.

« Là-dessus on me dit que je dois assister au Conseil des dirigeants à New York. Non, mais qu'est-ce que c'est que ces conneries ! » La première réunion eut lieu au dix-septième étage un immeuble du Rockefeller Center. Peu de temps après, on lui attribua aussi le titre de responsable de la sécurité, ce à quoi il ne connaissait strictement rien.

Quelques semaines plus tard, alors qu'il était assis à son bureau, situé dans un loft au-dessus de sa boutique, il reçut un appel du secrétaire de l'antenne new-yorkaise de l'ALAA.

« Avez-vous eu le temps d'examiner les formulaires roses ? demanda-t-il.

— Quels formulaires roses ? »

C'est qu'il n'avait pas encore ouvert le carton qu'on lui avait expédié, pensant qu'il ne contenait que des catalogues. Quand il mit le nez dedans, il trouva autre chose qu'un simple paquet de formulaires roses : c'étaient des listes et des listes de vols signalés par les libraires.

Depuis 1949, l'Association s'est efforcée de promulguer et de maintenir une certaine déontologie au sein de la profession. On compte aujourd'hui quatre cent cinquante-cinq libraires membres qui, pour être intégrés, ont dû justifier d'au moins quatre ans d'activité, être passés au crible par leur pairs et cooptés par d'autres membres[2]. Jusqu'à ce que Sanders soit nommé aux questions de sécurité, lorsqu'un libraire de l'Association constatait un vol, il remplissait un formulaire rose qu'il envoyait au siège à New York. La plainte était alors photocopiée et envoyée par courrier aux autres membres afin qu'ils gardent l'œil ouvert pour le cas où le livre en question réapparaisse.

Ce protocole prenait beaucoup plus de temps qu'il n'en fallait à un voleur pour glisser dans sa poche, mettons, une édition originale d'*Abattoir 5* de Kurt Vonnegut, entrer dans une autre librairie et en ressortir avec quelques milliers de dollars en poche (selon l'état du livre, s'il est signé ou non, s'il a sa jaquette d'origine, etc., ce titre peut valoir jusqu'à 6500 dollars). Le carton qui avait été livré chez Sanders contenait des formulaires qui dataient de l'année dernière et qui n'avaient jamais été renvoyés. Il savait qu'il était désormais trop tard pour les faire distribuer.

À quoi est-ce que tout ce bazar peut bien servir ? pensa Sanders. On ne lui avait donné aucune consigne et il ne connaissait rien aux nouvelles technologies. « Vous voyez cette scène dans *2001 : l'Odyssée de l'espace* où les singes grognent au pied du monolithe noir ? me demanda Sanders. Eh bien c'est à ça que je ressemble tous les matins, face à mon ordinateur, essayant de le faire fonctionner. »

Malgré tout, il tenait à trouver une solution pour signaler les derniers vols le plus vite possible. Il entra tout d'abord en contact avec les différents membres sur un forum en ligne. Puis il se plaignit auprès des dirigeants sur le ton catégorique qui était le sien : « Je suis le responsable de la sécurité, bordel, j'exige une ligne personnelle ! Je veux avoir le moyen de contacter tous les membres et dans la mesure où seule la moitié d'entre eux sont inscrits sur le forum, il faut trouver autre chose. » Ainsi, bien que Sanders se définisse lui-même comme un « luddite du cyberespace », il parvint à convaincre la commission de créer une base de données de livres volés et un système d'alerte par mail pour prévenir tous les membres de l'Association et, par la suite, les membres de la Ligue internationale des libraires de livres anciens qui compte deux mille libraires dans trente pays.

◆

En novembre, environ six mois après la mise en place du système d'alerte par mail, John Gilkey lisait le *San Francisco Chronicle* lorsqu'une annonce retint son attention : les magasins Saks Fifth Avenue recrutaient des vendeurs. Le lendemain, il enfila une chemise, une cravate et un pantalon à pinces trop serré et parcourut les quatre-vingt-dix kilomètres qui séparent Modesto de San Francisco en train.

Le magasin Saks pour hommes est situé juste à la sortie de Union Square, sur un trottoir somptueux, aux côtés d'enseignes telles qu'Armani, Burberry et Cartier. C'est un quartier chic qui attire les flambeurs, ce qui plaisait beaucoup à Gilkey. En travaillant dans ce genre d'établissement, il entrerait en contact avec une clientèle aisée, « pas de la racaille ». Gilkey pensait aussi qu'il serait mieux payé, et qu'il aurait peut-être même des remises sur les produits de luxe et des commissions. Il avait raison sur toute la ligne. (Toutefois, Saks a toujours refusé de répondre à mes demandes répétées d'entretiens à propos de Gilkey et de ce qu'il avait pu me dire.)

Saks devint pour lui un environnement professionnel quasi idyllique qui lui permettait de côtoyer le monde auquel il désespérait d'appartenir. *Quasi* idyllique, toutefois, car ces gens n'étaient pas toujours cultivés et n'avaient pas nécessairement une bibliothèque privée, contrairement à lui. Enfin, dès qu'il en aurait les moyens.

Assis dans la salle de recrutement de Saks, Gilkey remplit le formulaire dans lequel il mentionna sa brève expérience au Robinson-May de Los Angeles. Il était parfait pour le job : poli, avec de l'expérience et d'allure convenable. Il écrivit soigneusement son nom à l'endroit prévu, mais là où on lui demandait s'il avait un casier judiciaire, il se contenta de laisser un blanc.

Il commença dès le lendemain.

◆

Chaque fois que je demandais à Gilkey de m'expliquer pourquoi les livres l'attiraient tant, il se trouvait embêté, cherchait ses mots, mais finissait toujours par invoquer des considérations esthétiques. « À cause de l'effet qu'ils produisent quand je les regarde, tous alignés sur une étagère. » Une fois, il évoqua même une sorte d'attirance sexuelle. « Je ne sais pas, c'est difficile à dire. Peut-être que c'est parce que je suis un homme, j'adore les livres. »

Patricia Hampl explique en effet à propos des qualités plastiques des livres que « collectionner n'est pas le simple fait de posséder. C'est une manière de voir, c'est avoir un regard en forme de désir. Regarder de cette manière, c'est déjà être possédé, perdu[3] ».

Les collectionneurs qui évoquent les livres qu'ils viennent tout juste d'acquérir, ou ceux sur lesquels au contraire ils n'ont pas réussi à mettre la main, en parlent comme des don Juans se remémorant leurs conquêtes. Au Salon de San Francisco, Peter Stern, un libraire de Boston aux cheveux gris, veste en tweed et foulard à motifs écossais autour du cou, me confia qu'il avait arrêté de collectionner les livres, mais que de temps à autre un ouvrage lui accrochait l'œil. Lorsque c'est le cas, « alors je suis pris d'un besoin impérieux de l'acheter. Je le veux par-dessus tout[4] ». Mais dès que l'objet lui appartient, son rapport change du tout au tout. « Je pourrais le revendre dans la minute, et parfois même je l'oublie. Je suis déjà à la recherche du suivant. »

Il n'est pas rare d'entendre les collectionneurs tenir des propos qui feraient passer le mot « manie » pour un euphémisme. « Trop peu de gens semblent avoir conscience que les livres ont des sentiments propres, écrit le collectionneur anglais Eugene Field, auteur de *The Love Affairs of a Bibliomaniac* [Les histoires d'amour d'un bibliomane] en 1896. Mais s'il y a bien une chose que je peux avancer avec conviction, c'est que mes livres me connaissent et m'aiment. Le matin, lorsque je me réveille, j'embrasse ma chambre du regard pour voir comment mes petits trésors se portent et tandis que je leur crie d'un air joyeux : "Bonjour à vous, chers amis !", ils trônent au-dessus de moi et se réjouissent que mon sommeil n'ait point été troublé[5]. »

◆

Chez Saks, Gilkey baignait dans un luxe raffiné. Il avait été envoyé au premier étage, aux « fournitures pour hommes », où des habits délicats en coton, en laine et en soie étaient soigneusement pliés et rangés dans des meubles en bois allant du sol au plafond avec un miroir sur le devant. Il commençait sa journée en ramassant les éventuels détritus laissés par les clients de la veille. Il flânait dans le rayon de chemises Borrelli cousues main (premiers prix autour de 350 dollars) et les cravates Etro (à 130 dollars et plus), et discutait avec ses collègues. En raison des fêtes de Noël qui approchaient – les habitués de Saks ont toujours besoin de plus de produits de luxe à ce moment de l'année –, le magasin était noir de monde. Une aide supplémentaire était souvent nécessaire, et c'est dans ce contexte que Gilkey avait facilement trouvé une place. Il aimait ce job et adorait surtout épier les célébrités locales, comme Ann Getty et Sharon Stone, qui était alors mariée à Phil Bronstein, le rédacteur en chef du *San Francisco Chronicle*. Gilkey tirait une grande fierté à être un employé modèle, toujours à l'heure. Il se montrait aimable et trouvait que tout le monde chez Saks, « tout particulièrement les agents de prévention des pertes », était agréable avec lui. Il avait réussi à tromper les chiens de garde, ce qui ne me surprit pas une seule seconde. Son langage soutenu, ses airs respectueux et son calme étaient de précieux atouts pour un vendeur et les clients fortunés n'étaient pas habitués à moins.

Les clients le consultaient pour leurs achats, et le sollicitaient aussi parfois pour ouvrir un compte client. Alors Gilkey entrait consciencieusement leurs données – nom, numéro de téléphone, adresse, etc. – et lorsqu'ils lui demandaient d'augmenter leur plafond de crédit, Gilkey appelait son responsable. Une fois que la demande était accordée et que le crédit d'un client passait de 4000 à 8000 dollars, Gilkey en prenait bonne note.

Ce n'était qu'un emploi à mi-temps, deux à trois jours par semaine, et même s'il avait pu travailler à temps complet, son salaire ne lui aurait jamais permis de se payer ce qu'il voulait. Un jour qu'il ouvrait un compte pour un client, il prit conscience de ce qu'il tenait entre les mains : une mine d'or. Chaque fois qu'il créait un compte, il pouvait glisser dans sa poche les coordonnées bancaires, partir déjeuner et noter les infos sur un bout de papier. Ce jour-là à midi, il ne s'y prit pas autrement. Il descendit la rue jusqu'au Westin Hotel, prit l'ascenseur jusqu'au hall du premier étage où il savait qu'il serait relativement peu dérangé et recopia les numéros de compte. Le lendemain, il recommença. Et ainsi de suite, pendant toute la période des vacances. Il prit soin de ne pas tous les recopier afin de ne pas éveiller les soupçons le jour où il les utiliserait.

Peu de temps après, il s'aperçut qu'il pouvait disposer d'une autre source de numéros de cartes de crédit. À cette époque, le numéro de carte bancaire apparaissait en entier sur les deux reçus, celui pour le client et celui pour le magasin. Il était demandé aux vendeurs de rayer le numéro sur le reçu client, mais l'autre restait intact. D'après Gilkey, lorsque les vendeurs étaient en plein rush, ils jetaient parfois malencontreusement certains doubles, donc, si de temps en temps, il en manquait un à l'appel, personne ne le remarquait.

Gilkey ne s'en servait jamais immédiatement. Il attendait assez longtemps pour que le client ne fasse pas le lien avec son dernier achat par carte bancaire. Gilkey conservait alors ces numéros pour les jours de vaches maigres. Tout en se retenant de les utiliser, il récoltait entre cinq et dix reçus par semaine.

Spider man

5

La librairie de Ken Sanders est située aux abords du centre-ville de Salt Lake City, dans un ancien magasin de pneus d'une surface de douze cents mètres carrés, haut de plafond et très lumineux. L'endroit est tellement plein à craquer de vieux imprimés de toutes sortes, magnifiques et étranges – livres, photographies, brochures, cartes postales, livrets, cartes –, que l'amateur moyen doit prendre sur lui pour entrer et sortir sans rien acheter. Lors de ma première visite, Sanders me fit faire le tour du propriétaire, en jeans et chemise hawaïenne.

Debout, à côté de la porte d'entrée, il indiqua une pièce sur la gauche où il entreposait ses livres les plus rares. Bien qu'il ne soit pas croyant, une grande partie de ses textes étaient des écrits mormons. Il était installé dans l'Utah, il faut dire, où la demande est forte et, comme il aimait à me le rappeler, il avait besoin de gagner sa croûte. Il attira ensuite mon attention sur la vitrine qui protégeait les livres des clients tentés de se glisser un joli petit volume sous la ceinture (cachette de prédilection des voleurs de livres). La vitrine renfermait plusieurs de ses livres préférés : des premières éditions de Ginsberg, Burroughs, Ferlinghetti et

Kerouac, que Sanders avait choisi d'exposer pour le cinquantième anniversaire de la parution de *Howl*.

Sanders me conduisit ensuite dans la pièce principale. En plus d'une centaine de milliers de livres et d'autres documents (« Si c'est imprimé, on les a en magasin »), il y avait des bustes de Mark Twain et de Démosthène, des silhouettes en carton de personnages de Robert Crumb, des mannequins sans tête arborant des tee-shirts à l'effigie des protagonistes du *Gang de la clé à molette* d'Edward Abbey. Tous les goûts de Sanders étaient rassemblés dans sa boutique : les livres de Wallace Stegner, Edward Abbey, B. Traven, la musique *sixties*, la politique contestataire, les questions environnementales, les belles images. Mais de tout ce qu'il aimait, c'étaient ses enfants qui occupaient la première place. Parfois sa fille Melissa, qui avait travaillé avec lui, venait de Californie pour lui rendre visite et lui donner un petit coup de main. Le mariage de Sanders était parti en éclats lorsque Melissa et son frère Michael étaient encore jeunes et c'est lui qui s'était occupé d'eux.

« C'est une telle responsabilité… Je pense qu'ils m'ont sauvé à certains moments de ma vie. Ce n'est pas facile d'élever des enfants seul, que l'on soit père ou mère, et c'est plus rare que cela arrive à un homme. Je ne regrette rien. Je les ai probablement éduqués comme des loups sauvages, mais j'ai fait de mon mieux. Melissa se souvient encore de l'été où je les ai traînés dans la vallée de la Mort par 60 °C. Je les ai fait descendre de la voiture pour marcher dans les dunes. Elle dit tout le temps : "Papa a essayé de nous tuer, moi et mon frère." » Sanders me raconta cette histoire à plusieurs reprises, avec un sourire espiègle et fier à chaque fois.

À côté du comptoir, il y avait plusieurs sièges et il restait quelques gobelets de plastique rouge de la veille. Tous les jours, vers 17 heures, Sanders sortait d'un mini-frigo du vin, du bourbon et de la bière qu'il offrait aux amis qui passaient le voir. L'un d'eux, l'artiste numérique Edward Bateman, que l'on surnomme Captain Eddie, m'expliqua que la librairie était le haut lieu de rassemblement de la contre-culture de Salt Lake City. Je voyais bien ce qu'il voulait dire. La boutique de Sanders avait le pouvoir d'attraction d'un grenier de vieille tante excentrique où vous êtes susceptible de tomber sur un trésor dans chaque recoin. Ajoutez à cela son charme de conteur et vous ne serez pas étonné que les gens aimaient s'y retrouver. Avec le murmure des ventilateurs indolents en toile de fond, des écrivains, des auteurs, des artistes et des réalisateurs sirotaient leur verre en se remémorant les dernières lectures qui avaient été données à la librairie, dont les meilleures avaient la force de happenings. Autour d'eux, les personnages de Crumb, les bustes et les visages du *Gang de la clé à molette* revêtaient des allures de spectres venus prendre part à la conversation. Un portrait de Sanders était accroché au mur derrière le comptoir, peint par un ami à lui. « Je l'appelle mon Dorian Gray. J'ai toujours voulu lui coller des yeux globuleux à la Walt Disney, pour qu'il garde un œil sur la boutique. »

Et il en aurait eu bien besoin. Avant ma venue, au cours de notre première conversation téléphonique, Sanders avait mentionné le type à la Jaguar rouge et, une fois sur place, lorsque je lui avais demandé des détails, il m'avait regardée droit dans les yeux et dit : « Êtes-vous prête ? » J'en avais entendu assez sur Sanders et ses histoires pour savoir que je venais d'ouvrir une porte qui allait donner sur une bonne histoire. Et rien ne semblait le rendre plus heureux que de trouver une oreille attentive.

« Je dois vous avouer qu'il s'agit d'une anecdote embarrassante. Pendant six ans, j'ai eu la responsabilité de nous prémunir contre le vol – et comment éviter les arnaques à la carte bancaire ? – et ce branleur de 20 ans m'a eu. Ryan, comme il se faisait appeler, entre dans la boutique et me dit qu'il vend des livres en ligne avec son père et que les affaires tournent bien pour eux. Dans les semaines qui suivent, il vient acheter, entre autres, plusieurs exemplaires du *Livre de Mormon*. Trois achats pour un total de 5 500 dollars, et chaque fois la banque accepte le paiement. Quelque temps plus tard, je reçois un coup de fil de la part d'un confrère de Salt Lake qui me dit qu'une transaction vient de lui être refacturée pour un livre qu'il avait vendu un mois plus tôt. L'affaire m'intrigue et je vais le voir à sa boutique. La description que le libraire me fait du client correspond en tout point à Ryan. Je commence à voir le pire arriver. J'appelle d'autres libraires et deux me disent qu'ils ont eux aussi reçu une visite de Ryan. Alors je contacte l'entreprise qui gère les transactions et ils ne veulent rien entendre, ces *porcs*. Je me mets à alerter tous les libraires, de Provo à Logan, et finis par apprendre que nous sommes cinq à avoir été victimes de ce Ryan. Finalement, un libraire de Provo m'apprend qu'il vient de voir mon exemplaire du *Livre de Mormon* (une édition de 1874) sur eBay. Pensant avoir localisé mon voleur, je contacte le vendeur, un homme âgé nommé Fred, qui vend principalement des livres à bas prix, et je lui fous les jetons. Il se défend d'être le voleur, mais explique qu'il connaît le fameux Ryan et qu'il a l'habitude de le retrouver sur un parking où les transactions se font en espèces. »

Sanders obligea Fred à organiser une rencontre. « Ryan accepte de voir Fred à 15 heures au parking du supermarché Smith et lui dit qu'il sera au volant d'une Jaguar rouge. J'appelle ensuite les flics, qui n'en ont rien à secouer. Ils me demandent qui je suis, pourquoi je les appelle. Essayez de trouver un flic qui se soucie de livres volés. Je leur explique que je viens de piéger celui qui a piqué pour 15 000 dollars de marchandises à moi et à quatre de mes confrères. Et j'ajoute que s'ils ne sont pas prêts à agir, je m'occuperai de lui moi-même. Alors un flic est venu me voir à la librairie et a accepté, à contrecœur, de marcher dans la combine à condition que je me tienne à l'écart. »

L'ambivalence ne faisait pas exactement partie du vocabulaire de Sanders et son récit s'emballa, il le débitait à plein régime.

« Fred m'appelle et me raconte que les flics viennent de se pointer et qu'ils ont foutu les jetons à Ryan, il s'interrompt et dit qu'il a l'air de foutre le camp. Alors, je me rends sur place aussi vite que possible et qu'est-ce que je vois – oh, laissez-moi vous dire que c'est une *merveille* –, une Jaguar rouge flambant neuve, tout droit sortie de chez Hertz, les portes grandes ouvertes. » Sanders se pencha légèrement en avant et prit une profonde inspiration. « Et je vois le gamin dans le panier à salade, qui se tient la tête à deux mains, en train de brailler. L'agent lui demande s'il sait qui je suis et le gamin lève les yeux vers moi avec l'air de dire : *Oh, non, je suis cuit.* Là-dessus, accrochez-vous bien, les flics me *laissent* avec lui. Je m'approche et lui dis en pleine face : "Qu'est-ce que t'as foutu de mes livres ?" Il se met à parler d'un réseau de drogue qui impliquerait quatorze personnes. Ce gamin était terrorisé, je peux vous le dire, parce qu'il savait que les autres allaient avoir sa peau. Donc, le lendemain, j'appelle les flics pour savoir où ça en est et ils répondent qu'ils ont voulu l'interroger dans la matinée, mais que le gamin ne parlera qu'en présence d'un avocat. Je n'en reviens pas ! Pourquoi ne l'ont-ils pas fait parler quand il avait les foies ? Pourquoi ont-ils attendu ? » Sanders s'arrêta et prit une profonde inspiration. « Enfin bon, bref, un beau matin, je reçois un appel. Ça fait six mois que l'interrogatoire a eu lieu. Il s'avère qu'il s'agit d'un gamin de bonne famille et qu'on l'a laissé filer à condition qu'il s'engage à suivre une cure de désintox. »

Sanders termina son récit comme il en terminait bien d'autres concernant les voleurs de livres : « Rien – laissez-moi vous le dire, *rien* – ne leur arrive jamais, à ces types. »

Je me demande comment les affaires de Sanders ont pu rester florissantes aussi longtemps (il annonce un chiffre d'affaires de 1,9 million de dollars en 2007) lorsque l'on voit comment il les gère. Sa tendresse pour les autres bibliophiles, par exemple, l'empêche de faire des profits. Lors de ma visite, il y avait un client à la caisse qui tenait un exemplaire de *History of the Scofield Mine Disaster* [L'histoire de la catastrophe de la mine de Scofield], de J. W. Dilley, publié en 1900, qui rend compte du plus grave accident minier que l'Utah ait connu. L'homme expliqua à Sanders que son grand-père était l'un des rares survivants. Sanders prit le volume et regarda à l'intérieur de la couverture : 500 $.

« Ce n'est pas ce qu'il vous faut, dit-il en refermant le livre. Je dois avoir un autre exemplaire beaucoup moins cher, j'en suis sûr. » Il se retourna vers son employé, Mike Nelson, et demanda : « Va me chercher un autre exemplaire dans la réserve. »

Mike répondit qu'il était presque certain qu'il s'agissait de l'unique volume, mais Sanders insista. Lorsque Mike revint quelques minutes plus tard après avoir déterré un exemplaire fatigué, Sanders le tendit à son client.

« Vous voyez ? dit-il, visiblement content de lui. Seulement 80 dollars, et en prime il a l'air d'avoir survécu à l'incendie ! »

Comment Sanders s'y prend-il pour estimer qu'un livre vaut 500 dollars plutôt que 80 ? Il y a plusieurs critères.

La valeur d'un livre dépend en grande partie des modes, qui évoluent rapidement. Le premier tirage du recueil de nouvelles de Hemingway, *In Our Time*, par exemple, fut très faible (1 225 exemplaires), contrairement aux 50 000 exemplaires du *Vieil Homme et la mer*. Le prix de ces deux éditions est donc très différent. La jaquette d'origine est aussi très importante (si elle a été perdue, la valeur chute drastiquement), ainsi que son état général : si le prix en coin de rabat a été coupé, si elle est usée, déchirée et tachée. Une édition moderne en mauvais état vaut parfois seulement 10 % du prix d'un exemplaire en « parfait » état.

Ce qui explique qu'un volume de *History of the Scofield Mine Disaster* puisse coûter cinq fois moins qu'un autre – dans le cas présent, à cause de son état. La somme de 80 dollars était tout à fait justifiée, mais je remarquai que Mike, qui était parfaitement conscient de ce que Sanders appelait leurs « problèmes de rentrée de fric », s'effondra derrière le comptoir lorsqu'il entendit Sanders annoncer le prix.

◆

Ken Sanders est né en 1951, dans un foyer mormon pieux et rétrograde de Salt Lake City. On l'encouragea à lire et à collectionner des objets, comme son père le faisait. (Sanders père, décédé en 2008, rassembla une importante collection de bouteilles manufacturées en Utah, qu'il conservait dans un garage-musée à côté de la maison.)

Entouré de croyants à l'école et dans son quartier, Sanders confesse en avoir appris « juste assez sur la religion pour garder [s]es distances avec elle ». On peut toutefois avancer sans risque que sa foi réside plutôt depuis toujours dans la lecture.

« Mon père disait en plaisantant que j'étais venu au monde un livre à la main. » Enfant, il dévorait tous les livres auxquels les bibliothécaires le laissaient accéder, et même quelques autres. Un jour, lors d'une sortie scolaire à la bibliothèque de Salt Lake City, il essaya d'emprunter *Dracula* et *Frankenstein*, mais on ne le laissa pas repartir avec des livres pour adultes.

Cela ne l'empêcha pas de les lire. Pourtant, malgré le plaisir qu'il avait à emprunter des livres en bibliothèque, il préférait les avoir à lui. Il vivait littéralement pour deux associations qui venaient à l'école et permettaient aux enfants de commander des livres très bon marché, le Scholastic Book Service et le Weekly Reader Books. « Ça nous coûtait 25 ou 35 *cents* le livre. Je ramassais des bouteilles de soda destinées au recyclage et on me donnait en échange 10 *cents* par bouteille, que j'économisais. Les instituteurs prenaient notre commande une fois par mois, puis nous recevions un colis, les instits nous appelaient un par un pour nous donner les livres. J'étais toujours le dernier à être appelé parce que j'avais chaque fois un plein carton pour moi. Je commandais plus de livres que le reste de la classe réunie. De grands classiques comme *The Shy Stegasaurus of Cricket Creek* [Le timide stégosaure de Cricket Creek]. Oh, j'adorais ce bouquin. » Encore aujourd'hui, Sanders a au moins un exemplaire de ses livres de jeunesse préférés en stock, comme *Danny Dunn et la peinture anti-gravité* et *Madame Pickerell voyage sur Mars*.

Au collège, Sanders était déjà une tête de mule, prêt à braver les éléments et à faire le nécessaire pour obtenir ce qu'il voulait. C'est un trait de caractère dont il usera largement lorsqu'il deviendra responsable de la sécurité pour l'ALAA. Le samedi, il devait marcher sept kilomètres pour rejoindre le centre-ville à pied et économiser ainsi le prix du bus. Avec son petit pécule en poche, il rassemblait son courage pour la suite des opérations. À l'époque, il voulait avoir autant de *comics* que possible, mais pour cela, il devait affronter l'irascible patron de la quincaillerie, qui semblait prendre un malin plaisir à martyriser les enfants.

« Ce vieux me filait les chocottes. Il vous gueulait dessus dès que vous entriez, mais ces *comics* étaient trop importants pour moi. Je devais avancer jusqu'à un énorme tonneau, me plier en deux par-dessus pour y pêcher des *comics* des années 1940 et 1950, puis gagner le comptoir en tremblant, tandis que le vieux aboyait tout du long. Je pense qu'il voulait simplement me charrier, mais j'étais trop jeune pour faire la différence. »

Sanders découvrit Spiderman peu de temps après avoir commencé sa collection de vieux *comics*. « Quelque chose ne tournait pas rond chez lui. Il avait des superpouvoirs, mais un truc clochait. Comment ne pas être séduit quand vous êtes, vous-même, un gamin maladroit ? » À l'inverse, Superman était invincible et rasoir. Spiderman, lui, était un rebelle qui remettait le système en question et savait qu'il faisait le bien face à un monde hostile qui le regardait d'un œil suspect. Plus tard, vers la fin du mandat de Sanders au poste de responsable de la sécurité de l'ALAA, un ami à lui, et confrère, le décrivit en ces termes : « C'est un hors-la-loi qui, au cours des six dernières années, a incarné *la* loi. »

À l'âge de 14 ans, les grands-parents de Sanders, Pop et Grammy, l'emmenèrent faire un voyage qui changea le cours de sa vie. Ils allèrent tous ensemble, avec son frère Doug, en Californie du Sud, à Disneyland, mais aussi et surtout dans un autre endroit auquel Sanders tenait particulièrement : la librairie d'occasion Acres of Books, fondée par Bertrand Smith. « Je ne me souviens absolument plus comment j'en ai entendu parler la première fois, mais je me rappelle très bien l'adresse : 240 Long Beach Boulevard, Long Beach, Californie. Il faisait particulièrement chaud ce jour-là. Pop et moi avons roulé sur le chantier naval de Long Beach dans une Ford Sedan des années 1950. Il s'est garé juste en face de la librairie. J'ai déambulé là-dedans pendant des heures tandis que lui m'attendait dans la voiture en fumant à la chaîne ces Camel qui finiraient par l'emporter. »

Il y a une différence entre ceux qui aiment les livres et ceux qui vont jusqu'à les collectionner. Un libraire chevronné repère un collectionneur dès que l'on vient lui demander où il a rangé la première édition du *Hobbit* (certainement pas sur une étagère à la portée de tous). Le cœur de Bertrand Smith avait dû faire un bond lorsqu'il avait vu entrer le petit Sanders, les yeux écarquillés.

« On avait l'impression que la librairie continuait sans fin. De pleines rangées d'étagères, entremêlées, comme sorties de terre, on aurait dit une forêt obscure avec des livres à la place des arbres. Il fallait grimper sur une échelle branlante pour les atteindre, et on n'y voyait rien, car les lumières étaient haut perchées. Sur la gauche, il y avait une pièce fermée avec les livres rares. Bertrand Smith était un vieil homme bougon, mais je pris mon courage à deux mains pour aller lui parler de mes auteurs préférés : Lewis Carroll, Edgar Allan Poe, Maxfield Parrish. Il m'a laissé accéder à la pièce, où je me suis assis à une table pour feuilleter *Le Corbeau* de Poe. Chaque quatrain était illustré par une gravure de Gustave Doré. Je jubilais. Je m'en souviens comme si c'était hier, l'ouvrage faisait soixante centimètres de haut sur quarante de large, tout ça pour 17,50 dollars. J'ai aussi acheté *Les Mille et Une Nuits* illustré par Maxfield Parrish, pour quelques dollars, et *Alice au pays des merveilles*, illustré par Gwynedd Hudson, pour 2,50 dollars. Elle n'a illustré que deux livres dans sa vie, et celui-ci est mon préféré. J'avais une tirelire chez mes grands-parents, et Grammy m'avait permis de partir avec l'intégralité de la somme. J'ai dépensé toutes mes économies en livres ce jour-là. Et c'est encore ce que je fais aujourd'hui. Je suis plus vieux, plus gros, plus dégarni, mais pas forcément plus sage. »

En 1975, Sanders et deux amis reprirent une boutique de hippies appelée Cosmic Aeroplane à Salt Lake City, pour en faire une librairie. Parmi les clients qui ne cherchaient que des livres de poche d'occasion, se trouvaient des collectionneurs en herbe. Sanders gardait les étagères pleines pour eux tout en écoutant ses morceaux favoris, comme *I Had Too Much to Dream (Last Night)* des Electric Prunes. La boutique marchait fort. D'après Sanders, lui et ses deux associés généraient 1,4 million de chiffre d'affaires et employaient trente personnes. Pourtant la librairie rencontrait des problèmes.

« Le Cosmic Aeroplane était déjà énorme et continuait de s'agrandir, mais on avait constamment des problèmes de vols. Le cas le plus mémorable concerne la femme d'un vieux copain. Elle venait me revendre sa collection de livres de tricot. Elle m'apportait un plein sac de livres chaque semaine, puis de plus en plus souvent en de plus grandes quantités. Et ce qu'il y avait de plus drôle, c'est que les livres étaient en meilleur état chaque fois, jusqu'à ce qu'il soit douloureusement évident qu'elle allait les voler ailleurs. »

Sanders soupira. Il n'avait pas l'entrain avec lequel il racontait ses autres histoires. Cette femme était peut-être une voleuse, mais c'était aussi une amie et la situation, même vingt-cinq ans plus tard, n'en semblait pas moins difficile.

« On a commencé par désigner quelqu'un pour qu'il la garde à l'œil chaque fois qu'elle mettait un pied dans la librairie. Dès qu'elle avait fini son petit tour, son sac était plein de livres, tous volés dans notre boutique. J'appelai les librairies King's English et Sam Weller et appris qu'elle avait ses habitudes chez eux aussi. Je leur ai lu la liste des titres qu'elle nous avait apportés récemment et, bien entendu, ils manquaient tous sur leurs étagères des nouveautés. La fois suivante, j'ai appelé la police qui l'a attendue à la sortie. Lorsqu'elle a mis le pied dehors, j'ai dû la faire arrêter. »

Cette histoire est l'une des rares qui finissent bien pour lui. La plupart des voleurs ne se font jamais prendre, et les sentiments de colère et de frustration qu'ils ont causés à Sanders semblent n'avoir jamais complètement disparu.

En 1981, l'année où Sanders quitta le Cosmic Aeroplane, ce fut lui qui enfreignit la loi, pour la bonne cause toutefois. Sanders et Edward Abbey, l'auteur du *Gang de la clé à molette*, de *Désert solitaire* et de *The Fool's Progress*, s'étaient liés d'amitié « bien que j'aie critiqué Hayduke [le protagoniste de son roman phare] en lui disant qu'il ne devrait pas arpenter le désert pour ramasser des déchets tout en transportant lui-même autant de canettes de bière. Il m'a écouté attentivement, mais je pense qu'il n'en avait rien à secouer. Un jour, il m'appelle, ce qu'il ne faisait presque jamais parce qu'il déteste le téléphone, et me dit de sa voix rauque : "C'est moi qui vais conduire le rite de printemps au barrage de Glen Canyon. Si tu veux parler de ton projet [de publication que Sanders avait évoqué avec lui], rejoins-moi là-bas." »

Lorsque Sanders arriva, Abbey et quelques amis étaient sur le point de dérouler une étroite bâche en plastique noire de cent mètres de long sur le barrage, une brèche symbolique. C'était la première manifestation publique de l'organisation radicale écologiste Earth Firts ! Abbey, Sanders et les autres membres du groupe parvinrent à s'enfuir avant d'être arrêtés pour violation de site industriel. Cette expérience les incita à commettre de nouvelles actions afin d'attirer l'attention sur ce qu'ils considéraient être des crimes contre l'environnement.

Sanders venait de lancer une petite maison d'édition, Dream Garden Press, qui lui permit de publier, les années suivantes, plusieurs calendriers dans lesquels il reprenait des écrits d'Abbey, il publia aussi une version du *Gang de la clé à molette* illustrée par Robert Crumb, et deux ou trois autres projets. Il invita Abbey et Crumb dans l'Utah pour une signature dans une librairie universitaire qui devint le théâtre d'une de ses histoires préférées.

« Ma bagnole était remplie de cartons de livres. Deux cents personnes faisaient la queue pour avoir un autographe. Crumb et Abbey écrivaient consciencieusement leur nom, et un mec s'approche de Crumb et lui demande : "Monsieur Abbey ?" Crumb, avant de répondre, se tourne vers Abbey avec qui il échange un regard. Puis Crumb s'adresse à l'homme et dit : "Oui" et lui signe son exemplaire, "Edward Abbey". Ensuite il passe le livre à Abbey qui le signe "R. Crumb" ! Je serais prêt à tuer pour avoir cet exemplaire ! Je suis certain qu'aujourd'hui encore ce type n'a pas conscience du petit tour qu'on lui a joué. Je prie pour que ce livre atterrisse ici un jour. Ça fait vingt ans que je le cherche. »

La même année, Sanders divorça et commença à s'occuper de Michael, âgé de 9 ans, et de Melissa, âgée de 7 ans. Il maintint sa famille à flot depuis un petit bureau où il vendait son stock de livres avant de fonder Ken Sanders Rare Books en 1996. Le bâtiment en briques blanches était orné de deux vitraux, adjacents à la porte d'entrée. L'un représentait un stégosaure, le dinosaure préféré de Sanders, l'autre, provenant d'une ancienne église catholique, était à l'effigie de saint Jude Thaddée, le patron des causes perdues. À l'intérieur, le magasin était tellement vaste que si un ado de 15 ans y entrait avec une liste de livres glissée dans la poche arrière, comme Sanders l'avait fait chez Bertrand Smith, il aurait tout ce qu'il lui faut à disposition pour être heureux jusqu'à la fin de ses jours. En revanche, s'il s'avisait de partir sans payer, il le regretterait. Sanders a déjà poursuivi des gens dans la rue et jusque sur le parking avant de porter plainte. Il leur fout à chaque fois une trouille bleue. Il finit toujours par récupérer ses livres et mettre dans le crâne des voleurs de ne jamais, jamais, recommencer.

6 Bonne année

C'était le début d'un nouveau millénaire et Gilkey n'avait que de bons pressentiments pour l'année à venir. Il avait un rêve et une belle quantité de numéros de cartes de crédit pour le réaliser. Son boulot à Saks avait pris fin après la période des fêtes et pour commencer l'année du bon pied il était parti vivre avec son père à Los Angeles, l'une de leurs villes favorites. « On adorait le climat et se promener dans les *malls* et les magasins. Et il y avait des gens célèbres, donc plus d'opportunités. »

L'une de ces opportunités se présenta un après-midi ensoleillé. Gilkey et son père avaient déjeuné dans un hôtel chic de Beverly Hills, puis étaient allés se promener dans le quartier pour faire les vitrines. C'est le genre de quartier très riche où il est normal d'avoir un chauffeur privé, et Gilkey voulait voir un magasin qui ne payait pas de mine, mais qui lui faisait forte impression. Une grande partie des objets étaient disposés dans des armoires sous clé. On y vendait des fusils à 500 000 dollars, des bijoux à peu près aussi chers et… des livres, disposés sur des étagères impeccables et élégantes. Gilkey opta pour un ouvrage modeste, autour de 2 000 dollars. (Lorsque je lui demandai ce que son père faisait pendant qu'il partait en repérage, il me répondit qu'il s'asseyait à l'extérieur pour l'attendre. J'avais des doutes à ce sujet, mais ce qui m'intéressait avant tout, c'était de comprendre pourquoi Gilkey protégeait son père, pas de savoir si celui-ci était impliqué.) Compte tenu du prix des autres articles, pensa-t-il, personne ne ferait grand cas d'une perte aussi minime. Il examina les livres et mémorisa ceux qu'il voulait se procurer. Le lendemain, alors qu'il allait à la laverie automatique, Gilkey en profita pour appeler la boutique depuis une cabine téléphonique. Le moment était venu d'utiliser le premier numéro de carte de crédit piqué chez Saks.

« Je suis passé dans votre magasin l'autre jour. Pensez-vous avoir encore la première édition de *Madame Trotte-Menu* de Beatrix Potter ? »

La femme posa le combiné pour vérifier. « Oui, dit-elle. Nous l'avons.

— Laissez-moi réfléchir un instant. Bon, c'est entendu, je vais le prendre. » Il expliqua qu'il s'agissait d'un cadeau et demanda à la femme de l'emballer avant d'ajouter : « Est-ce que cela vous dérange si je règle dès maintenant ? »

Gilkey lui donna un numéro et finit de laver son linge. Puis il rappela pour dire que le virement venait d'être effectué.

« Vous pouvez passer récupérer l'article, répondit-elle.

— Est-ce que cela vous embête si quelqu'un d'autre passe pour moi, je ne vais pas avoir le temps. J'ai un événement important ce soir. »

Gilkey fonça au magasin avant la fermeture. Il entra, jeta un regard rapide sur les livres et dit : « Ça alors, vous avez vraiment une boutique fantastique. Il a très bien fait de vous appeler. » Elle lui confia le livre et il partit.

Comme Gilkey le dit lui-même : c'était aussi simple que ça.

À cette même période, le système d'alerte par e-mail de Sanders était opérationnel depuis quelques mois déjà, on lui signalait occasionnellement des vols, et il consacrait la plus grande partie de son temps à sa librairie. Pendant que Melissa conseillait les clients, inventoriait les livres récemment acquis, réapprovisionnait les étagères et répondait au téléphone, Sanders, lui, assistait à des ventes aux enchères, était sollicité pour des expertises et, bien entendu, s'occupait des clients. Il était aussi souvent assis derrière son bureau encombré au-dessus de la boutique à écrire des notices bibliographiques. Sanders travaille souvent avec d'autres libraires, des collectionneurs, des bibliothèques et des institutions, alors, lorsqu'il fait une nouvelle acquisition, il leur envoie à tous un descriptif. C'est une manière pour lui de préparer le terrain des affaires à conclure le mois suivant. Étonnamment, il y a aussi beaucoup de personnes avec des cartons ou des sacs remplis de livres à revendre qui attendent Sanders devant sa boutique. Il y jette toujours un œil. Généralement, les ouvrages ne valent pas grand-chose, mais il peut tomber sur une pépite à l'occasion. Une fois, un jeune homme d'une vingtaine d'années lui avait demandé d'estimer un livre que ses parents lui avaient offert. Il avait appartenu à sa grand-mère, et personne n'avait la moindre idée de sa valeur.

« Heu, je ne veux pas te donner de faux espoirs, lui expliqua Sanders, le petit livre d'environ dix centimètres sur quinze dans la paume, mais si ce livre est un vrai, il vaut une fortune. » Il ajouta qu'il aurait besoin de procéder à une authentification.

Il s'agissait bien d'un exemplaire original du *Livre de commandements* mormon de 1833, qui précède le recueil de révélations *Doctrine et Alliances*, l'un des trois grands textes de cette Église. À l'époque où le livre avait été imprimé, les mormons étaient en conflit avec leurs voisins depuis que Joseph Smith, le fondateur, avait saccagé la rédaction d'un journal antimormon. En représailles, des hommes avaient fait irruption dans leur imprimerie et démoli les presses sur lesquelles ils étaient en train de tirer le livre. L'histoire, dont on s'accorde généralement à dire qu'elle est apocryphe, raconte que deux jeunes filles mormones recueillirent dans leurs longues robes les feuillets épars qu'elles allèrent ensuite cacher dans les champs de maïs en attendant que les hommes s'en aillent. Les cahiers ainsi conservés furent ensuite cousus à la main. À cause de cette origine mouvementée, la plupart des exemplaires étaient incomplets, malgré la page de titre ajoutée quelques années plus tard. L'impression ayant été interrompue et le livre n'ayant pas été relié professionnellement, on considère qu'il n'a donc, techniquement, jamais été publié. Au cours des cent soixante-dix dernières années, seuls vingt-neuf exemplaires ont refait surface[1].

Sanders conserva le *Livre de commandements* dans un coffre-fort avant de le revendre pour le compte du jeune homme à un collectionneur, pour

200 000 dollars, sur lesquels il prit une commission*. Cependant, la plupart du temps, ce type d'ouvrages ne passe même pas entre les mains d'un libraire.

◆

Les mois qui suivirent furent mouvementés. En février, muni d'une longue liste de numéros de cartes de crédit, Gilkey emmena son père deux semaines en vacances en France et en Allemagne, où ils fréquentèrent casinos, vignobles, restaurants et musées. Ils gagnèrent des sommes raisonnables, quoique importantes, au casino, ce qui conforta Gilkey dans l'idée qu'il était capable de prendre des risques et de s'en tirer à bon compte. Ils rentrèrent juste à temps pour le Salon du livre de Los Angeles où Gilkey « trouva » une dizaine de livres, dont une première édition signée de *Ragtime* de E. L. Doctorow. Ce titre occupe la quatre-vingt-sixième place sur la liste des cent plus grands romans de langue anglaise dressée par la Modern Library.

On en apprend beaucoup sur une personne en regardant sa bibliothèque. L'attirance de Gilkey pour les livres de la liste de la Modern Library révèle son besoin d'être admiré. Il ne se fie pas à ses propres goûts, mais à ceux des connaisseurs. Ces titres ont déjà été approuvés, leur succès est indiscutable, l'impression qu'ils suscitent est garantie.

---

* D'après Sanders, un exemplaire complet aurait été récemment vendu à plus de un million de dollars.

Tout au long du printemps, Gilkey continua à voler des livres au rythme d'un ou deux par mois. Aujourd'hui, il déploie le même enthousiasme à justifier ses vols que celui avec lequel il les a commis. Voici le discours qu'il me tint : lorsqu'il entre dans une librairie de livres anciens et lorgne sur les richesses alignées sur les étagères, il les considère comme le bien propre du libraire. « Les affaires vont bien pour lui ! Regarde-moi un peu cette collection ! C'est pas normal qu'il demande autant pour un livre. Certains sont estimés à 10000, 40000 ou même un demi-million de dollars – tous sont hors de portée. Comment pourrais-je me payer ça ? » se demande-t-il alors, indigné. Il se saisit donc simplement de ce qu'il estime lui revenir de bon droit. Il ne lui vient pas à l'esprit que le libraire avance des sommes élevées ni que certains d'entre eux ont du mal à joindre les deux bouts. Même après que j'ai attiré son attention sur cette question, il refuse d'admettre qu'il est coupable. Il considère comme injuste le fait qu'un collectionneur, ou un libraire puisse détenir plus de livres que lui et, comme il le dit, il ne fait que « rééquilibrer la donne ».

Je me demande d'où il tient cette vision de la justice. Si de nombreux collectionneurs se constituent une bibliothèque en fonction de l'image qu'ils veulent donner d'eux-mêmes, ils sont peu à franchir le pas qui sépare la convoitise du vol. Mais l'image que Gilkey voulait montrer était plus importante encore que sa collection. Pour lui, qui franchissait sans cesse cette frontière, les livres avaient d'autant plus de valeur qu'il n'avait pas eu à les payer – il les « obtient gratuitement », selon ses termes. Il me confia qu'à l'époque où il conservait encore ses livres chez sa mère, c'était avant de louer un garde-meuble, il séparait les livres qu'il avait achetés de ceux qu'il avait volés. Malgré tout, la satisfaction s'évaporait rapidement : plus un collectionneur possède de livres, plus il en veut. Et Gilkey n'échappe pas à la règle. Comme les collectionneurs le formulent souvent : la collectionnite, c'est comme une fringale qu'aucun livre ne saurait rassasier.

L'été approchait et Gilkey voulait encore plus de livres, mais, étant toujours en liberté conditionnelle, il décida de rester prudent. Alors qu'il restreignait le champ de ses acquisitions, il trouva un moyen de voir des ouvrages hors du commun. En juin, il alla visiter la bibliothèque Huntington à San Marino, en Californie. Cet endroit est un véritable paradis pour les amateurs d'art et les bibliophiles et fut très certainement une source d'inspiration pour Gilkey.

Le fondateur de cette bibliothèque, Henry Huntington, était lui aussi un collectionneur frénétique. Né en 1850 dans l'État de New York, au sein d'une famille fortunée et cultivée[2], il nourrissait une passion particulière pour la lecture et les livres, et commença à en collectionner avidement dès l'âge de 21 ans. Plusieurs dizaines d'années plus tard, après avoir fondé la compagnie de transport Pacific Electric Railway en Californie, il hérita de près de 30 millions de dollars et se mit à acquérir des livres rares et des manuscrits. En 1919, il créa la bibliothèque Huntington, qui compte aujourd'hui plus de 7 millions de livres anciens, de manuscrits, de photographies, d'imprimés divers et de cartes liés à l'histoire et aux lettres britanniques et américaines. Ses étagères sont uniquement accessibles aux universitaires, mais Gilkey eut l'occasion d'apprécier quelques ouvrages exposés au public.

Il put ainsi admirer un manuscrit du prologue au *Conte de la bourgeoise de Bath*, tiré du recueil des *Contes de Cantorbéry*, composé entre 1400 et 1405, enluminé sur papier vélin, et orné d'une plante grimpante digne d'un travail d'orfèvre[3]. Ce genre d'habillage revient à encadrer un tableau de maître d'un bois plaqué or ou à envelopper un collier d'émeraudes dans du papier marbré avec des rubans en satin, il s'agit d'habiller une merveille de l'écrin adéquat. Parmi les autres textes exposés, il y avait une Bible de Gutenberg (datée aux alentours de 1455) qui présente des ornements similaires, aussi fins et délicats que de la dentelle. Si l'on considère le nombre de fois où des livres ont été pillés ou brûlés sur des places publiques, tout particulièrement les livres sulfureux ou religieux – y compris le *Kräuterbuch* sur mon bureau qui contient des images jugées inappropriées à la vue des femmes pour l'époque[4] –, c'est un double miracle que ces deux livres soient parvenus jusqu'à nous[5]. En comparaison, le soin et le savoir-faire mobilisés pour leur création semblent être l'expression d'un optimiste sans bornes. Bien qu'il y ait la possibilité de consulter en ligne des photos de bonne qualité de ces livres pour les admirer et les observer dans leur moindre détail, des milliers de personnes font le déplacement pour les voir. Comme tous les livres anciens, ce sont à la fois de superbes objets et un lien direct avec le passé. C'est là un de leurs pouvoirs le plus puissant et durable.

Les textes contemporains du fonds Huntington n'ont pas moins d'attrait. Sur la page de titre du manuscrit de *Walden* de David Thoreau, on peut admirer l'écriture fluide et élégante de l'auteur, inclinée sur la droite, tracée à l'encre noire. Dans le coin inférieur droit, une trace de doigt nous rappelle que cette page fut écrite par une véritable personne, capable d'erreurs, dont une fois le doigt fut taché d'encre.

L'exposition entière enchanta Gilkey, mais un volume en particulier attira son attention. Il ne pouvait détourner son regard du *Journal* de Samuel Pepys, daté du XVIIe siècle, remarquant à quel point il avait l'air chétif dans son écrin de verre.

Huntington aussi usait de sa collection pour influencer le regard que les autres portaient sur lui. Un article du *Los Angeles Examiner* daté du 25 décembre 1910 rapporte qu'il « apprécie fortement qu'un bibliophile lui rende visite, le magnat des transports lui ouvre alors ses tiroirs et révèle certains trésors de sa collection ».

J'ai entendu au moins un collectionneur comparer la pratique de collectionner à un sport, et j'ai le sentiment que Huntington cherchait à gagner des compétitions. Un dessin publié dans le *Los Angeles Times*, le 27 mars 1920, montre deux gentlemen à moustache dans une bibliothèque avec la légende suivante : « Henry E. Huntington et Herschel V. Jones, qui dirige le *Minneapolis Journal* et collectionne les livres anciens, parlent boutique à San Marino. » Huntington dit : « Je viens tout juste d'acheter le *Journal d'Ève* » et Jones rétorque : « Oh ! Cela me fait penser que, l'autre jour, j'ai mis la main sur *Le Registre de l'arche de Noé*. » Ce dessin résume parfaitement l'esprit de compétition des deux hommes.

◆

Toujours à Los Angeles, un après-midi estival, Gilkey descendit au Century Plaza Hotel, l'un de ses lieux de prédilection pour ses petites affaires, car on y trouve toute une rangée de téléphones et suffisamment d'intimité. Il aimait aussi beaucoup l'emplacement : proche de Melrose Avenue, où se trouvaient deux librairies qu'il comptait bien visiter.

Gilkey appela l'une d'elles, Dailey's Rare Books, et demanda quels livres ils avaient de plusieurs auteurs, dont Mark Twain. Il était en veine : on lui proposa une première édition de *La Vie sur le Mississippi*. Il donna un numéro de carte et leur dit que quelqu'un d'autre viendrait récupérer le livre, ce qui ne posa pas de problème. Gilkey se rendit sur place où, pour éviter de paraître suspect, il prit son temps. Il ne voulait pas avoir l'air pressé ni se cacher derrière des lunettes de soleil, bégayer ou avoir un air hésitant. *Aie l'air normal*, se disait-il. En sortant, il déchira le reçu et le jeta à la poubelle, une mesure de sécurité qu'il suivait chaque fois. Par la suite, il revint deux fois dans l'année chez Dailey.

Il retourna à l'hôtel en voiture en roulant à toute vitesse, il détestait avoir une autre voiture devant lui. Une fois à l'hôtel, il appela sa librairie préférée, Heritage Book Shop, aussi sur Melrose Avenue. Gilkey avait un grand sens de la mise en scène, ce que l'on percevait parfaitement au téléphone, et une absence de culpabilité complète à l'idée d'arnaquer quelqu'un, ce qui ne s'entendait pas du tout en revanche. Il demanda s'ils avaient des livres de

H. G. Wells en stock. Oui, effectivement. Il donna un nouveau numéro, et dit qu'un certain Robert passerait récupérer le livre. Peu après, Gilkey se rendit à la librairie.

« C'est un bel établissement, que vous avez là », dit « Robert ». Il parla avec Ben, ou Lou (Gilkey ne se souvenait pas exactement) pendant environ dix minutes et jeta un œil à plusieurs livres. Le sien était déjà emballé, donc « Robert » signa le reçu et sortit de la librairie avec *L'Homme invisible*.

◆

Gilkey m'expliqua que lorsqu'il tenait un livre ancien dans ses mains, il sentait son âge, son craquant, s'assurait qu'il ne présentait aucun défaut et l'ouvrait avec délicatesse. Il faisait défiler quelques pages. Si l'auteur était en vie, il se posait la question de le faire signer. Il me disait qu'un livre comme *L'Homme invisible* était comme un bon vin. C'était simplement agréable de le tenir entre ses mains et de l'ajouter à sa collection – sans le lire, la lecture était toujours très rare. Il ne tenait pas tant à l'histoire qu'à tout ce que le livre représentait. Winston Churchill, un collectionneur de livres qui, lui, les achetait, exprime très bien cette relation intime à l'objet : « "Qu'allez-vous faire de tous vos livres ?" Voilà une question que l'on me pose souvent. "Les lire ?" me suggère-t-on avec flegme. Si vous ne lisez pas vos livres, il faut au moins que vous les teniez entre vos mains et, pour ainsi dire, que vous les caressiez. Regardez à l'intérieur. Laissez-les s'entrouvrir là où ils le désirent. Lisez la première phrase qui arrête votre œil. Puis passez à une autre. Embarquez pour un voyage fait de découvertes, allez sonder des mers inexplorées. Reposez-les sur l'étagère à deux mains. Disposez-les selon une organisation qui vous est propre afin que, si vous en ignorez le contenu, vous sachiez au moins où ils se trouvent. Si vous ne pouvez les compter parmi vos amis, vous devez à tout prix faire en sorte qu'ils soient au moins des connaissances. S'ils ne peuvent entrer dans votre vie privée, ne leur refusez pas un minimum de reconnaissance pour autant[6]. »

◆

De retour dans la baie de San Francisco, Gilkey se mit à commander un livre après l'autre. Celui qui attira l'attention de Sanders fut un exemplaire de *Toddle Island* [L'île ivre], journal de lord Bottsford de 1894, d'une valeur de 113 dollars, dérobé à Serendipy Books, à Berkeley. Le propriétaire, Peter Howard, était un vieil ami de Sanders qu'il croisait régulièrement sur des salons aux quatre coins du pays. Ce livre ne valait pas cher, mais cela contrariait Sanders au même titre que les autres. « Qu'ils se contentent de piquer des enjoliveurs et laissent les livres tranquilles ! »

Il envoya un e-mail pour signaler le vol en espérant que ce serait le dernier dont il entendrait parler avant longtemps.

En l'espace de quelques mois, malheureusement, Sanders reçut plusieurs formulaires de membres de l'ALAA, presque tous basés en Californie du Nord qui semblait être devenue la proie d'une épidémie de vols de livres apparemment aléatoires, dont le seul point commun était le *modus operandi* : arnaque à la carte bancaire. Dans ses e-mails incendiaires, Sanders commença à faire référence au coupable sous les termes de « voleur à la carte de Californie du Nord ».

En novembre 2000, alors que la saison des fêtes battait son plein, Gilkey obtint un nouveau CDD chez Saks.

◆

La Californie du Nord est un terrain fertile pour les bibliophiles, et les collectionneurs ne manquent pas. En me déplaçant dans les allées d'un salon du livre ancien qui s'est tenu récemment à San Francisco, je suis tombée sur une connaissance : Celia Sack, propriétaire d'une animalerie. Je vais régulièrement chez elle acheter de la nourriture pour mon chien et mon chat, mais j'ignorais qu'elle était collectionneuse. Nous nous saluâmes, mais il fallut attendre que je retourne dans sa boutique pour que nous parlions livres. Sack s'enflamma lorsque nous abordâmes la question, elle en connaissait un rayon, probablement grâce aux sept années passées dans une maison de vente aux enchères spécialisée dans le livre. J'appris qu'elle était une collectionneuse passionnée, tout comme ses parents, mais que personne n'aimait autant les livres qu'elle dans son entourage. Elle n'avait donc personne avec qui partager son excitation lorsqu'elle tombait sur une pépite. Quelques semaines plus tard, elle acheta plusieurs livres anciens de jardinage et de cuisine qu'elle m'invita à venir voir.

Sack habite dans un appartement d'une magnifique demeure victorienne dans le quartier de Castro. Son débarras est rempli de bibelots des années 1950 et de toutes sortes d'objets encore plus vieux. Elle a transformé sa salle à manger en une immense bibliothèque. Les murs sont couverts d'étagères du sol au plafond, remplies de livres, pour la plupart reliés en cuir ou en toile, et sur la table en bois au centre de la pièce reposent une douzaine de titres parmi ses préférés. C'était une sorte de petit musée privé, et je me demandai combien d'appartements, dotés d'une collection secrète comme celle-ci, il pouvait y avoir dans le port de San Francisco. Faire le tour d'une bibliothèque privée est assez similaire à regarder des albums de famille, mais dont les photos seraient prises par Edward Weston et Roy DeCarava. À l'instar des photos de grands photographes, chaque volume a sa propre histoire et, bien qu'elle ne me présentât que ses livres favoris, la visite dura une heure et demie.

Sack avait des centres d'intérêt assez vastes : la littérature moderne et la littérature lesbienne qui prenaient tout le mur de gauche et se poursuivaient sur un autre mur où on trouvait une section pour Edward Gorey, la Première Guerre mondiale, l'histoire naturelle, les livres de cuisine, l'Exposition universelle de San Francisco de 1915 et des manuels à l'intention de détaillants. J'étais fascinée. J'aurais adoré avoir une bibliothèque pareille – alors, qu'est-ce qui me retenait ? Une grande partie des livres que Sack me montra n'étaient pas si chers. Je m'offre des chaussures qui valent plus. Bien plus. Je suppose que je suis surtout paralysée par l'ampleur de la tâche : combien de recherches faut-il mener pour connaître la valeur des ouvrages, et combien de temps faut-il consacrer à fureter ? Et une fois que vous avez mis la main sur les livres que vous voulez, ce qui n'est pas le cas de tout le monde, j'aurais du mal à y mettre le prix, quelle que soit la valeur que je porte à l'ouvrage et le respect que j'ai pour les collectionneurs. Et pourtant, même les bibliophiles avec peu de moyens parviennent à se constituer une collection. La différence entre eux et moi est donc qu'ils s'y dévouent corps et âme. Rien ne peut les arrêter.

Tous les livres de Sack ne sont pas de grande valeur, mais tous ont une particularité à ses yeux. On trouve, mélangés aux premières éditions, des titres qui n'intéressent qu'elle. Elle me montra par exemple certains de ses manuels préférés : *L'Art du salage. Faire fumer et mariner vos viandes et poissons à l'anglaise*, publié en 1847, et *Le Marketing du bord de route : un guide complet au quotidien pour les jardiniers, fruitiers, volaillers et fermiers, pour la vente en direct de leurs produits*, un manuel sorti pendant la Grande Dépression sur la manière de tenir et de gérer un stand. On y trouve des photos historiques que peu de gens peuvent voir aujourd'hui.

Avant que je parte, Sack me montra des exemplaires annotés, qu'elle affectionnait particulièrement. Certains d'entre eux avaient appartenu à des auteures lesbiennes, avec un mot à l'attention de leur amante. Elle me présenta son exemplaire de *No Letters to the Dead* [Pas de lettres aux défunts], de Gale Wilhelm, daté de 1936. Elle avait écrit le mot suivant destiné à sa petite amie Helen Hope Rudolph : « Chère Helen, Quelqu'un m'a dit un jour que ce livre avait l'air d'une boîte de chocolats. Alors, avec tout mon amour, voici une boîte de chocolats à 6 shillings, Gale. »

Sack releva les yeux et dit : « C'est comme assister à une scène de la vie privée d'un auteur. »

Sack était une femme de moins de 40 ans, et elle détonnait à côté des autres collectionneurs, mais j'avais déjà croisé la route de personnes qui ne rentraient pas dans le moule non plus. Lorsque j'avais apporté le *Kräuterbuch* pour la première fois à John Windle, à San Francisco, il y avait un jeune Hispanique dans la librairie. C'était un habitué et Windle l'appelait par son nom. Je notai qu'il était très rare de voir une personne de couleur chez un libraire de livres anciens ou sur un salon. C'était une affaire de Blancs âgés, depuis longtemps, mais les choses étaient apparemment en train de changer.

Joseph Serrano, âgé de 35 ans, avait grandi à San Francisco avec sa mère qui lui lisait de la littérature latino-américaine quand il était petit. C'est un homme costaud, aimable, des yeux marron avec de longs cils derrière ses lunettes à monture rectangulaire, qui se décrit lui-même en ces termes : « Je suis différent. Je n'ai pas fait de grandes études. Je ne suis pas allé à la fac, ni rien. Je suis juste un hurluberlu qui aime les livres. » La fois où nous nous sommes rencontrés, il me dit qu'il avait sur sa table de chevet *Huis clos* de Sartre et *Portnoy et son complexe* de Roth (en édition de poche, m'assura-t-il, lui non plus ne lisait jamais de premières éditions).

Lorsqu'il était enfant, sa tante, qui avait été relieuse au Salvador, lui avait offert un assortiment de livres à reliure en cuir, dont il apprécia immédiatement la particularité. À 16 ans, il travaillait comme livreur pour un fleuriste du quartier cossu de Pacific Heights. « Presque toutes les maisons dans lesquelles j'entrais avait un mur tapissé de livres. » Il se mit à rêver de dresser pareil mur. À 23 ans, alors qu'il conduisait une dépanneuse, il acheta son premier livre de valeur, *Franny et Zooey* de J. D. Salinger, pour 100 dollars. « *L'Attrape-cœurs* est l'un de mes livres préférés, mais je n'avais pas les moyens. » Après cette première trouvaille, il se mit à courir les ventes aux enchères et les dépôts de l'Armée du Salut. Même s'il n'était pas satisfait derrière le volant de son camion, il avait le temps d'étudier les catalogues de collectionneurs entre deux remorquages, de mémoriser les références, puis de partir en expédition. « En entrant dans un magasin caritatif, type Secours populaire ou Secours catholique, je repérais tout de suite les livres de valeur. » Au début, il chercha à vivre de cette activité, il achetait des livres pour 2 ou 3 dollars avant de les revendre 20 ou 100. En parallèle, il se constituait aussi sa propre collection. Sa technique était de chercher des livres d'auteurs peu connus, mais dont il connaissait la valeur, pour les revendre et pouvoir ensuite s'acheter des livres selon ses centres d'intérêt : la Californie, l'Amérique latine et la littérature du XXe siècle. La pièce centrale de sa collection est le premier texte à rendre compte de la république de Californie, une rébellion menée en 1846 par les Américains contre les autorités mexicaines de la région de Haute-Californie. « J'étais content de trouver pour 2 dollars un livre qui en valait une centaine, mais j'ai rapidement compris que je voulais plutôt collectionner des textes qui avaient eu une influence sur les gens, des livres controversés comme *1984* de George Orwell, des livres importants. Et comme la traque alimente le désir, j'allais dans des ventes aux enchères. Les gens passaient littéralement devant les livres, tout ce qui les intéressait, c'étaient les meubles ou les œuvres d'art. Une fois, je me suis assis par terre et j'ai commencé à regarder une série de premiers tirages, Hemingway, Faulkner. C'était incroyable. » Tels des aventuriers partis explorer des épaves vieilles de plusieurs siècles, l'espoir et la détermination des traqueurs de livres sont alimentés par des histoires comme celle de Serrano. Il continue de fouiner dans les boutiques caritatives, mais il apprécie aussi de se rendre dans les salons et les librairies, où il peut éprouver ses connaissances face aux libraires. Il a appris tout ce qu'il sait dans un petit guide pour amateur et aujourd'hui il projette d'ouvrir une librairie en ligne. Pour lui, le succès d'un tel commerce repose sur le principe suivant : « Voir un objet que l'on ne peut se permettre d'acheter, et le faire quand même. Ma femme considère que c'est une forme d'addiction, car le sentiment que cela procure est tellement bon. »

Parfois, cette sensation est partagée par ceux qui assistent les collectionneurs dans leurs recherches. Sanders a mentionné à plusieurs reprises un Londonien, David Hosein, qui voyage beaucoup dans le cadre de son travail et en profite pour s'arrêter dans des librairies où il achète des écrits de vagabonds et autres laissés-pour-compte. Il me décrivit sa collection dans un e-mail :

> Ma collection porte sur des personnes (iconoclastes, sectes, groupes) et des activités (légales et illégales) hors des normes de la société. Par exemple, des livres sur les prisons, les gangs de motards, les vagabonds, les maquereaux, les drogués, les escrocs, les militants

pour la cause environnementale, les collectionneurs de baskets, la culture proto-hip-hop et des livres contestataires japonais. Au cœur de cette collection, on trouve un grand nombre de textes écrits par des détenus.

Cela fait plus de dix ans que j'achète en quantité non négligeable des textes de non-fiction du XXe siècle, dans leur première édition, ainsi que des photographies. Seuls les livres en parfait état m'intéressent. À cet égard, j'ai l'air aussi compulsif que le premier taré venu, fan de Stephen King.

Sanders voue un culte à l'originalité de cette collection – et je dois admettre que je le partage. À dire vrai, ce genre de collection permet de maintenir le commerce en activité, car les collectionneurs et les libraires comme Sanders qui le savent gardent un œil ouvert sur les livres de travailleurs itinérants, de vagabonds et consorts, pour les lui mettre de côté.

« Un type comme Hosein, dit Sanders, a une longueur d'avance, il crée un nouveau genre de collection, et les gens suivent son évolution. »

D'après Sanders, il faut autant d'ingéniosité pour constituer une collection aussi originale que pour la vendre. Il est fort probable qu'elle sera achetée par un libraire visionnaire ou par une institution plutôt que par un particulier. « Après tout, commente Sanders, ce qui intéresse les collectionneurs, c'est la découverte et l'acquisition. Souvent, certains d'entre eux brûlent ce qu'ils ont mis des années à accumuler ou s'en débarrassent lorsqu'ils sont parvenus à un stade où il devient difficile de trouver du matériel nouveau. La collection s'immobilise, et le collectionneur s'épuise. » Quelqu'un comme Hosein ne se demande probablement jamais qui lui reprendra ses livres. Une collection comme la sienne est une quête personnelle. Mais lorsqu'il décidera de s'en séparer, comme c'est le cas de toute collection *in fine*, l'effort passé à l'assembler se montrera payant, car sa valeur dépassera celle des livres cumulés.

Même lorsqu'un livre ne fait pas partie d'une collection, dès lors qu'il est marqué du sceau de « classique », sa valeur grimpe. Une amie m'a passé un article qu'elle a lu dans le magazine *Worth*, dans lequel il est dit que le cours des grands classiques de la littérature progresse plus rapidement que les autres marchés financiers depuis les vingt dernières années. L'article était accompagné d'un graphique digne d'un cartoon sur lequel la courbe fait une ascension fulgurante pour vous montrer l'investissement sûr que représente une collection de livres anciens. Je pensais naïvement que les libraires accueilleraient ça comme une bonne nouvelle. Après que j'en eus parlé à Sanders, il me répondit ceci :

« Je ne crois pas que ce soit une bonne chose. Seuls l'amour et la joie simple des livres devraient nous pousser à les acheter. Y penser en termes d'investissement les transforme en de simples gadgets, en marchandises. Cela affaiblit leur héritage culturel, sans parler des livres en eux-mêmes, des auteurs, des lecteurs. Laissons Wall Street gérer la barbaque.

« À cause de la spéculation, de nombreux livres, des incunables, des incontournables de la littérature moderne, sont déjà hors de portée du collectionneur moyen, et même de certains plus fortunés. Dites-vous que *Gatsby* vaut plus de 100 000 dollars… Regardez ce qui s'est passé pour le marché de l'art, des peintures qui valaient des milliers de dollars coûtent à présent des centaines de milliers, et celles qui valaient des centaines de milliers coûtent des millions…

« Si Wall Street s'empare des livres et les transforme en des produits de placement, alors là faites gaffe ! Plus personne ne pourra se les payer, et la joie de la collection aura disparu. Le gros des collections se joue autour de livres qui valent entre quelques centaines de dollars et quelques milliers.

« Si vous n'achetez que des titres que vous aimez et appréciez, à la hauteur de vos moyens, des exemplaires dans le meilleur état possible, alors vos livres représenteront toujours un bon investissement. »

◆

Il ne fallut pas longtemps à Gilkey pour se remettre à accumuler les reçus bancaires. Il gérait ça comme une petite affaire et se fixait pour objectif de mettre de côté deux ou trois tickets par jour. Tout se déroula sans accroc. « C'était marrant », dit-il plus tard. Au moment de prendre le ticket, il ressentait une phase d'exaltation, puis il passait au suivant.

Parfois, on l'appelait en renfort dans l'arrière-boutique. On lui demandait de contacter des clients pour les convier à des événements. Il était alors seul dans une pièce avec un téléphone, un ordinateur et une enveloppe marron pleine de reçus. La tentation était trop grande pour y résister.

Gilkey ne croulait pas sous le travail et en profitait donc pour effectuer des recherches sur des livres et éplucher des sites de libraires. Une fois qu'il s'était décidé sur ce qu'il voulait, et il s'agissait toujours d'un titre ou d'un auteur dont il avait déjà entendu parler, il attendait la pause déjeuner et allait dans un hôtel proche, comme le Crowne Plaza ou le St. Francis, n'importe lequel qui soit pourvu d'un téléphone isolé. Jamais il ne commanda de livre depuis Saks, de peur que l'on ne retrouve l'origine de l'appel.

Après un certain temps, il estima que tout ceci était trop beau pour être vrai. Il commença à se méfier de tous les clients fortunés. Le jour où le P-DG de Netscape vint s'acheter des chaussures, il fit tout pour ne pas empocher son reçu. Une autre fois où le manager lui demanda d'aller donner un coup de main au rayon chaussures, il fut persuadé que c'était un piège. Des clients brandissant leur carte Platinum se succédaient pour acheter des chaussures de 800 ou 900 dollars. Il commença à penser que Saks était après lui, qu'on le mettait à l'épreuve. À la fin de la journée, il déchira tous les reçus qu'il avait mis de côté.

Il se trompait sur Saks. En revanche, en janvier 2001, lorsque le juge d'application des peines apprit qu'il travaillait à San Francisco, il le rappela à l'ordre. Les conditions de sa liberté conditionnelle impliquaient qu'il séjourne à Modesto, et le juge l'invita donc à se trouver un emploi sur place. Gilkey était furieux. Saks était l'une des meilleures choses qui lui soient arrivées. Le boulot n'était pas compliqué, il était élégamment habillé et il s'entendait bien avec ses collègues. Plus important encore, il avait accès à toutes ces cartes bleues au plafond illimité. Il venait aussi de se trouver un autre boulot à temps partiel à San Francisco chez un distributeur de films pour lequel il réalisait des sondages auprès du public. C'était presque aussi bien que Saks. C'était l'industrie du cinéma, se disait-il, et pour quelqu'un qui est fasciné par la célébrité, tout ceci était fort excitant. Mais il fut renvoyé dès que son employeur découvrit qu'il avait un casier judiciaire. Il n'y travailla que trois semaines en tout.

Comme si cela ne suffisait pas pour lui de s'être fait virer, le 14 janvier, les Oakland Raiders, l'équipe de football que Gilkey supportait, perdirent la Ligue des champions de l'AFC contre les Baltimore Ravens, et la défaite fut violente : 16 à 3. Il regarda le match avec son père, ils étaient persuadés que les Raiders allaient remporter la coupe. Après la défaite, Gilkey se sentit aussi humilié qu'il l'avait été devant le juge. Il fit donc ce qu'il faisait toujours lorsqu'il était contrarié : il vola un livre, mais cette fois avec un chèque en bois. Il le vécut comme un lot de consolation pour une injustice perçue. Pour lui, cela ne prêtait pas à conséquence, on parlait de 200 dollars, mais la personne porta plainte et il fut arrêté.

D'après ce que me raconta Gilkey, l'avocat commis d'office voulait plaider la cause du désordre mental, ce qu'il accueillit comme une excellente idée. Mais lorsque le juge annonça qu'il devrait alors passer un an dans une institution spécialisée, Gilkey le pria d'oublier ce scénario : « Il n'y a rien qui cloche chez moi », et il accepta de purger une peine de six mois et demi. S'il en croyait la manière dont ce genre de condamnation était gérée, il ne tirerait que la moitié de sa peine. Puis Gilkey demanda un délai dans l'exécution de la peine et le juge accepta qu'il ne soit incarcéré qu'à partir de juin, soit quatre mois plus tard.

Enragé par son licenciement et sa condamnation, qu'il considérait tous deux comme injustes, Gilkey savait très bien comment il allait employer son temps.

Ah, tu veux la guerre ? se dit-il en s'adressant au monde entier, et plus particulièrement au petit monde des libraires de livres anciens. *Eh bien, tu vas l'avoir.*

Le trio de Ken 7

Gilkey passa les quatre mois qui précédèrent l'application de sa peine à longer la côte californienne en voiture accompagné de son père, ils s'arrêtèrent plusieurs jours dans chaque ville, South Lake Tahoe, San Francisco, Los Angeles, San Diego, et faisaient des escales à la maison familiale de Modesto. Ce furent des vacances prolongées, dont la fin était imminente, qu'il s'offrit avec les économies de son père et les numéros de cartes volés.

Le 14 mars, ils décidèrent de séjourner dans un hôtel de l'aéroport de San Francisco, parce que le parking était moins cher que ceux des hôtels du centre-ville. C'était une journée radieuse et ils se rendirent au Westin Hotel dans une voiture de location. Sur place, Gilkey ouvrit les Pages jaunes et chercha la section des libraires de livres anciens. Il avait déjà fait un premier repérage chez lui, à Modesto, et avait été particulièrement impressionné par l'offre de Brick Row Book Shop. Tout en composant leur numéro, il sortit un reçu de sa poche.

Gilkey se présenta sous le nom de Dan Weaver et parla avec Andrew Clark à qui il fit forte impression.

Celui-ci le traita avec respect, car il voyait en lui un futur client régulier.

« Je cherche à faire un cadeau, dit “Weaver”. Quelque chose entre 2000 et 3000 dollars. *La Foire aux vanités* de Thackeray, par exemple.

— Je crains que nous ne l’ayons pas en magasin. Toutefois, nous pouvons vous proposer un autre grand roman du XIXe siècle susceptible de vous intéresser : *Le Maire de Casterbridge*, de Thomas Hardy.

— Hum, réfléchit “Weaver”.

— Il s’agit d’un coffret composé de deux volumes, reliure en demi-maroquin de Rivière, tranches marbrées, avec dorures et inscriptions sur le dos. Première édition, en bon état, pour 2500 dollars.

— Eh bien, je crois que cela fera l’affaire », dit « Weaver » avant de lire le numéro de carte à Clark et de préciser qu’il passerait dans l’après-midi récupérer le coffret.

Clark enveloppa soigneusement *Le Maire de Casterbridge* dans une feuille de papier brun et, avant d’aller déjeuner, il prévint le propriétaire, John Crichton, qu’une personne passerait à la boutique récupérer le paquet.

Plus tard dans la journée, un homme âgé, dans les 70 ans, fit irruption dans la librairie et annonça à Crichton qu’il venait chercher un livre pour son fils, Dan Weaver.

« Je suis pressé, dit-il l’air mauvais, je suis garé en double file. Passez-moi le livre. »

Crichton s’assura que l’ouvrage avait bien été réglé avant de le lui tendre accompagné de la facture.

Le père de Gilkey prit l’ascenseur, sauta dans la voiture de location et donna le livre à son fils.

Gilkey m'expliqua plus tard qu'il avait demandé à son père d'y aller à sa place, car il avait besoin d'aller aux toilettes. Il insista sur le fait que son père ne savait pas que le livre avait été acheté avec un numéro de carte volé. Pourtant, son père avait bien annoncé qu'il était venu au nom de Dan Weaver, il ne pouvait donc pas ignorer qu'il se rendait complice d'un vol. Là encore, il était plus intéressant de voir à quel point il insistait pour innocenter son père que de connaître le réel degré d'implication de celui-ci. Néanmoins, ces deux questions me rendaient perplexe.

Gilkey jubilait de pouvoir tenir un livre comme *Le Maire de Casterbridge* entre ses mains, c'était un exemplaire ancien, soigné, un morceau de l'histoire littéraire. La sensation était incomparable. L'ouvrage lui appartenait désormais, et il savait qu'il avait de la valeur, que « tout le monde le voulait », mais qu'il était le seul à le posséder. C'était excitant. Quand il eut fini de l'examiner, il le déposa délicatement sur le siège arrière. Il avait ressenti une certaine nervosité pendant que son père était dans la librairie, mais il s'en était bien sorti et ils étaient tous les deux soulagés de partir.

Un mois plus tard, le véritable Dan Weaver appela Crichton et lui demanda : « Vous pouvez me dire d'où sort cette facture de 2500 balles ? Et pour un livre, en plus ! » Crichton examina ses commandes et comprit le problème. Comment est-ce que cela avait bien pu lui arriver ? Il avait pourtant été responsable de la sécurité de l'ALAA, et il se montrait toujours prudent. Il écrivit immédiatement à Sanders pour lui donner les informations qu'il avait. Sanders, à son tour, envoya un e-mail à l'ALAA et à l'International

League of Antiquarian Booksellers (l'ILAB), dans lequel il décrivit le contenu de la conversation entre Brick Row et le voleur, les caractéristiques de l'ouvrage et, le plus important, une description de l'individu : âgé, dépenaillé, la voix grave.

Maintenant, tout le monde pouvait ouvrir l'œil.

Deux mois plus tard, Gilkey eut l'envie irrésistible de s'offrir un livre de littérature étrangère. Ses coups marchaient les uns après les autres, il se sentait en veine, en confiance. Il appela Heldfond Book Gallery à San Anselmo, une petite ville du comté de Marin, juste au nord de San Francisco. Il parla avec la propriétaire, Lane Heldfond, pour dire qu'il était sur la route et voulait s'arrêter pour acheter des cadeaux : un livre pour enfants et un livre dédicacé. Heldfond lui suggéra *The Patchwork Girl of Oz*, à 1 800 dollars, et un exemplaire signé de *Joseph en Égypte* de Thomas Mann, un auteur que Gilkey appréciait tout particulièrement, pour 850 dollars. Il raconta qu'il consultait leur site en ce moment même, ce qui était une belle bourde de sa part, puisqu'il était en train de conduire, mais Heldfond ne lui fit aucune remarque. Gilkey précisa que son cousin passerait le lendemain.

C'était une journée dégagée et ensoleillée, aussi Gilkey emprunta le ferry pour traverser la baie. San Anselmo est une petite ville endormie, l'une des rares dans cette partie riche du comté à bénéficier encore du charme des magasins de charité désordonnés et des petits cafés où l'on vous sert des boissons à emporter dans des gobelets sans logo. La librairie Heldfond, située dans l'angle d'un bâtiment en L, est une boutique triangulaire dont l'angle le plus aigu est agrémenté d'un fauteuil rembourré situé à côté d'une fenêtre. Heldfond est une petite dame d'une quarantaine d'années, au teint mat, avec de longs cheveux noirs ondulés et un sourire désarmant. En plus de son activité de libraire, elle est aussi sculptrice, et son sens de la composition se ressent dans l'organisation des étagères. Elle et son époux collectionnaient des livres depuis longtemps avant d'ouvrir cette librairie en 1991. Ils achetaient ce qu'ils pouvaient se permettre en espérant que la cote grimperait, et ils ont généralement vu juste, car, contrairement aux autres entreprises familiales, la leur était en plein développement.

Après que Gilkey eut passé commande, Helfond raccrocha et appela son époux.

« Il y a quelque chose de bizarre », dit-elle. Elle avait un mauvais pressentiment. Tout avait été trop facile.

« Est-ce que le transfert a été autorisé par la banque ? » demanda-t-il.

Il l'avait été. Son mari lui assura qu'il n'y avait donc aucune raison de s'inquiéter.

Helfond prit les livres sur leur étagère – *Joseph en Égypte* à la couverture d'un noir intense, *The Patchwork Girl of Oz* et sa jaquette illustrée –, les emballa et les déposa sous le comptoir.

Quand Gilkey arriva à San Anselmo, il alla à la poste située à une rue de la librairie et rappela Heldfond pour s'assurer qu'elle avait bien reçu le paiement. Elle confirma.

Devant la librairie, Gilkey vérifia qu'il n'y avait pas de voiture banalisée garée dans la rue et entra en se couvrant la bouche d'une main.

« Je sors de chez le dentiste », dit-il à Heldfond en parlant du coin de la bouche pour déformer sa voix afin qu'elle ne le reconnaisse pas. Il savait que c'était risqué et commença à s'agiter. Il était censé être le cousin de celui qui avait appelé. Il réduisit la conversation à l'essentiel, resta à l'entrée du magasin et sortit dès qu'il eut les livres en main, avant de courir jusqu'au prochain arrêt de bus dès qu'il fut hors de vue. À présent, il devait passer déposer deux livres de plus dans son garde-meuble.

Sur l'un des murs de la librairie, il y avait un marque-page avec cette phrase d'Oscar Wilde : « Je peux résister à tout sauf à la tentation. »

◆

Je commençais à comprendre qu'on ne se mettait pas à collectionner comme ça, tout à coup, mais que l'envie prenait forme après, disons, un ou deux achats. Je me demandais si en achetant la première édition de livres qui avaient été pour moi une source d'inspiration, je connaîtrais ce sentiment : peut-être alors que je deviendrais l'une des leurs. Je pourrais commencer par mes livres de journalisme littéraire préférés : *De sang-froid*, *The Spirit Catches You and You Fall Down* [L'esprit s'empare de vous et vous renverse], *Le Fou et le Professeur*, *Le Voleur d'orchidées*. Je me mis à éplucher des sites de libraires pour voir combien ces ouvrages coûtaient. Je lus les descriptions des autographes et autres caractéristiques uniques, et ressentis les premiers émois d'un collectionneur à l'affût.

Après les manuscrits originaux, les premières éditions dédicacées sont les documents qui vous permettent d'être au plus proche d'un auteur. Il n'est pas nouveau de considérer un livre comme une prolongation de son auteur. En 1644, John Milton écrivait : « Les livres ne sont pas des objets inertes, mais portent en eux autant de vie que l'âme qui les a fait naître, en effet ils conservent, comme dans une fiole, la puissance et l'essence de l'intellect qui leur a donné le jour. » Presque trois cents ans après lui, en 1900, Walt Whitman faisait écho à ce sentiment : « Camarade ! Ceci n'est pas un livre, / Qui touche ceci touche un homme. » Contrairement à un collectionneur d'œuvres d'art qui peut posséder une œuvre originale, la meilleure option du collectionneur de livres, à part celle de détenir le manuscrit, est de trouver un premier tirage. Et il lui en faut toujours plus, comme l'illustre bien cette plaisanterie : « Qui de ces deux hommes est le plus heureux ? Le libraire qui possède presque tous les grands classiques de la littérature mondiale, ou celui qui a treize filles ? Le plus heureux des deux est le second, car il sait qu'il en a assez[1]. »

Je me résolus à franchir le pas et à m'acheter deux livres de Gay Talese, qui allait venir à San Francisco, que j'espérais me faire signer. On m'avait prévenue des risques que j'encourais à commander un livre en ligne chez un libraire qui n'est pas membre de l'ALAA, mais je n'avais que peu de temps devant moi, et aucun des libraires membres que j'appelai n'avait ce que je cherchais. Je commandai sur Internet une première édition de *The Overreachers* [Les ambitieux] et de *The Bridge* [Le pont], pour environ 40 dollars pièce, chez deux libraires non membres. Lorsque je les reçus, je m'empressai d'ouvrir les paquets enveloppés de papier bulle. *The Overreachers* était « en bon état », c'était mon premier premier tirage ! *The Bridge* aussi était dans l'état annoncé, mais il ne s'agissait pas du tout d'une première édition – là où le copyright de *The Overreachers* l'indiquait clairement, celui de *The Bridge* ne précisait pas de quel tirage il s'agissait. J'appelai le libraire, qui admit son erreur et accepta de me rembourser la différence. Cela me servit de leçon.

Après m'être fait dédicacer mon exemplaire de *The Overreachers* par Gay Talese, je le rapportai chez moi, et le rangeai sur une étagère avec des livres d'édition courante. Je pensai qu'il serait peut-être préférable de lui trouver un emplacement plus honorifique, mais je n'ai jamais pris le temps de le déplacer. Pour avoir touché un manuscrit de Flaubert au Salon de New York, je comprenais pourquoi on pouvait avoir envie d'acheter un tel objet. En revanche, je dois bien admettre que je ne comprends pas comment on peut être fasciné à ce point par les premiers tirages. L'un des grands attraits d'une collection est l'émotion qu'elle vous procure et, bien que je comprenne l'intérêt que peut susciter une première édition, je ne le partage pas. Les seuls livres pour lesquels j'éprouve un profond attachement sont ceux avec lesquels je partage une histoire. Lorsque j'étais enfant, j'ai eu la grippe et ma mère m'a offert son exemplaire de *Anne... la maison aux pignons verts*. Je fus autant charmée par la beauté désuète du livre que par son histoire. Il était recouvert d'une toile taupe délavée accompagnée d'un portrait de profil d'Anne. À l'intérieur on pouvait lire la dédicace suivante : « Pour Florence, de la part de tante Freddie. Noël 1911. » Ce qui veut dire qu'il n'avait pas seulement appartenu à ma mère, mais à ma grand-mère avant elle. Je suis aussi très attachée à un ouvrage que je tiens de mon père, *Pierre Lapin*, avec une couverture haute en couleur, et à sa ribambelle de livres sur les chats (*Mother Cat*, *Fluffy*

Kitty, *Muffy Kitty* et, le meilleur d'entre tous, *Puffy Kitty*). De tous les livres que j'ai hérités de mes grands-parents, aucun ne m'enchante plus qu'une édition illustrée de 1948 des *Lettres de mon moulin* d'Alphonse Daudet en français. (Est-ce que le fait d'aimer autant un livre dont je suis incapable de comprendre le moindre mot trahit une certaine forme de bibliomanie chez moi ?) Sa couverture souple est illustrée d'un moulin et recouverte de papier cristal dont l'opacité m'évoque les fenêtres d'un vieux train. Aucun de ces livres n'a la moindre valeur sur le marché (j'ai vérifié), mais je les aimerai toujours pour leurs histoires : celle qu'ils contiennent, et celle qu'ils ont au sein de ma famille. Je doute que cela changerait quelque chose pour moi s'il s'agissait de premiers tirages – à moins qu'ils ne vaillent assez pour qu'en les revendant je puisse payer les frais universitaires de mes enfants, auquel cas je devrais m'en séparer. Non sans regret.

Mon exemplaire du livre de Talese se retrouve donc coincé entre des livres de troisième, quatrième ou douzième impression. Malgré ma passion pour la lecture et mon goût pour le charme historique et esthétique des vieux livres, je n'ai toujours pas été contaminée par le virus du collectionneur.

◆

Lane Heldfond fut surprise d'apprendre que *Joseph en Égypte* et *The Patchwork Girl of Oz* avaient été achetés de manière frauduleuse, mais elle se dit que son assurance couvrirait les pertes – ce qui représenterait assez d'argent pour partir avec Erik et leur fille de 6 ans en vacances à Hawaï. Elle avait tort, l'assurance n'allait rien lui rembourser. (À moins d'obtenir la signature du véritable détenteur de la carte, les victimes doivent endosser les pertes subies.) Elle écrivit un mail furieux à Sanders en lui indiquant les ouvrages. Contrairement à un grand nombre de ses confrères qui rechignent à exposer leurs pertes, elle estimait qu'il était important de signaler tout livre disparu. Elle écrivit donc dans son courrier qu'un homme plutôt connaisseur, à la recherche de livres qu'il voulait offrir, l'avait appelée. Il avait payé par carte bancaire avant de préciser qu'un tiers passerait à sa place, tout comme l'avait déjà écrit Sanders dans son rapport, à la nuance près que le voleur n'était pas âgé. Il devait avoir la trentaine et les cheveux bruns.

Peut-être que Sanders faisait fausse route en mettant en garde toute la profession contre le « voleur à la carte de Californie du Nord ». Peut-être qu'il fallait les alerter contre *plusieurs* voleurs. Est-ce qu'ils formaient une bande organisée ? Il avait l'impression de courir après des fantômes. Son travail d'enquête aurait pu être plus facile si seulement les libraires n'avaient pas été réticents à signaler les livres manquants.

◆

Ce furent des vacances d'autant plus agréables que Gilkey et son père ne dépensèrent pas un sou. Gilkey réglait les notes d'hôtel de deux manières : soit par « carte », soit il se plaignait que les toilettes étaient bouchées, et se faisait rembourser. Il savait que la plupart des hôtels souhaitaient offrir entière satisfaction à leurs clients, et il en profitait pour faire des réclamations auprès du manager qui généralement ne lui facturait rien. Même scénario pour les restaurants. Ces méthodes n'échouèrent qu'à deux reprises : au St. Francis Hotel, à San Francisco, où ils gardèrent ses bagages jusqu'à ce qu'il revienne avec du liquide pour régler la note, et au Mandarin Oriental, aussi à San Francisco, où il descendit pour avoir le plaisir de connaître le luxe d'un hôtel cinq étoiles. Lorsqu'on refusa de le rembourser, il vida la chambre de toutes les petites bouteilles de shampoing, jusqu'aux morceaux de savon et paires de pantoufles, ce qui lui procura un petit sentiment de justice.

Alors que le temps filait et que juin arrivait bon train, Gilkey continua d'acquérir de nouveaux livres au rythme de deux par semaine. Bien qu'il n'ait pas grande valeur marchande, son livre fétiche à l'époque était *Dead Zone* de Stephen King, en raison des circonstances dans lesquelles il l'avait obtenu. L'un des grands plaisirs du collectionneur est de se souvenir de la manière dont chaque volume a atterri sur son étagère. Gilkey avait passé commande pour ce livre depuis une cabine téléphonique située juste en face d'un poste de police.

Ce fut un grand moment d'excitation pour Gilkey. Il prenait toujours soin de bien observer les libraires et de suivre un ensemble de règles qu'il s'était fixées. Généralement, il récupérait le livre lui-même, mais parfois demandait au chauffeur de taxi d'y aller pour lui : « J'ai la flemme, allez-y pour moi, je vous prie, et je vous laisserai un bon pourboire. » Ou bien, il les amadouait simplement en boitillant, en prétextant une migraine ou une nausée. Il pensait que « les chauffeurs feraient n'importe quoi pour de l'argent, même 5 dollars ». Une fois, il songea même à venir habillé en prêtre, mais se ravisa, estimant qu'il y avait des limites à tout.

Entre janvier et juin 2001, Gilkey amassa des livres qui pouvaient coûter 2000, 5000, même 10000 dollars. Au total, il devait y en avoir pour plus de 100000 dollars. Il se rendit compte que s'il arrêtait de travailler pour se consacrer à sa collection, elle pourrait finir par valoir des millions.

En revanche, il eut aussi le sentiment que son *modus operandi* finirait par attirer l'attention, tout particulièrement en Californie du Nord. Il décida d'étendre sa zone d'influence, et de frapper chaque grande librairie de livres anciens. Personne ne pourrait faire le lien entre elles. Il commanderait en Oregon, en Idaho, en Arizona. Puis, à Philadelphie, à New York, et dans le monde entier. Il savait que c'était un marché international : « Je pouvais acheter un livre en Argentine, un autre en Angleterre, en Afrique du Sud, aux Bahamas. »

Il arrêta aussi d'aller les chercher sur place et commença à se les faire livrer à des hôtels où il passait les récupérer ensuite. Inutile de préciser aux libraires qu'il s'agissait d'un hôtel, l'adresse suffisait.

En juin, Gilkey alla finalement en prison pour purger sa peine. Il passa trois mois et demi derrière les barreaux, pendant lesquels il réfléchit à la suite des événements. Avant de sortir, il dit à son père : « Laisse tomber cette histoire de patrimoine. Je vais nous construire un empire. »

◆

Quelques semaines seulement après sa sortie de la prison du comté de Los Angeles, Gilkey se fit de nouveau embaucher à Saks Fith Avenue. Au cours de l'année qui suivit, alors qu'il était toujours en liberté conditionnelle, il vendit des vêtements de haute couture, griffonnait subrepticement le numéro de carte de ceux qui les achetaient, et commandait un livre par mois d'après ses estimations, peut-être plus.

Fin 2002, alors que la période des fêtes battait son plein, les responsables de Gilkey qui étaient contents de son travail le promurent au service après-vente, là il aurait l'occasion de manipuler des espèces, des cartes cadeaux et des liasses de reçus bancaires. Craignant que ce nouveau poste n'entraîne une vérification de ses antécédents judiciaires, il essaya de décliner la proposition. En vain. Lorsque son patron lui força la main et lui mit les formulaires sous le nez, Gilkey écrivit par mégarde son adresse à Modesto, où il avait fait soixante jours de prison pour émission de chèques sans provision. Peu de temps après, en arrivant au travail, il fut convoqué par le DRH et ce fut la fin de Saks.

Gilkey aimait son boulot plus que n'importe qui. Les clients appréciaient sa cordialité et ses collègues étaient gentils avec lui. L'un d'eux, Tony Garcia, le décrivit comme « calme et très professionnel. Toujours prêt à vous aider[2] ».

Après avoir été congédié, Gilkey pensa que le monde faisait une fois de plus preuve d'injustice envers lui, qu'il l'isolait. Cela étant, il avait sa pile de reçus pour rétablir l'ordre des choses. Le simple fait d'y penser le mettait en joie.

Deux semaines plus tard, le matin du jeudi 28 janvier 2003, Gilkey, qui avait passé la nuit chez sa mère, se leva, s'habilla, sauta le petit déjeuner, prit le bus jusqu'au centre-ville de Modesto et se promena avant de se rendre au DoubleTree Hotel, où il s'assit dans un confortable fauteuil à côté des téléphones, dans l'une des alcôves du hall d'entrée. Gilkey tenait scrupuleusement un registre des livres qu'il désirait, de ceux qu'il acquérait, de la carte bancaire utilisée et des circonstances de chaque larcin. L'une de ses autres règles était de ne jamais passer plus de deux à trois commandes dans la même journée, mais dans la mesure où il n'obtint pas ce qu'il voulait, ce jour-là, il passa sept à huit appels. En plus des livres, Gilkey avait jeté son dévolu sur de vieux documents et d'anciens hochets en or fin qu'il avait repérés dans un catalogue. Il appela un libraire de l'Idaho auprès de qui il commanda, justement, *Le Gang de la clé à molette*. Gilkey le fit expédier à un hôtel de Palo Alto.

Il appela ensuite un libraire à New York, un autre à Chicago, mais l'un n'avait pas ce qu'il cherchait et l'autre rejeta la carte de crédit. Enfin, il composa le numéro de Ken Lopez, libraire dans le Massachusetts, dont il avait vu la publicité dans *First*, le magazine de référence des collectionneurs. Il se présenta sous le nom de Heath Hawkins et dit qu'il cherchait un ouvrage entre 5000 et 7000 dollars. Le supposé Hawkins posa des questions sur un exemplaire des *Raisins de la colère*, qu'il avait repéré. Lopez lui fit une description du livre, précisant qu'il coûtait 6500 dollars, et les deux hommes échangèrent quelques mots. Ce M. Hawkins avait l'air fort sympathique et en connaissait un rayon. Après leur discussion, Lopez accepta de descendre le prix à 5850 dollars.

Puis « Hawkins » demanda si ce serait une bonne idée de faire confectionner un boîtier pour ce volume, et un détail revint soudainement à la mémoire de Lopez. Six mois plus tôt, un autre homme, un certain « Andrew Meade », l'avait appelé concernant *Vol au-dessus d'un nid de coucou* de Ken Kesey, estimé à 7500 dollars, et ce type avait posé exactement la même question. La carte de crédit avait été rejetée, et « Meade » ne l'avait jamais recontacté comme il avait promis de le faire.

L'un de ses confrères, Kevin Johnson, de Royal Books à Baltimore, avait lui aussi été approché par un certain « Andrew Meade » plusieurs mois auparavant et avait perdu un original de *Sur la route* de Jack Kerouac, qui coûtait 4500 dollars. Lopez avait vu passer assez de mails de Sanders dans lesquels il fulminait contre le « voleur à la carte de Californie du Nord » pour être sûr qu'il tenait son homme. Lopez prit le numéro de carte et dit à « Hawkins » de rappeler dans quelques minutes. American Express lui apprit que l'adresse que « Hawkins » avait donnée n'était pas celle qui correspondait au compte bancaire.

Lorsque « Hawkins » rappela, Lopez lui demanda : « Pourrais-je avoir l'adresse de facturation, s'il vous plaît ?

— Ho, oui. Ce n'est pas la même. C'est à New York.

— Ah oui ? »

Puis « Hawkins » donna la bonne adresse.

« Très bien, je vais devoir procéder à nouveau à la demande de paiement. Rappelez d'ici quelques minutes. »

Lopez se précipita sur Internet pour localiser l'adresse de livraison, il découvrit qu'elle correspondait à celle du Sheraton Hotel à Palo Alto. Il rappela American Express qui contacta la propriétaire de la carte, Heather Hawkins, à New York, et lui demanda si elle venait de commander un livre. Elle n'avait pas la moindre idée de ce dont ils étaient en train de parler.

Lorsque « Hawkins » téléphona à nouveau pour s'assurer que la transaction avait été approuvée, l'associé de Lopez le fit patienter au téléphone en prétextant que son collègue était occupé sur une autre ligne. L'interlocuteur en question n'était autre que Ken Sanders, que Lopez venait d'alerter. Sanders suggéra de blouser « Hawkins » en procédant à la commande et en l'envoyant en express pour le lendemain. Après en avoir terminé avec Sanders, Lopez prit « Hawkins » sur l'autre ligne et confirma que la commande était en cours.

Tandis que Gilkey se réjouissait de les avoir « enflés », Sanders, de son côté, ne perdit pas une minute. Il contacta l'inspecteur Ken Munson, de la police de San Jose, avec qui Kevin Johnson, le libraire de Baltimore, avait parlé au moment où il avait porté plainte après le vol de *Sur la route*. Sanders lui remémora l'affaire et expliqua que ce livre, comme bien d'autres, avait été dérobé par ce fameux « Hawkins ». Alors, le « trio de Ken », tel que Sanders commença à les désigner, lui, Lopez et Munson, se mit au travail.

L'inspecteur Munson est un grand lecteur de polars, et plus particulièrement de Michael Connelly. C'est un homme curieux, que les petites arnaques commises sur Internet ennuyaient généralement, et cette histoire de voleur de livres l'intriguait. Cela ne ressemblait pas aux affaires qu'il suivait, d'autant que la victime était dans le Massachusetts, et non à San Jose, mais son unité, qui suivait les cas de fraudes, jouissait d'une certaine autonomie. Et il faut dire que l'hôtel se trouvait dans sa juridiction.

Dès que Munson reçut le message de Sanders, il se mit à travailler dans les plus brefs délais : le livre – qui n'était qu'un fac-similé, précaution prise pour le cas où le piège échouerait – devait être livré le lendemain. Munson se disait que le voleur était un petit futé. Il avait déjà croisé la route de criminels qui estimaient qu'en volant de petites sommes à de grands groupes, dans différents États, ils avaient toutes les chances de ne jamais être pris. Pour lui, Gilkey était l'un d'entre eux. Il était d'accord avec Sanders et Lopez pour dire que celui qui avait arnaqué Kevin Johnson et celui qui venait d'appeler Lopez était la même personne. Dans le pire des scénarios, ils allaient passer cinq heures sur cette affaire qui avorterait si le voleur ne se montrait pas.

Munson contacta le Sheraton et apprit qu'une réservation avait été prise au nom de M. et Mme Hawkins. Gilkey avait ensuite demandé à la réception de mettre de côté les colis à son nom. L'hôtel est situé non loin de Standford University et présente de légers troubles de la personnalité : la façade a été construite dans un style hispanique (arches en stuc, tuiles rouges), et l'intérieur rappelle l'architecture chinoise (lions chinois, paravents laqués). Il y avait désormais à l'intérieur deux agents en civil, un homme et une femme, confortablement installés, vêtus d'un jeans et d'un polo, dans le rôle d'un couple en vacances. Ils arrivèrent tôt afin d'être présents lorsque le livreur de FedEx passerait à 10 h 30. D'après eux, le voleur se présenterait juste après la livraison. À l'extérieur, Munson avait déployé un dispositif de surveillance, et des voitures banalisées attendaient dans le parking. À l'intérieur, les employés avaient pour consigne de signaler la présence de « Hawkins » dès qu'il viendrait réclamer son colis à l'accueil. Bien entendu, personne ne savait à qui s'attendre. Le voleur pouvait tout aussi bien être un homme, une femme, deux hommes… Ils n'en avaient aucune idée.

Tandis que Munson patientait, Sanders essayait d'organiser la riposte de ses confrères. Afin de constituer un dossier contre Gilkey, il leur demanda de lui envoyer, au plus vite, toutes les informations sur des vols récents qui correspondaient aux méthodes de Gilkey.

Les réponses abondèrent, mais toutes ne furent pas d'un grand secours. Une libraire de New York raconta qu'elle avait été approchée par un homme qui cherchait des livres pour le fils de sa compagne, mais après avoir découvert que l'adresse de livraison et l'adresse de facturation de coïncidaient pas, elle avait annulé la commande.

Sanders lui répondit : *Il me faut plus de détails. S'il revient vous voir, je vous demande de jouer le jeu et de lui envoyer le livre. En ce moment même, la police est en surveillance dans un hôtel de Californie où le voleur s'attend à recevoir un exemplaire des* Raisins de la colère *dans la matinée. Si tout se déroule comme prévu, il sera sous les verrous d'ici demain. Ceci est confidentiel* [...] *Si nous ne parvenons pas à l'arrêter, il nous faudra monter une autre opération.*

Plus tard dans la journée, Peter Howard, de Serendipity Books à Berkeley, écrivit à Sanders pour signaler la perte de deux livres en 2000 après qu'un homme eut envoyé son « oncle » les récupérer.

Puis ce fut au tour d'Erik Heldfond, de Helfond Book Gallery, d'écrire pour dire que sa femme, Lane, était à la librairie le jour où un homme était venu récupérer un livre en 2001. Elle pensait avoir affaire au cousin de celui qui avait passé commande. *Ce serait fort utile qu'elle puisse voir une photo du prévenu, car elle a l'œil fin et une trèèèèèèès bonne mémoire*, écrivit-il. Selon elle, il aurait *la petite trentaine, pour 1,75 mètre, les cheveux bruns, était de corpulence moyenne, rasé de frais, et portait des vêtements type H&M*.

Ed Smith, de Washington, rappela à Sanders qu'il avait perdu un exemplaire de *Catch 22* de Joseph Heller, *en bon état avec jaquette, ainsi qu'une édition limitée, numérotée I/99, du livre de Samuel Beckett* Nouvelles et textes pour rien, *reliée en cuir, recouverte de papier cristal et dans son étui (très bon état, comme neuf)*.

Peu après, Sanders envoya un mail récapitulatif à ses confrères et demanda à ceux qui avaient été en contact avec le voleur s'ils seraient capables de le reconnaître à partir d'une photo.

Gilkey passa la nuit au Windham Hotel de San Francisco. Le lendemain matin, il vida ses poches de tout élément capable de l'identifier, ne garda sur lui que sa clé de chambre, une carte téléphonique, deux reçus bancaires et un billet de 20 dollars pour aller déjeuner. Vers 11 heures, il monta à bord du Caltrain qui longe la côte et embarqua pour un trajet d'une heure. Il regarda les bâtiments industriels recouverts de graffitis défiler par la fenêtre, puis les arrière-cours des bicoques de banlieue délabrées, et finalement les palmiers et les concessionnaires de voitures étrangères aux abords de Palo Alto. Là, il descendit et parcourut deux rues jusqu'au Sheraton.

Il remarqua le camion FedEx dans le parking. Si le livre n'avait pas encore été remis, il le serait d'ici quelques minutes. En se dirigeant vers l'accueil, il crut entendre le genre de bruits et de conversations ténus que font les flics lorsqu'ils communiquent entre eux par talkie-walkie, mais il n'y prêta pas grande attention. Il n'était plus qu'à deux mètres des *Raisins de la colère*.

Lorsque Gilkey réclama son colis, l'employé alla dans la réserve où le courrier était gardé. Une seconde plus tard, les policiers en civil le menottèrent, lui annonçant qu'il était en état d'arrestation. Ils appelèrent Munson qui attendait dans le parking.

« Mais enfin, j'arrive tout juste de San Francisco, expliqua Gilkey. J'étais en route pour la bibliothèque de Stanford pour mes recherches.

— Que faites-vous ici, alors ? demanda Munson.

— Un homme à bord du Caltrain m'a filé 20 dollars pour que je passe récupérer un livre à sa place. »

Munson ne crut pas à cette histoire, estimant que Gilkey avait l'air « nerveux et le regard fuyant », mais il avait déjà travaillé sur de grosses affaires dans lesquelles les voleurs avaient recours à un tiers. Il n'était donc pas impossible que ce soit vrai.

« OK, alors passons à la suite des événements, dit un flic. On va te retirer les menottes, te conduire à la gare et te filer le paquet. Toi, tu vas à la rencontre de cet homme et tu nous le montres.

— Et n'essaye même pas de t'enfuir. On ne te lâchera pas d'une semelle. »

Gilkey retourna cette menace dans sa tête en marchant vers la gare, avec une demi-douzaine de flics dans son dos. Stanford University était à un kilomètre et demi, peut-être qu'en prenant ses jambes à son cou il arriverait à les semer. *Qu'est-ce qui peut m'arriver de grave ?* se demanda-t-il. *Je ne les vois pas me tirer dessus.* Mais un kilomètre et demi, ça faisait une sacrée trotte. Il mâchouilla subrepticement les deux reçus qu'il avait sur lui avant de les recracher. Ils arrivèrent tous à la gare, et au lieu de fuir, Gilkey chercha à gagner du temps, aborda plusieurs personnes et leur demanda si elles avaient aperçu l'homme en question.

Munson demanda aux employés de Caltrain s'ils avaient vu un homme rôder qui correspondait à la description qu'en avait faite Gilkey : un homme blanc, entre 40 et 50 ans, cheveux gris, avec une canne. Non, rien. Après que Gilkey eut tourné dans la gare pendant une demi-heure, les policiers n'avaient plus aucun doute sur le fait qu'il leur avait menti. Ils l'emmenèrent pour l'interroger.

Une fois au poste, Gilkey raconta qu'il n'était rien d'autre qu'un brave citoyen qui avait voulu aider un homme avec une canne se déplaçant péniblement. Il donna son nom, mais refusa de répondre à toute autre question, et ne dit surtout pas où il vivait. Ils lui prirent la clé de sa chambre, mais Gilkey refusa de préciser dans quel hôtel il était descendu. Munson découvrit enfin que Gilkey, qui lui avait donné son vrai nom, était en liberté conditionnelle.

À partir de là, l'histoire commença à se dénouer. Gilkey raconta à la police que l'homme à bord du train lui avait simplement dit : « Il suffit de demander le livre pour Heath Hawkins. » Mais à l'accueil, il avait réclamé un livre pour Heather Hawkins. Qui était le nom figurant sur la carte de crédit.

« D'où avez-vous sorti le nom de Heather tout à l'heure, puisque maintenant vous mentionnez Heath ?

— Oh, peut-être que l'homme m'a parlé de Heather et Heath Hawkins, dit Gilkey.

— Vous mentez », le coupa Munson.

Gilkey qui conservait son calme, maintint ses propos, inutilement car Munson ne le lâcha pas. Il trouva un téléphone jetable dans les poches de Gilkey, et la compagnie put en retracer les appels passés à 10 h 11, 10 h 56 et 11 h 25 la veille. Tous à l'attention de Ken Lopez, le libraire du Massachusetts.

Il fut envoyé en prison.

L'île au trésor 8

Gilkey fut incarcéré deux jours. Sanders envoya un mail au libraire Ed Smith, qui avait fort probablement été l'une de ses victimes :

> Objet : Connaissez-vous le chemin pour San Jose ?
>
> Comme vous le savez, nous l'avons eu. Mais seulement pour quarante-huit heures. Nous essayons désespérément de rassembler des preuves pour les inspecteurs et de monter un dossier à présenter au procureur vendredi matin.
>
> Cet enfoiré ment comme ce n'est pas permis (évidemment). Ils sont tous pareils. J'ai besoin de témoignages.

Le lendemain, d'autres vols furent signalés.

Munson envoya plusieurs portraits photos à Lane Heldfond et lui demanda si elle reconnaissait l'un d'entre eux. En plus d'avoir bonne mémoire, elle était physionomiste. Après avoir considéré les photos, elle trouva l'un des portraits très ressemblants, bien que l'homme fût plus rougeaud, dégarni, le visage légèrement plus gonflé que l'individu qu'elle avait vu. Il ne s'agissait là que de détails, mais elle les releva tout de même.

Munson, fort impressionné par son sens de l'observation, lui expliqua l'origine de ces changements. Gilkey suivait un traitement contre l'alopécie – la chute des cheveux – qui entraîne des rougeurs et donne un aspect bouffi. Non seulement elle l'avait identifié, mais elle avait aussi noté les évolutions de son visage qu'elle n'avait vu que l'espace d'une minute en 2001.

Heldfond avait assuré. À présent, Munson avait un témoin oculaire.

Le 1er février 2003, Sanders écrivit aux membres de l'ALAA pour leur raconter les circonstances de l'arrestation et les avertir que Gilkey avait été libéré sous caution. « Depuis, on ne sait pas ce qu'il fabrique. »

Tout le monde répondit immédiatement à Sanders pour le remercier. Même si Gilkey avait été libéré, grâce aux efforts de Sanders, les libraires pouvaient espérer récupérer leurs livres un jour et envoyer le coupable derrière les barreaux pour de bon.

◆

Si, depuis plus d'un siècle, les libraires de livres anciens ont toujours été inquiétés par les vols, rien n'a rendu aussi facile la revente de livres volés qu'Internet. De tous les sujets que j'ai abordés avec Sanders, aucun ne l'énervait autant que de voir un livre volé apparaître sur eBay. « Il n'y a pas que de bonnes affaires qui se présentent, on voit aussi toutes sortes d'annonces vérolées », me dit-il. J'ai moi-même appris à mes dépens que certains libraires sont incapables de faire la différence entre un premier tirage et une réédition. D'autres encore savent très bien distinguer l'un de l'autre, mais cherchent à arnaquer les acheteurs crédules.

« Un jour, une femme d'ici m'appelle et me dit qu'elle vient d'acheter sur eBay une première édition de *L'Attrape-cœurs* dédicacée à 1 500 dollars. Je l'ai arrêtée tout de suite et lui ai répondu que je ne voulais même pas y jeter un œil, qu'elle n'apporte pas ça chez moi. Soit c'était de la camelote, soit c'était volé. Elle s'était fait avoir et il valait mieux qu'elle essaye de se faire rembourser. N'importe lequel des livres de Salinger signé de sa main vaut plus de dix fois ce prix, et je ne parle même pas de *L'Attrape-cœurs*. J'ai essayé de le lui faire comprendre et lui ai demandé en quel honneur elle espérait avoir plus de chance que les centaines de libraires compétents qui existent sur le marché. C'est l'auteur dont la signature est la plus recherchée, apposée sur les livres les plus convoités. Évidemment que ce n'était pas un original ! Un faussaire n'irait même jamais courir le risque de ruiner un premier tirage. »

Sanders estime que les gens ont développé cette culture de l'arnaque à cause de ce qu'il appelle « le syndrome eBay/*Antiques Roadshow*. » À cause de cette émission (dans laquelle il est apparu depuis en qualité de spécialiste) et du site web, il est beaucoup plus facile de connaître la valeur d'un livre, mais les acheteurs n'ont pas suffisamment d'expertise pour distinguer les arnaques.

« Des gens m'appellent et me disent qu'ils ont un exemplaire original d'*Autant en emporte le vent* ! Eh bah, non, rien de tout ça. (Pour commencer, il y a eu des centaines de réimpressions, toutes signalées comme étant des premiers tirages, mais seules celles comportant la mention “Publié en mai 1936” sont originales. Il est presque impossible d'en trouver un exemplaire en bon état, surtout avec la jaquette.) Ils n'ont aucune idée de ce qu'est un tirage original. Tout ce qu'ils savent, c'est que ça vaut quelque chose. Tout ça parce qu'ils ont trop regardé *Antiques Roadshow*. Le problème s'est amplifié avec le mastodonte qu'est devenu eBay – n'importe quel représentant de l'ordre vous dira que ce site est devenu le plus grand receleur de l'univers. »

Par la suite, j'ai contacté Mark Seiden, un spécialiste en matière de sécurité informatique, pour avoir un avis plus pondéré, et il me fit presque la même réponse que Sanders, mot pour mot : « eBay est devenu la plus grande entité de revente d'objets volés du monde. » Il me précisa que le site échappait à toute responsabilité, car ce n'était techniquement pas une vente aux enchères, dans la mesure où il n'y avait pas de commissaire-priseur ni aucune salle des ventes. « Ils se contentent d'appeler ça un lieu d'échange. Point barre. L'entreprise est légale, mais rien n'empêche les vendeurs d'objets volés de pulluler », commenta Seiken.

Quand je rapportai ces propos à Sanders, il s'emporta à nouveau. Il me raconta qu'il croisait tout le temps des livres avec de faux autographes sur eBay. « Une fois, je suis tombé sur une annonce pour un autographe de John Lennon à un dollar. Alors j'appelle le type et lui demande s'il a une expertise et il me répond que ça lui coûterait 100 dollars. Je lui ai fait remarquer que ça valait le coup, car si la signature était authentifiée, elle pourrait lui rapporter 5 000 dollars. Là-dessus, il m'a répondu de bouffer ma merde et d'aller crever. »

Sanders m'expliqua aussi que, deux à trois ans plus tôt, lui et son confrère Ken Lopez avaient rencontré des représentants d'eBay pour leur conseiller certaines stratégies afin d'enrayer ce genre d'annonces. « Lopez et moi avons perdu neuf mois à essayer de négocier avec eux. Ils n'ont pris aucune de nos remarques en compte. Ils ont fait traîner en longueur et n'ont rien changé. »

Pour Sanders, toute l'ironie vient du fait que les gens se font arnaquer parce qu'ils demandent justement des certificats d'authenticité.

« Lorsque vous recevez de la marchandise, commença Sanders pour expliquer la procédure habituelle suivie par les libraires, vous essayez d'en établir sa provenance, ce qui dans la majorité des cas est impossible, car vous perdez le fil de son historique assez rapidement. Vous devez vous contenter d'examiner le produit, l'état dans lequel il est, d'interroger les gens qui s'y connaissent pour qu'ils y jettent un œil. Vous essayez de recomposer son parcours autant que possible. Maintenant, à cause d'eBay, tout le monde veut avoir un certificat d'authenticité, mais, comme je le dis toujours aux gens : qui signe ces documents ? Autant que je sache, aucun libraire digne de ce nom ne le ferait. Le simple fait de le proposer est donc un signe suffisamment alarmant. Et c'est devenu la norme sur eBay. C'est ce qui permet aux prédateurs d'avoir un tel succès. »

Dan Gregory, un libraire de Between the Covers que j'ai rencontré au Salon de New York, est tout aussi inquiet à cause d'une autre menace répandue sur eBay : les fausses jaquettes. Gregory est un spécialiste des jaquettes et voici comment il m'expliqua ce phénomène : étant donné qu'une édition originale de *Gatsby le Magnifique* sans sa jaquette ne vaut que 150 dollars, contre 4 000 avec, vous avez tout intérêt à en bricoler une vous-même (ce qui est largement faisable avec les moyens techniques d'aujourd'hui et un peu de jugeote) ou bien d'encarter une vraie jaquette sur une édition standard.

« Si je n'étais pas aussi réglo, c'est exactement ce que je ferais », affirma Gregory, qui prédit que d'ici dix à vingt ans certaines personnes qui ont cru avoir fait une affaire sur eBay s'apercevront qu'elle était trop belle pour être vraie.

◆

L'une des raisons pour lesquelles il était difficile de coincer Gilkey, c'était justement qu'il ne revendait pas les livres volés sur eBay. C'est ce qui rendit son arrestation d'autant plus satisfaisante pour Sanders. Peu après avoir averti ses collègues par e-mail de l'arrestation de Gilkey, Sanders partit à San Francisco pour assister au mémorable Salon international du livre ancien. Le jour de l'ouverture, des milliers de collectionneurs se mirent en quête de livres dès qu'ils franchirent les portes. Malgré l'affluence et les petites pépites qu'il avait en magasin, tels *Le Livre de Mormon* ou *Stratégie de la paix* de John F. Kennedy, Sanders ne pouvait s'empêcher de penser à Gilkey. Cela faisait trois ans qu'il essayait à la fois d'informer ses collègues de tous les vols signalés et d'intercepter des annonces mettant en vente ces mêmes livres, mais cela n'avait rien donné. Ils étaient si proches du but sans, pour autant, avoir pu épingler l'« enfoiré ». Non seulement Gilkey avait été libéré sous caution, mais à présent il était en liberté conditionnelle à San Francisco.

Ils n'étaient qu'une poignée de libraires capables de le reconnaître, car Sanders et Lopez avaient refusé de placarder son portrait au salon afin de ne pas saboter l'identification le jour venu.

Il est donc peu probable que le sentiment que Gilkey avait d'être épié ce jour-là soit fondé. Malgré cette impression, il était déterminé à trouver un acheteur pour le livre qu'il avait apporté, car il avait besoin d'argent pour payer un avocat. Il ricocha d'un stand à l'autre, admira certains livres, posa quelques questions. Sur le stand de Heritage Book Shop, l'une de ses librairies préférées, il contempla un exemplaire de *La Source vive* d'Ayn Rand. Il craignit que l'un des libraires, Ben ou Lou Weinstein, ne l'ait reconnu, car « [il] avai[t] déjà fait affaire avec eux », euphémisme pour dire qu'il les avait volés. « Mais je n'étais pas allé récupérer le livre, attention. J'avais demandé à un chauffeur de taxi de s'en occuper. »

Gilkey essaya toutefois de leur revendre son exemplaire volé de *L'Homme invisible*, mais les libraires ne furent pas intéressés. Il en voulait au moins 1 000 dollars, et eux n'avaient que 500 à lui offrir. Il approcha aussi John Crichton de Brick Row Books, qui ignorait qu'il avait en face de lui le fils de celui qui était venu chercher *Le Maire de Casterbridge*. Puis Gilkey poursuivit son petit tour, lorgna sur un premier tirage de *1984* sur un stand, et apprit sur un autre que Lewis Carroll aurait été le premier à avoir eu recours à une jaquette*. Il vit aussi qu'une rencontre était annoncée avec John Dunning, l'auteur de la saga avec Cliff Janeway qui l'avait tant marqué.

Malheureusement, il n'eut pas l'occasion d'y assister. Il aurait adoré avoir son autographe.

Gilkey me raconta aussi qu'il s'était arrêté sur le stand de Sanders. Il jeta un œil sur des livres de Wallace Stegner, dont il n'avait jamais entendu parler, et vit plusieurs livres de mormons, ce qui ne l'intéressait pas du tout, donc il ne s'attarda pas. À ce moment-là, il ignorait complètement que Sanders était celui qui avait orchestré son arrestation.

Malgré l'état d'alerte des libraires et la détermination de Gilkey à écouler certains de ses livres, aucune transaction illégale ne fut enregistrée en trois jours de salon[1]. Personne ne signala la moindre perte et personne ne remarqua d'individu avec des livres suspects. Ce n'est que le mois suivant, le 25 mars, que Sanders reçut un e-mail signalant que les affaires venaient de reprendre. Gilkey s'était manifesté à San Francisco où il avait essayé d'acheter un livre avec un chèque en bois. Sanders renvoya un e-mail aux membres de l'ALAA :

> Plus tôt dans l'après-midi, Gilkey s'est rendu à la boutique de Tom Goldwasser pour lui acheter des

---

* Idée fausse couramment répandue, probablement parce que *La Chasse au Snark*, publié en 1876, est l'un des premiers livres écrits par un grand auteur dont on ait encore la jaquette. Mais on trouve des jaquettes plus anciennes, datant des années 1830, d'écrivains moins connus.

livres de John Kendrick Bangs. Restez vigilants ! Il mesure 1,75 mètre, pèse 60 kilos, est âgé d'environ 35 ans, a les cheveux bruns et les épaules arrondies. Le ton posé, rasé de près, vêtements passe-partout, souvent avec un coupe-vent et une casquette. Aujourd'hui, chez Goldwasser, il avait plusieurs journaux à la main, dont un exemplaire d'*Art News*. Il prétend posséder une collection de livres de John Kendrick Bangs. Il est possible aussi qu'il soit accompagné d'un homme plus âgé pour détourner l'attention. La cinquantaine, plus grand, dans les 1,80 mètre, grisonnant.

Deux jours plus tard, Munson apprit à Sanders que Gilkey s'était présenté au tribunal sans son avocat. L'audience avait été reportée. Munson précisa qu'il faudrait attendre entre six et douze mois avant que toute sanction soit prise. Gilkey était donc libre pour encore un an.

Un an de liberté après avoir été arrêté et s'être acquitté d'une caution. Les ingrédients parfaits pour concocter sa vengeance. Malgré son arrestation, ou peut-être même à cause d'elle, Gilkey avait maintenant le sentiment de pouvoir agir en toute impunité. Le pire était derrière lui. Il était persuadé que d'ici un an, le juge ne le condamnerait pas à plus de quelques mois de prison, ce qui ne représentait pour lui qu'un mauvais moment à passer et un léger contretemps dans son plan. Pour l'heure, le plus important était de bâtir une collection.

Le 1er avril, moins d'une semaine après l'e-mail de Sanders, Cynthia Davis Buffington de Philadelphia Rare Books and Manuscripts lui écrivit :

On m'a passé une commande par téléphone aujourd'hui à hauteur de 6500 dollars. Le propriétaire de l'American Express s'appelle Isser Gottlieb. L'échange téléphonique s'est bien déroulé, le virement bancaire a eu lieu. L'interlocuteur m'a dit qu'il n'était pas certain que l'adresse d'expédition en Oklahoma soit la bonne. Il a précisé qu'il venait tout juste d'emménager à Savannah et m'a donné une adresse sur place. J'ai vérifié sur Google, il s'agit d'un hôtel Hilton. L'indicatif de l'appel d'origine est à San Francisco. J'ai vérifié auprès d'American Express et ils m'ont confirmé qu'il s'agissait d'une transaction frauduleuse.

Sanders demanda à Buffington d'envoyer un paquet bidon à l'adresse donnée. Personne ne passa le récupérer le lendemain matin. Gilkey n'avait de chambre ni sous son véritable nom ni sous un nom d'emprunt. Munson et ses hommes patientèrent à l'extérieur de l'hôtel de 10 heures à 16 heures.

« On va devoir attendre la prochaine occasion », écrivit Sanders.

Deux semaines après cet incident, Sanders entendit dire que Gilkey était à Los Angeles et qu'il cherchait à revendre un lot d'albums de *Winnie l'Ourson* à 9500 dollars, bien en dessous du prix du marché. Il se présenta (sous sa véritable identité) d'abord à William Dailey de Rare Books, puis à Heritage Book Shop. Après avoir reconnu le nom de Gilkey, pour l'avoir lu dans les e-mails de Sanders, les deux libraires le prévinrent. Dailey précisa qu'après avoir quitté son magasin Gilkey était reparti au volant d'une Nissan dont la plaque d'immatriculation affichait SHERBET. Sanders alerta ses confrères.

Dailey transféra l'adresse donnée par Gilkey. « Que tous ceux qui sont à San Francisco me parlent de cette adresse », demanda Sanders, tout en sachant qu'elle était fort probablement bidon.

Plusieurs personnes répondirent, et Munson précisa que l'endroit se situait à Treasure Island, une île artificielle située dans la baie, entre San Francisco et Oakland. À l'origine, l'île était un projet lancé au moment de la politique du New Deal sous Roosevelt, dans les années 1930, et fut créée à partir du sable et de la boue dragués dans le delta de Sacramento. L'or que l'on espérait trouver pendant les aménagements donna son nom à l'île. Le premier aéroport de San Francisco a été construit sur Treasure Island, ainsi qu'une caserne militaire, et elle a accueilli l'Exposition internationale du Golden Gate en 1939. Mais aujourd'hui, la plupart des bâtiments sont inoccupés. L'île ressemble à un village fantôme, encerclé par San Francisco, le comté de Marin et East Bay. Très peu de gens y vivent.

Ce voleur qui trouve refuge sur Treasure Island – où il cache aussi probablement son butin – est une histoire parfaite, non seulement parce que c'est le titre d'un livre parmi les plus prisés par les collectionneurs (un exemplaire de *L'Île au trésor* en bonne condition peut valoir jusqu'à 30000 dollars), mais aussi parce que cela évoque la chasse au trésor qu'est le monde des collectionneurs.

Sanders trouvait peu probable que Gilkey ait donné son adresse à qui que ce soit, mais il la communiqua tout de même à Munson, au cas où.

« Ça m'embête de te faire perdre ton temps, lui dit-il. Je doute que cela serve à grand-chose. »

Presque au même moment, un libraire de Los Angeles, nommé Arnold Herr, était en train de lire le dernier e-mail de Sanders prévenant que Gilkey cherchait à revendre un lot d'albums de *Winnie l'Ourson*. Lorsqu'il leva les yeux de son ordinateur, il vit un homme qui ressemblait trait pour trait à la photo qui était jointe. C'était comme s'il venait de le faire apparaître par la simple pensée. Et le voilà qui approchait du comptoir. Herr se tint prêt à le recevoir[2].

« C'est une belle boutique que vous avez là, dit Gilkey. Je vous apporte quatre livres de *Winnie l'Ourson*, en très bon état. Est-ce que cela pourrait vous intéresser ? »

Herr inspecta les livres, il cherchait à gagner du temps.

« Hum, je pense que j'ai une cliente à qui ça pourrait plaire. Pourriez-vous me rappeler d'ici une heure, histoire que j'aie le temps de lui parler entre-temps ?

— Je dois quitter ma chambre d'hôtel entre 13 et 14 heures, j'ai vraiment besoin de m'occuper de ça rapidement. »

À peine Gilkey eut-il terminé sa phrase que Herr avisa Sanders.

Herr appela ensuite Dailey qui lui dit qu'il n'y avait malheureusement aucun moyen de prouver que les livres étaient volés. Puis il joignit Gilkey à l'hôtel Hyatt pour s'assurer qu'il souhaitait toujours vendre, car sa cliente était très intéressée, mais ne serait pas disponible avant lundi. Gilkey donna donc son numéro de téléphone portable à Herr.

Douze minutes plus tard, Sanders reçut un e-mail de George Houle, de Los Angeles, prévenant que Gilkey venait tout juste de quitter sa librairie après lui avoir proposé d'acheter des albums de *Winnie l'Ourson*. Gilkey avait prétendu qu'un taxi l'attendait, mais il l'avait bien vu partir dans une voiture noire dépourvue de plaque d'immatriculation, et sans avoir pu apercevoir le chauffeur. La voiture était garée une rue plus haut alors qu'il y avait de la place devant la librairie.

Sanders communiqua ces informations aux membres de l'ALAA, précisant que Gilkey avait été aperçu avec une veste bleue du Caesars Palace et un pantalon noir. Puis il demanda aux libraires de Californie du Sud d'appeler leurs collègues qui n'étaient pas membres de l'ALAA pour les prévenir.

Plus tard dans la nuit, vers 23 heures, Malcolm Bell de la librairie Bookfellows Fine and Rare Books, qui n'était pas membre de l'Association, écrivit à Sanders :

> Malheureusement, j'ai eu les infos trop tard. Gilkey est passé vers 16 heures dimanche avec un lot d'albums de *Winnie l'Ourson* pour lequel il demandait 2000 dollars. Je n'étais pas intéressé. Il s'est montré agréable et bavard. Il avait vraiment l'air d'un collectionneur. Il a jeté un œil à notre fonds. Il a demandé à ma femme de lui montrer ce que nous avions en science-fiction et a choisi deux livres : *Mes sauvages chéris* de Shirley Jackson, première édition à 100 dollars, et *Conan le Barbare* de Robert E. Howard au même prix.
>
> Il a payé par chèque, et m'a présenté son numéro de carte d'identité et son permis de conduire. Nous irons déposer le chèque lundi, mais je doute qu'il soit provisionné. Il avait aussi une petite valise à roulettes et m'a précisé qu'il voyageait en avion.

Le lendemain matin, Bell écrivit à Sanders : « Nous venons de nous inscrire à l'ALAA. »

◆

Le 24 avril, quelques jours plus tard, l'inspecteur Ken Munson ouvrit la caserne d'Ali Baba. Mandat de perquisition en main, il se rendit à l'adresse de Gilkey sur Treasure Island. Il sonna à la porte, mais personne ne répondit. Il sortit la clé que lui avait fournie l'agence immobilière et comprit qu'il était au bon endroit sitôt la porte ouverte. Ce ne pouvait qu'être la tanière de Gilkey, il y avait des livres partout. Munson et ses trois hommes trouvèrent, dispersés dans cet appartement morne de trois pièces, des livres dans la cuisine, sur les étagères, dans la chambre, sur le comptoir, sur les chaises du salon. Parmi les documents les plus anciens se trouvaient une enluminure tirée d'un livre d'heures, publié autour de 1480, glissée dans une pochette en plastique ; un titre de propriété de 1831 ; et une signature d'Andrew Jackson. Outre les livres, il y avait des pièces de monnaie, des timbres, des documents divers, des cartes de base-ball et des photographies dédicacées, le tout accompagné d'une série d'articles, de publicités et de livres consacrés à ces diverses collections. Les policiers dénichèrent une liste de livres et d'auteurs, mais aussi des reçus bancaires et des papiers portant le nom d'hôtels, de ventes aux enchères et de librairies que Munson reconnut pour avoir été victimes de vols ces trois dernières années. Il s'avéra que John Gilkey et son père, William, vivaient tous les deux dans cet appartement, et on trouva dans la chambre de John une enveloppe de papier kraft remplie de reçus bancaires avec le nom du propriétaire, le numéro de carte et la date d'expiration notés dessus à la main[3].

Munson sortit son téléphone et appela Sanders.

Sanders n'en crut pas ses oreilles. Il mourait d'envie de sauter dans le premier avion, il demanda à Munson de lui décrire l'endroit.

« Essayez de tout embarquer, on verra plus tard à qui cela appartient », supplia Sanders.

Munson lui expliqua que l'on ne pouvait toucher à rien tant que l'on n'aurait pas prouvé que tout avait été volé. Il était devant un carton de livres qui avaient l'air d'être de grande valeur et il lui demanda s'il n'avait pas un titre d'ouvrage volé à lui donner.

Sanders se précipita sur son ordinateur, ouvrit le fichier correspondant et fit aussi vite que possible. « Est-ce qu'il y a *Sur la route* de Jack Kerouac ?

— Oui.

— Prenez-le ! Et *Le Maire de Casterbridge* ?

— Oui.

— *Lord Jim* ?

— Aussi. »

Et ainsi de suite. Grâce à Sanders, Munsen put identifier vingt-six livres volés dans l'appartement de Gilkey ce jour-là. Le libraire fut particulièrement heureux que « le trio de Ken » ait pu retrouver les livres de Malcolm Bell seulement trois jours après leur vol. « On doit avoir explosé le record », dit Sanders. Mais la plupart des livres durent être laissés sur place, car il était impossible de retracer leur origine.

Plus tard dans la journée, Gilkey rentra chez lui. En arrivant, il remarqua qu'un couvercle manquait sur une poubelle et que le contenu était répandu sur le trottoir. Il eut le pressentiment que la police avait fait un tour dans les parages. Dès qu'il mit un pied dans l'appartement, son impression fut confirmée. Il avait cédé à la tentation d'être entouré de ses livres plutôt que de les conserver ailleurs, et cela venait de causer sa perte.

Le lendemain, Sanders écrivit à ses confrères :

> C'est avec une immense joie que je vous annonce qu'une équipe d'enquêteurs de San Jose a perquisitionné l'appartement de Gilkey à Treasure Island. J'ai expressément besoin que ceux qui ont été victimes de Gilkey me le fassent savoir au plus tôt !
>
> L'appartement est une véritable caverne d'Ali Baba. Il y a aussi des autographes, des pièces de monnaie, des affiches de films… Gilkey court toujours et devrait être arrêté d'ici peu.

Au cours des deux jours qui suivirent, Sanders reçut dans sa boîte e-mail de pleines listes de livres volés, accompagnées de caractéristiques physiques (pages cornées, inscriptions manuscrites, taches, etc.), de la part de libraires des quatre coins du pays. On lui envoyait aussi des messages d'encouragement. Florence Shay de Chicago lui écrivit : « Vous êtes l'égal d'Hercule Poirot, avec une autre pilosité », faisant référence à la longue barbe de Sanders.

Par la suite, Gilkey se présenta à nouveau devant le tribunal. Après que le juge eut entendu ce qui s'était passé à Los Angeles et à San Francisco, il fixa la caution à 200 000 dollars.

Restait la question des complices de Gilkey, qui continuait de titiller le trio de Ken. Il y avait le chauffeur de la voiture à la plaque immatriculée SHERBET et l'homme âgé qui avait été aperçu à plusieurs reprises. Gilkey disait toujours que quelqu'un, son père, son frère, son oncle, son neveu, passerait à sa place. Mais combien étaient-ils en réalité ? S'agissait-il vraiment de membres de sa famille ou bien de simples complices ? Sanders écrivit aux membres de l'Association : « Munson va montrer une série de portraits à Crichton. »

Le même jour, Munson se renseigna sur la voiture immatriculée SHERBET, elle appartenait à Janet Colman, qui revendait des affiches de films de collection et dirigeait Hollywood Poster Exchange. Rapidement au cours de l'enquête, il s'avéra que Gilkey lui avait simplement vendu une affiche et qu'elle lui avait proposé de le raccompagner en voiture. Elle n'était donc aucunement impliquée dans les vols.

En revanche, les preuves ne manquaient pas pour constituer un dossier à charge contre Gilkey. Munson découvrit que tous les propriétaires de cartes dont Gilkey avait utilisé le numéro étaient passés chez Saks, et que nombre des adresses qu'il avait données aux libraires correspondaient aux hôtels où il s'était fait livrer ses acquisitions.

Le 30 avril, Sanders avertit Lopez que Gilkey était appelé à comparaître la semaine suivante avec un avocat commis d'office s'il n'était pas en mesure de s'acquitter de sa caution ni de s'offrir les services d'un avocat. Munson croisait les doigts pour que cela se déroule ainsi, car il y avait plus de chances que Gilkey accepte une négociation de peine d'une durée de trois ans. Dans le cas contraire, il passerait devant un jury.

Le lendemain, Munson se rendit à la librairie Brick Row, accompagné d'un autre policier, pour montrer une série de six portraits à Crichton, un par un. Walter, le père de Gilkey, était le deuxième de la liste (c'était la photo de son permis de conduire). Crichton observa les portraits attentivement et estima que l'un des trois premiers pouvait correspondre à Walter. Munson insista et Crichton finit par désigner l'homme sur la photo numéro deux comme celui qui lui avait volé *Le Maire de Casterbridge*. À présent, Munson pouvait compter sur un autre témoin oculaire. Il ajouta donc le nom de Walter dans son rapport. Jusqu'à ce jour, Walter n'avait jamais été inculpé que de recel, mais aujourd'hui il devenait complice des crimes de son fils : « John Gilkey et Walter Gilkey doivent être inculpés des chefs d'accusation suivants : association de malfaiteurs (art. 182), vol organisé (art. 487), usurpation d'identité (art. 530.5), vol de documents (art. 484 g), recel (art. 496). »

De début juillet à fin septembre, Munson tint Sanders au courant des évolutions du procès. Gilkey ne prit pas d'avocat commis d'office et au cours des premières semaines il ne cessa d'engager des avocats différents, ce qui retardait la procédure[4]. Enfin, le procureur général finit par dire qu'il était prêt à entendre Gilkey, mais que dans tous les cas il devrait plaider coupable et accepter une sentence de trois ans d'emprisonnement. S'il refusait, le tribunal alourdirait son dossier d'une douzaine de chefs d'inculpation, y compris ceux qui incriminaient son père. Il se rappela que, deux ans plus tôt, son avocat lui avait suggéré de demander un examen psychiatrique, mais le juge refusa d'entrer dans son jeu et il finit par plaider coupable. Puis il demanda à faire appel, dans l'espoir de passer plus de temps dans la prison du comté, où la vie est moins dure que dans les prisons d'État. Le juge ne voulut rien entendre et l'envoya directement à San Quentin. Le 24 février 2004, Munson écrivit à Sanders que Gilkey était en route pour le pénitencier.

Ce fut donc enfermé dans une cellule de San Quentin, vingt-quatre heures sur vingt-quatre, que Gilkey essaya d'établir une stratégie lui permettant de gagner en appel. Même s'il perdait, il savait qu'il ne purgerait probablement que la moitié de sa peine. Néanmoins, dix-huit mois lui paraissaient « un temps sacrément long à passer derrière les barreaux, tout ça parce que j'aime trop les livres ». Il dormait presque toute la journée afin de ne pas avoir affaire avec ses codétenus et ressassait toutes les nuits les injustices de ce bas monde, la vie meilleure qu'il méritait et les livres rares qu'il voulait. C'était l'une des étapes du cycle qu'il avait déjà vécu à plusieurs occasions, et pourtant ce n'en était pas moins douloureux chaque fois. Cette répétition attisait son désir d'en découdre.

Brick Row 9

Deux mois après la libération de Gilkey en 2005, nous nous donnâmes rendez-vous devant le 49 Geary Street qui héberge plusieurs galeries d'art et librairies d'occasion, à San Francisco. C'était par une matinée de septembre et Gilkey portait un sweatshirt d'un blanc étincelant, un treillis à plis, ses baskets en cuir beige et sa casquette PGA. Il avait à la main une chemise cartonnée sur laquelle il avait écrit le programme de la journée.

« Alors, comment voulez-vous procéder ? » demanda-t-il.

La semaine précédente, il avait accepté que je l'accompagne dans l'une de ses virées de reconnaissance pour que je voie comment il choisissait ses livres. J'avais proposé que nous allions au Goodwill Café, qui était devenu son lieu de prédilection depuis qu'il était *persona non grata* dans presque toutes les librairies de San Francisco. Mais Gilkey voulait retourner à Brick Row, où il avait volé *Le Maire de Casterbridge*. Je tâchai de ne pas laisser transparaître mon incrédulité et espérai qu'il changerait d'avis.

« Vous êtes sûr ? demandai-je. Est-ce que l'on ne peut pas simplement aller au Goodwill Café ? Ou bien dans une autre librairie que vous auriez en tête ? »

Il sentit probablement mon malaise et hésita. « Peut-être qu'ils me reconnaîtront, effectivement, dit-il avant de se reprendre. Oh, et puis, cela n'a aucune importance. »

Avant de me rendre à ce rendez-vous, j'avais demandé son avis à Sanders pour savoir si John Crichton, que je n'avais encore jamais rencontré, serait fâché de me voir arriver dans sa boutique en compagnie d'un voleur notoire. Je n'avais aucune envie d'affronter la colère d'une victime de Gilkey.

« Crichton est un type bien », m'assura Sanders en ajoutant, comme Gilkey avant lui, que ce ne serait pas un problème.

J'avais quelques réserves, mais je ne voulais pas manquer l'opportunité de voir Gilkey à l'œuvre, et ma curiosité l'emporta. Qui sont ces gens qui prennent le risque de retourner sur le lieu de leur crime ? Jusqu'à présent, je n'avais vu Gilkey que dans le cadre de nos entretiens. Je ne savais pas comment il se comporterait dans un autre contexte, et encore moins dans son petit monde fantasmé de livres anciens. Il ressemblait, à bien des aspects, à un collectionneur, mais sa cleptomanie continuait de me déconcerter : était-il foncièrement dépourvu de toute morale ou bien simplement dérangé ? J'avais hâte de le voir à l'œuvre. On m'avait aussi souvent dit que cette librairie avait très bonne réputation et je voulais voir ça de mes propres yeux. J'avais proposé au *San Francisco Magazine* d'écrire un article sur Gilkey et c'est avec leur accord que je me mis en route pour voir Gilkey sous un œil nouveau.

Sur le trottoir en face de la librairie Brick Row, Gilkey m'expliqua qu'il allait me montrer le genre de livres qu'il cherchait d'habitude et comment il s'y prenait.

Il n'avait pas l'air particulièrement inquiet. Moi, en revanche, j'étais extrêmement nerveuse. Je craignais la réaction de Crichton lorsque nous entrerions. Dans le meilleur des cas, la situation serait très étrange.

Nous prîmes l'ascenseur jusqu'au premier étage. En sortant de l'ascenseur, nous vîmes un panneau indiquant que Brick Row se trouvait au fond du couloir, à gauche, pourtant Gilkey s'engagea vers la droite. J'attirai son attention sur le panneau et il me dit que la librairie avait dû déménager. Plus tard, il me fit remarquer, avec une certaine satisfaction, que les affaires ne devaient pas tourner fort, car le précédent local était plus grand.

Nous passâmes devant la librairie de John Windle qui m'avait aidée quelques mois plus tôt lorsque j'étais venue lui poser des questions sur le *Kräuterbuch*. J'étais certaine que Windle nous reconnaîtrait, Gilkey et moi, et je détournai la tête afin de ne pas avoir à m'expliquer.

C'est le genre de magasin peu fréquenté avec généralement un client qui flâne, deux aux heures d'affluence et quand il y en a trois, c'est carrément la cohue. Gilkey et moi nous arrivâmes rapidement devant la porte de Brick Row. Après avoir passé la porte, nous nous retrouvâmes face à deux hommes, John Crichton, le propriétaire, debout dans le fond, et un employé assis à un bureau à côté de l'entrée. Allaient-ils nous reconnaître ? Allaient-ils appeler la police ?

Je ne savais pas comment Gilkey réagirait dans ce cas précis. Lors d'un échange ultérieur, alors que je lui demandais ce qu'il allait faire à présent, m'attendant à ce qu'il me parle de ses lectures, de ses recherches ou de ses visites quotidiennes en librairie, il aborda un sujet encore inédit.

« Il faut que je fasse un peu gaffe à ce que je dis, parce qu'un libraire ou deux s'est plaint à plusieurs reprises, pour me mettre dans le pétrin. »

Son contrôleur judiciaire l'avait averti qu'un libraire spécialisé dans les manuscrits à New York, nommé Roger Gross, avait signalé à la police l'existence d'une carte postale volée sur eBay. (En fait, c'est Sanders le premier qui avait repéré la carte.) Cette carte postale fut écrite par Brahms, et Gilkey l'avait volée des années plus tôt (seulement, Gross n'ayant jamais fait de déclaration de vol, la police n'avait aucune preuve au moment de la perquisition de Treasure Island).

Quelques jours avant le rendez-vous hebdomadaire avec son contrôleur judiciaire, Gilkey avait revendu la carte à un libraire du Colorado, Tod Mueller, sans la moindre gêne. « Ce type [Roger Gross], je suis sûr qu'il a touché l'argent de l'assurance et après il voulait encore récupérer son bien ! » me dit Gilkey en secouant la tête comme s'il n'en revenait pas. Puis il ajouta sur ce ton étrange auquel je m'étais familiarisée : « Non, je n'avais rien à voir avec cette histoire. Gross voulait récupérer cette carte des mains de celui à qui je l'avais vendue. Et mon nom est apparu dans la conversation, d'une manière ou d'une autre. »

D'une manière ou d'une autre ? En se débarrassant de la carte, il estimait se débarrasser aussi de toute culpabilité.

À l'intérieur de Brick Row, la lumière du jour passait par les fenêtres et venait éclairer les livres logés dans leur coffret sur chaque étagère, chaque rebord de fenêtre et tout autour d'une voûte splendide située au milieu de la librairie. C'était un havre de paix loin de la ville en contrebas, et si vous faisiez abstraction de l'ordinateur et du téléphone sur le bureau en chêne massif de Crichton, vous vous seriez cru dans une librairie du XIXe siècle. Des milliers de livres somptueux reliés en cuir, avec, pour la plupart, de la dorure qui accrochait la lumière au fur et à mesure que j'avançais. Je repensai aux fantasmes victoriens de Gilkey et me dis qu'il n'y avait rien de surprenant à ce que cette librairie soit sa préférée et qu'il ait choisi de me la montrer. Contrairement à la libraire de Sanders, Brick Row était particulièrement soignée et ordonnée. Seuls les collectionneurs sérieux devaient venir s'y aventurer, alors que chez Sanders, les personnes avisées se mêlaient à celles venues trouver un livre de poche d'occasion (on en trouvait tout un lot dans le fond du magasin). Les portes des étagères disposées à droite de l'entrée étaient recouvertes d'un grillage métallique avec des croisillons si étroits que l'on pouvait difficilement apercevoir les titres des livres à l'intérieur. Elles protégeaient les ouvrages les plus précieux. Brick Row était l'endroit idéal si l'on cherchait un décor de bibliothèque de lord anglais pour un film. « Ici c'est beaucoup plus classe que dans bien d'autres librairies où ils se contentent de ranger les livres au petit bonheur la chance », m'expliqua Gilkey.

Crichton, assis derrière son bureau, s'adressa à nous : « En quoi puis-je vous aider ? »

Sa question semblait chargée de sous-entendus. Il regardait Gilkey d'un œil sombre.

« Je ne suis pas venu pour acheter, dit Gilkey d'un ton bonhomme. Je veux simplement regarder, si ça ne vous dérange pas. On n'est là que pour regarder. »

Pas de réponse.

Crichton se mit debout, face à nous. Il avait une cinquantaine d'années, les cheveux blancs, le teint rougeâtre et les yeux bleu clair. Il paraissait sûr de lui et pas du genre à se laisser berner.

Gilkey me parla de la liste des cent plus grands romans établie par la Modern Library et me dit qu'il partait souvent de là pour ses recherches.

« Avez-vous des livres de Nathaniel Hawthorne ? » demanda Gilkey.

Crichton répondit sèchement que non.

« Je sais qu'il en a un », me murmura Gilkey.

Cette remarque exprimait bien la défiance qu'il ressentait envers les libraires. Il avait même insisté en disant que ces derniers étaient eux aussi très fréquemment des arnaqueurs, ce qui non seulement l'innocentait, mais faisait de lui une victime.

Il me parla notamment d'une pratique qui consistait à changer la couverture d'un livre : des libraires retirent la couverture et la page de titre d'une édition courante en bon état pour ensuite encarter la couverture et la page de titre d'un premier tirage en moins bon état.

« Ils les déguisent en premier tirage. Ça fait partie de leurs petites combines. Et c'est légal, d'ailleurs. » J'appris plus tard qu'il n'y avait rien de légal là-dedans, mais que cette pratique était effectivement répandue. Plus un livre vaut cher, plus il y a de chances pour que quelqu'un ait retouché la reliure. Cette astuce n'est pas nouvelle. Au XVIIIe siècle, par exemple, des pages de textes anciens étaient reproduites à la main, quasiment à la perfection. Évidemment, ces manœuvres ne passaient pas toujours inaperçues, surtout lorsque l'on utilisait du papier du XVIIIe siècle avec un filigrane identifiable. Aujourd'hui encore, certains libraires tombent sur une page au milieu d'un livre qui a été lavée afin de lui donner la même apparence que les autres. Les libraires de renom examinent scrupuleusement les ouvrages à la recherche de tout indice trahissant la supercherie, mais tous ne sont pas aussi rigoureux. « C'est le genre de problème que l'on voit beaucoup avec les livres vendus sur eBay, me fit remarquer un libraire, mais vous ne verrez jamais ça chez un membre de l'ALAA. Il se ferait virer de l'association. »

Alors que nous passions les étagères en revue, centimètre par centimètre, Gilkey mentionna un autre auteur qui figurait sur sa liste. « Kurt Vonnegut, j'adorerais avoir un livre de lui. Et D. H. Lawrence, lui aussi c'est un bon écrivain. »

Crichton n'en revenait pas et nous tourna le dos un instant avant de faire face à Gilkey à nouveau. Alors que Gilkey reprenait sa liste de livres, Crichton lui demanda : « Comment vous vous appelez ?

— John. »

John – comme si Crichton allait se contenter de son prénom ! Je plongeai le nez dans mon carnet de notes tandis que mon cœur battait à tout rompre.

« John comment ?

— Gilkey. »

Crichton eut un moment d'absence, jeta un œil sur son bureau puis releva la tête. Il ne nous quitta plus des yeux tandis que Gilkey continuait de me montrer des livres du doigt et de me parler dans l'oreille, comme on fait dans une bibliothèque ou un musée. Il allongeait la liste des auteurs qu'il voulait : Vladimir Nabokov, Willa Cather. Il ajouta aussi que les bibles n'avaient aucun intérêt pour lui.

« Et vous, vous êtes qui ? » me demanda Crichton.

Je lui expliquai que j'étais journaliste et que je préparais un article sur les collectionneurs de livres anciens. Il me scruta l'espace d'un instant. Il avait l'air d'essayer de comprendre ce qu'il se passait. Il me tendit sa carte de visite et me demanda de lui passer un coup de fil.

« Pour une interview, si ça vous dit », proposa-t-il.

Je n'avais qu'une envie, c'était de partir en courant. Je voulais absolument expliquer à Crichton qui j'étais et je voulais absolument savoir ce qu'il aurait à me raconter une fois que Gilkey ne serait plus là.

Tout en inspectant une rangée de vieux volumes resplendissants, avec des titres en dorure, Gilkey me murmura : « À mon avis, les prix ont dû décoller au cours des dix dernières années pour un bon nombre de livres anciens. Si j'étais prêt à y mettre de l'argent, je me chercherais probablement quelque chose de Salman Rushdie, Jack London et Booth Tarkington.

« Vous voyez ces étagères, dit-il en me montrant les meubles en métal fermés à clé. On voit péniblement ce qu'il y a à l'intérieur. Je pense qu'ils ont surtout de la littérature du XIXe siècle, donc rien de Kurt Vonnegut. »

Mon dictaphone tournait et je prenais quelques notes sporadiques. J'avais du mal à me concentrer sur ce que j'écrivais à cause de la tension qui régnait et je priais pour que l'enregistreur capte tout. Crichton s'approcha. Je compris qu'il était peut-être en train de me prendre pour une voleuse, car je posais bien peu de questions pour une journaliste. Je laissais faire Gilkey.

« Comment est organisée la librairie ? » demandai-je à Crichton.

Il tendit brusquement la main : « Là, sur ces trois ou quatre étagères, vous avez la littérature anglaise du XIXe siècle. » Il pointa du doigt dans une autre direction : « Là, c'est la littérature anglaise et américaine du XXe siècle. Puis vous trouvez des premiers tirages plus coûteux par ici, organisés de la même manière. Ensuite, tout ce qui se trouve par là… heu… concerne du matériel… heu. Désolé, dit-il visiblement distrait. Écoutez, j'ai plusieurs choses sur le feu aujourd'hui, pourquoi ne me donnez-vous pas votre numéro et je vous appellerai plus tard ? J'ai l'habitude des interviews. »

Gilkey raconta à voix haute l'histoire fort peu probable du premier livre rare qu'il avait acheté, à l'âge de 9 ans, un premier tirage d'*Une comédie humaine* de William Saroyan, publié en 1960, pour 60 dollars. « Eh bien, figurez-vous que je me suis fait avoir. J'ai découvert il y a six ou sept ans qu'il ne s'agissait pas du tout d'un premier tirage. C'est pour ça que je fais beaucoup de recherches bibliographiques aujourd'hui, que je vérifie le moindre détail. »

Gilkey ne s'était pas contenté de parler à voix haute, il avait pris ce ton de défiance que j'avais déjà entendu lorsqu'il me racontait comment il avait volé tel ou tel livre. Il poursuivit en prétendant avoir commandé un jour un livre d'une valeur de 3500 dollars censé être livré avec une jaquette, dont il n'avait jamais vu la couleur, ce qui réduisait de moitié la valeur du livre.

◆

Gilkey avait pris l'habitude de se plaindre lorsque nous nous voyions. Il me dit une fois qu'au cours de ses recherches il était déjà tombé à plusieurs reprises sur des libraires qui revendaient des livres provenant de bibliothèques.

« Je m'en suis rendu compte en allant à la bibliothèque pour mon travail. J'avais besoin de titres en particulier et ils affichaient tous "manquant". Ce sont les bibliothécaires qui m'ont dit que des gens les avaient volés. »

Gilkey me raconta tout ça d'un air indigné et m'exposa sa théorie : « Les libraires soudoient des gens pour qu'ils piquent ces livres pour eux. Je pense que ces personnes se contentent d'emprunter des livres qu'ils ne retournent jamais. »

Il n'est pas impossible que des libraires véreux aient recours à ce genre de manœuvres, mais je n'en ai trouvé aucune trace. En revanche, des bibliothèques revendent parfois des volumes de leur fonds, ce qui explique comment certains de leurs ouvrages peuvent atterrir entre les mains des libraires. Lorsqu'un libraire se voit proposer un livre portant le cachet d'une bibliothèque sans un second coup de tampon précisant qu'il est « désherbé », alors il contacte l'établissement pour s'assurer que le volume n'a pas été volé. Avec ses insinuations, Gilkey ne cherchait qu'à accuser les gens de la profession.

Il continua à cracher son venin sur la profession pendant nos entretiens et, en tant que journaliste, je ne pouvais pas me permettre de le contredire. Parfois, cela dit, j'avais du mal à me retenir, comme lorsqu'il tenait ce genre de propos : « Tout ceci est très frustrant pour moi, car je voulais simplement consulter ces ouvrages en bibliothèque, par simple curiosité, et ils manquaient tous à l'appel. »

Par simple curiosité ? Est-ce qu'il me prenait pour une idiote ?

« Et vous, avez-vous déjà emprunté un livre que vous n'avez pas retourné à la bibliothèque ? » demandai-je.

Gilkey me regarda, incrédule. « Non. Ce serait du vol. »

Les mots me manquèrent.

Revenons à la libraire de Brick Row, et à son épais tapis vert qui accueille généreusement vos pas et les rend inaudibles. Cela vous incite à parler à voix basse, mais Gilkey continua de raconter tout fort comment il s'était fait duper par des libraires, sur des salons cette fois-ci. Il ne faisait aucun doute que ces histoires étaient autant destinées à Crichton qu'à moi, et cela me peinait d'avoir à les écouter.

Il poursuivit son inspection et regarda les étagères du bas.

« Theodore Dreiser. Encore un. Il a écrit *Le Financier*, peut-être qu'ils en ont un exemplaire. »

Mes mains se mirent à trembler. Je laissai échapper mon stylo.

De toute évidence, Gilkey savourait l'instant. Il rêvait de pouvoir se la raconter un peu et de montrer à quel point il s'y connaissait. « C'est mon monde, je le connais par cœur, voilà le message qu'il m'envoyait. Et voici la liste des livres qui m'appartiendront un jour. »

Gilkey fit quelques pas sur la droite où se trouvaient des cartes sous plastique. « De nombreuses librairies proposent aussi des cartes. En voici une de San Francisco, dit-il en en sortant une, avant d'ajouter à voix haute : Je suppose qu'elles ont été arrachées dans des livres. »

J'évitais Crichton du regard afin de ne pas avoir à subir sa réaction.

Gilkey lorgna une fois de plus à travers le grillage d'une des étagères. « Il y a certains livres que le collectionneur moyen ne pourra jamais s'offrir, du genre de ceux d'Edgar Allan Poe. Des livres que personne ne pourra jamais avoir à moins d'être un très gros collectionneur ou d'en hériter. »

Crichton, debout derrière son bureau, gardait les yeux rivés sur nous. Combien de temps est-ce que Gilkey allait continuer ce cirque ?

Par la suite, Gilkey et moi nous revîmes plusieurs fois et cela me permit de mieux le comprendre. Cela devait faire longtemps qu'il attendait de pouvoir se confier à quelqu'un. Il parlait souvent de la fameuse liste établie par la Modern Library, il l'appelait le projet « Cent livres, cent tableaux ». Il voulait publier un livre de cent illustrations, chacune tirée d'un ouvrage de la liste. Afin de limiter les coûts, il travaillerait avec un seul illustrateur. Il comptait d'abord lire tous les ouvrages et donner ensuite des instructions à l'artiste, mais il finissait toujours par admettre qu'il ne lirait probablement pas tout. Il se contenterait de se renseigner sur le contenu.

Je commençais tout juste à comprendre jusqu'où pouvaient aller la curiosité et l'imagination de Gilkey, mais aussi à appréhender la vitesse à laquelle il se lassait. Sa collection reflétait ce comportement : il n'était pas attaché à un auteur en particulier, à une période ou à un thème. À peine avait-il mis la main sur un thriller américain du XXe siècle qu'il courait après un classique anglais du XIXe siècle. Il picorait dans tous les genres littéraires comme un lecteur distrait en bibliothèque ferait courir son doigt le long des livres et s'arrêterait sur le premier titre qui lui attire l'œil avant de continuer son exploration.

J'essayais de lui parler de son travail, sujet que Gilkey semblait totalement vouloir éviter. Son inactivité professionnelle me déconcertait tout autant que la manière dont il justifiait ses vols. Jamais il ne cherchait de solution pour gagner de l'argent. J'espérais attirer son attention sur ce point en lui demandant comment il comptait s'y prendre pour trouver du travail.

« Un boulot ? demanda Gilkey. Figurez-vous qu'ils cherchent quelqu'un dans une librairie que je connais. »

Évidemment.

Gilkey fit de nouveau un geste en direction des étagères métalliques et murmura : « Je suppose que les titres véritablement rares sont conservés là-dedans. » Puis, se faisant plus audible, probablement afin que Crichton en profite, il ajouta : « Je crois que la librairie Heritage à Los Angeles est la meilleure qu'il m'ait été donné de visiter. Ils ont une vingtaine d'étagères blindées comme celle-ci. Parfois, j'allais y faire un petit tour quand j'étais encore en *activité*, dit-il pour faire référence à l'époque où il volait des livres. J'appelais pour passer commande, et je venais récupérer un livre, tout simplement. Mais avant je consultais les références bibliographiques, pour être certain de ne pas me faire avoir. Parce que je me suis déjà fait arnaquer par des libraires, même lorsque j'achetais les livres. »

Je fus tentée de lui demander à quelle époque il avait acheté des livres, mais je me retins.

« Et très souvent, les libraires vous signalent clairement qu'ils n'acceptent aucun retour, poursuivit Gilkey sur sa lancée. Ceux-là, ils appartiennent à un groupe bien particulier. J'ai acheté un livre sur un salon à une ou deux reprises et, après avoir rappelé le libraire pour me plaindre qu'il ne s'agissait pas d'un premier tirage, il m'a répondu qu'il ne le reprendrait pas. J'étais particulièrement frustré. Donc, on peut dire que j'en ai eu assez de me faire avoir en tant que collectionneur alors que je jouais le jeu. »

Gilkey soupira. Enfin, il semblait en avoir fini. « Bon, eh bien, je suppose que nous avons fait le tour. »

Je remerciai Crichton et lui marmonnai que nous nous reverrions bientôt avant de filer vers la sortie avec mon dictaphone, mon fatras de notes et un profond sentiment de soulagement.

◆

Dans l'ascenseur, je demandai à Gilkey, qui avait passé plus de temps à Union Square que moi, où nous pourrions aller déjeuner. Il suggéra que nous mangions au café de Neiman Marcus, à deux rues d'ici seulement. Cet endroit était très loin du terne Café Fresco où nous avions l'habitude de nous retrouver : hauts plafonds, miroirs aux murs et meubles en inox et bois clair. Gilkey s'assit en face de moi à une petite table, retira sa casquette de base-ball et se passa un peigne en plastique noir dans les cheveux, tout en accompagnant son geste du plat de la main. Ce n'était pas un mouvement arrogant à la Elvis, il était plutôt hésitant, gêné, c'était presque un geste d'excuse afin d'avoir l'air présentable. Plus personne ne se recoiffe ainsi, et certainement pas un jeune homme, décidément Gilkey ne ressemblait à aucune personne que je connaissais. Je fus soulagée de ne voir que des touristes et des employés du quartier dans ce café. Si j'avais croisé un ami, j'aurais dû lui présenter Gilkey. Que lui aurais-je dit ? « C'est le voleur dont je t'ai déjà parlé » ?

Gilkey et moi avions établi une sorte de routine, entre intervieweur et interviewé, et nous commencions à nous habituer à notre rôle respectif. Il y avait pourtant toujours quelque chose de guindé dans nos conversations. Habituellement, j'essaye d'établir un rapport direct et amical avec les personnes que j'interviewe, mais dans le cas de Gilkey, j'accueillais volontiers la formalité de nos rapports.

« Quelle sacrée aventure », dit-il en lâchant un petit rire. Notre passage à Brick Row semblait l'avoir ragaillardi. « Je me suis demandé s'il allait appeler la police ou quoi. Est-ce que vous l'avez entendu chuchoter dans le fond ? Il était probablement en train de dire à son employé de ne rien me montrer. Mais je n'allais pas faire un pas de travers. C'est pour ça que je lui ai dit d'emblée que je ne voulais rien acheter. »

Il ne lui était même pas venu à l'idée que Crichton puisse encore être furieux contre lui. Il avait l'air très content que tout se soit bien passé dans la librairie.

« Il était un peu sec avec nous, même s'il sait se comporter comme un gentleman. J'étais très étonné qu'il se souvienne de moi. Je ne l'ai pourtant vu que deux fois. » Deux rencontres qui étaient peut-être restées gravées dans l'esprit de Crichton après qu'il s'était fait dérober sa marchandise.

« Il aurait sûrement appelé la police si vous n'aviez pas été là. Ou alors il m'aurait harcelé… C'est vrai que je lui ai volé un livre, *Le Maire de Casterbridge* de Thomas Hardy. Mais il a fini par récupérer son exemplaire. »

Ah, tout va bien alors.

« La deuxième fois que je suis venu le voir, c'était pour lui montrer des livres. » Gilkey voulait parler des albums de *Winnie l'Ourson* qu'il cherchait à revendre pour se payer un avocat. « Je savais pertinemment que ces livres valaient cher et j'espérais pouvoir lui soutirer 2000 dollars. Donc je suis allé le voir et là, il m'en a proposé 500. Non mais, voyons ! Ils devaient bien valoir près de 10 000 dollars. C'est comme ça que j'ai compris que la police était venue le voir, sans quoi il m'aurait offert plus. Il a vendu la mèche. Il était après moi. »

Ce que Gilkey oubliait de me raconter, mais que j'appris plus tard, c'est l'échange qu'ils avaient eu ensuite.

Gilkey lui avait demandé : « Bon, si *Winnie l'Ourson* ne vous intéresse pas, y a-t-il autre chose que vous aimeriez ?

— Oui. À vrai dire, je cherche une première édition du *Maire de Casterbridge*, reliure en demi-maroquin marron. »

Gilkey, impassible, était resté de marbre. « Non, désolé, je n'ai pas ça.

— Vous êtes sûr ? Parce que c'est exactement *le* livre que je cherche.

— J'en suis certain. » Et il avait quitté la librairie.

◆

« Ce que vous me racontiez tout à l'heure dans la libraire, lui demandai-je pour revenir sur les fois où Gilkey disait s'être fait arnaquer, c'était dirigé contre Crichton ? »

Curieusement, il admit que c'était bien le cas. « Qui sème le vent récolte la tempête. Je n'ai fait que remettre les choses dans l'ordre. »

Le problème, et Gilkey en était conscient, c'est qu'il avait « remis les choses dans l'ordre » avec un peu trop de libraires dans la région. « Je suis assez connu. Je doute de pouvoir remettre les pieds dans toutes ces librairies. En tout cas, pas à San Francisco. À Los Angeles, peut-être, ou à New York. Mais pas ici. Je pense que je ne pourrai plus jamais recommencer. Je veux dire, si jamais je devais me remettre à voler, ça ne marcherait pas parce qu'ils connaissent mes méthodes. Si quelqu'un d'autre fait le même genre de coup, tout le monde pensera que je suis dans la combine. »

Plus jamais. Plus jamais. On aurait dit qu'il cherchait autant à se convaincre qu'à me l'assurer. Je commençai à rassembler mes affaires, mais il aurait voulu que nous poursuivions notre conversation.

« Il y aura un salon bientôt à San Francisco », dit-il à propos de la vente annuelle organisée par les bibliothèques. Je crois qu'il voulait que nous y allions ensemble, mais je n'avais aucune envie que les libraires me voient en sa compagnie. Je lui proposai de nous retrouver le vendredi suivant. Cette fois, je lui donnai rendez-vous au Goodwill Café.

Ne rien lâcher 10

Je rappelai Crichton pour lui expliquer pourquoi j'étais venue dans sa librairie en compagnie de Gilkey. Il se montra courtois et compréhensif, et me dit que s'il n'avait pas fait de scandale ni foutu Gilkey dehors, c'était justement parce qu'il ne savait pas qui j'étais. Pour lui, soit j'ignorais que Gilkey était un voleur, soit j'étais une complice à la recherche d'un pigeon.

Lorsque j'allai le voir dans sa boutique la semaine suivante, il me raconta avec empressement et confusion comment Gilkey l'avait berné. Il était beaucoup plus vigilant depuis, même si l'on n'est jamais complètement à l'abri d'un vol. « J'ai déjà vu des types venir ici en costume trois-pièces, ajouta-t-il, et qui vous entourloupent sans que vous ayez rien vu. Certains sont toujours sur leurs gardes, mais moi j'ai tendance à faire confiance aux gens jusqu'à ce que l'on me donne une bonne raison du contraire. Ça fait vingt-cinq ans que je fais ce métier. Les livres n'ont cessé de prendre de la valeur, ils sont donc de plus en plus convoités. Le crime paye très bien. Mais je ne suis pas constamment en train d'y penser. Sanders, lui, par contre, ça l'obsède. »

De retour chez moi, j'envoyai un mail à Sanders pour lui raconter ce qui s'était passé à Brick Row. J'étais certaine que l'anecdote l'enchanterait, lui qui aimait tant les histoires, était si curieux à propos de Gilkey et fasciné par les voleurs de livres. Bien que mon passage à Brick Row eût été une drôle d'expérience, j'étais contente d'y être allée.

Quelques heures plus tard, peu avant d'aller me coucher, je regardai ma boîte mail. Sanders m'avait répondu. Il me guidait depuis le début dans le monde des collectionneurs et j'étais impatiente de connaître sa réaction.

Il m'expliquait clairement, sur un ton très formel auquel je n'étais pas habituée, à quel point il était furieux que je sois allée là-bas. Il était profondément déçu, pourtant je l'avais prévenu. Il terminait son mail par une demande incisive : *Je vous prie de bien vouloir ne plus me tenir au courant de vos sales petits tours*. C'était le mot de la fin. Sanders, le héros de cette histoire, devenait plus compliqué à gérer que Gilkey, le criminel. Je restais debout une grande partie de la nuit, craignant que tous mes efforts ne soient partis en fumée, que mon histoire ne soit perdue.

Une semaine plus tard, je reçus un autre mail de Sanders. Il m'expliquait que Gilkey était allé à Acorn Books, sur Polk Street, une immense librairie avec un grand choix de livres rares, et un employé, Andrew Clark, l'avait reconnu. Clark travaillait à Brick Row en 2003 et c'est lui qui avait pris la commande du *Maire de Casterbridge* au téléphone. Il était allé voir Gilkey[1].

« Veuillez me suivre, je vous prie, avait-il dit en dirigeant Gilkey vers le comptoir.

— De quoi s'agit-il ? » avait demandé Gilkey.

Clark avait sorti un appareil photo. « Vous allez devoir sortir d'ici, mais avant je vais vous tirer le portrait. »

Gilkey n'avait pas bougé d'un cil, au contraire il avait fixé l'objectif. Clic. « Vous ne pouvez pas me forcer à partir », avait-il répondu avec une certaine agitation, mais sans s'énerver. Il avait résisté quelques instants avant d'obtempérer. Chaque fois qu'il était pris sur le fait, il se résignait, comme s'il s'y attendait.

Lorsque Gilkey me raconta cette histoire, il m'expliqua qu'il trouvait cette réaction absurde. « Ils n'ont aucune idée de ce que j'ai en tête. Ce jour-là, j'étais venu pour acheter des livres de références bibliographiques. » Il se demanda si cette expulsion pouvait être considérée comme une violation de ses droits et ajouta le nom du libraire à la liste des gens qu'il voulait poursuivre en justice.

Gilkey n'était jamais aussi déterminé que lorsqu'il cherchait de fausses excuses ou voulait voler des livres.

Je laissai une semaine s'écouler avant d'appeler Sanders pour avoir son avis sur ce qui s'était passé à Acorn Books, en croisant les doigts pour qu'il ne s'en prenne pas à moi. Soit sa colère était déjà passée, soit il m'avait pardonné, en tout cas il se montra cordial. Il me parla d'un autre vol récent dans lequel Gilkey n'avait, semble-t-il, rien à voir. Il ne s'agissait que d'un énième vol qui resterait impuni.

L'histoire est la suivante : les libraires de Borderlands Books, à San Francisco, avaient épinglé un type venu leur vendre une série de livres de science-fiction de premier choix (*L'Étrange Cas du Dr Jekyll et de Mr Hyde*, *Par-delà le mur du sommeil* et *L'Île inconnue*) qui avaient tous été volés, avec une dizaine d'autres titres, à un libraire de Portland, en Oregon, nommé Bob Gavora. Il avait prévenu Sanders aussitôt après avoir constaté la disparition des ouvrages et ils avaient passé le mot à d'autres libraires de science-fiction, dont Alan Beatts, le propriétaire de Borderlands Books. Celui-ci avait travaillé plusieurs années comme agent de sécurité à Tower Records avant de devenir libraire[2] et était beaucoup moins tolérant et passif avec les voleurs que ses collègues. Il ne s'était pas contenté de récupérer les livres, il avait forcé celui qui était venu les revendre à signer une déclaration dans laquelle il expliquait comment il se les était procurés (il les aurait achetés à quelqu'un dans la rue à Ashland, en Oregon). Le libraire avait aussi fait une photocopie de son permis de conduire et pris ses coordonnées. Il lui avait mis la pression pendant une bonne demi-heure. Peu de temps après, l'homme en question avait renvoyé à Gavora les autres livres qu'il lui avait dérobés, avec une lettre de quatre pages expliquant qu'il n'était pas le voleur. Malgré tous ses efforts, le procureur général prévint Gavora qu'il serait difficile de le condamner sans éléments plus tangibles et Gavora ne porta pas plainte. Quelques mois après, Gavora aurait entendu dire que le suspect, le même individu, avait été arrêté à Olympia, à Washington, après avoir essayé de revendre des livres au libraire qui se les était fait voler. Une fois encore, il avait été relâché[3].

« Évidemment », commenta Sanders. Même lorsqu'il s'agit de livres de grande valeur, les accusés sont généralement traités avec beaucoup de souplesse*. Les qualités qui les aident à gagner la confiance des libraires – politesse, éducation, déférence – leur permettent aussi de convaincre un juge qu'ils ne sont pas le genre de personnes à récidiver. La seule exception connue est le cas de Daniel Spiegelman, le voleur dont j'ai entendu parler au Salon de New York qui avait dérobé quantité de documents (un livre de géométrie euclidienne du XVIIIe siècle, vingt-six lettres présidentielles, un exemplaire de *La Chronique de Nuremberg* de 1493, vingt-six documents du Moyen Âge, de la Renaissance et de la période contemporaine, etc.) à l'université Columbia, qu'il avait essayé de revendre au collectionneur hollandais Sebastiaan Hesselink[4]. Toutes les pièces n'ont pas été retrouvées, certaines furent revendues, d'autres endommagées, de nombreuses sont perdues à jamais. La défense avait appelé à la clémence, mais le juge avait imposé une sentence stricte accompagnée de cet argumentaire :

* Ce laxisme n'a pas toujours été de rigueur. À l'époque d'Henri IV (fin XIVe-début XVe siècle), un certain Johannes Leycestre et sa femme, Cedilia, volèrent « un petit livre dans une vieille église ». Le châtiment de l'homme fut d'être « pendu jusqu'à ce que mort s'ensuive ». Il semble que le sort de Cedilia, comme celui de bien d'autres femmes à cette époque, ne mérita pas d'être consigné. Voir l'article d'Edwin White Gaillard, « The Book Larceny Problem », *The Library Journal*, vol. 45, 15 mars 1920, p. 247-254, 307-312.

> Ayant sciemment volé, détérioré et détruit des documents rares et uniques appartenant à notre héritage culturel commun, Spiegelman n'a pas seulement cherché à déposséder l'université Columbia d'un bien d'une valeur de 1 300 000 dollars. Il a entravé le développement du savoir et de la connaissance au détriment de tous. Il est impossible d'évaluer précisément les dommages causés par son crime à cause de sa nature même. Mais voici ce qui est clair : ce crime est différent d'un vol d'espèces d'un montant équivalent, car non seulement l'université Columbia, mais aussi le monde entier sont privés de documents irremplaçables appartenant au passé et destinés à l'étude[5].

Il est toutefois très difficile d'appliquer ce principe aux livres et, malgré la jurisprudence que représente cette sentence, il est fort peu probable qu'elle dissuade les autres voleurs, surtout ceux comme Gilkey. Peu importe la dureté de la sanction, il est presque impossible qu'elle vienne enrayer ce genre de crime obsessionnel.

Si les voleurs de livres sont rarement condamnés, cela n'empêche pas ceux qui veulent les voir derrière les barreaux de leur courir après. À l'époque où Gavora avait contacté Sanders pour lui demander conseil, ce dernier avait terminé son mandat de six ans comme responsable de la sécurité au sein de l'ALAA. Connaissant la réputation de Sanders, Gavora avait décidé de le contacter lui directement plutôt que son remplaçant. (Sanders l'admit lui-même : « Dès que je m'intéresse à quelque chose, j'ai tendance à me jeter dedans corps et âme. Et je vais jusqu'au bout chaque fois. C'est un schéma qui s'est souvent répété au cours de ma vie. Pour traquer un voleur, c'est la bonne attitude à avoir. Lorsqu'il s'agit d'avoir une relation avec une femme, c'est plus compliqué. Là, je suis vraiment nul. ») Sanders, trop heureux d'apporter son aide, avait repris du service.

Je commençai à partager l'obsession de Sanders. Je n'avais plus rien d'autre à l'esprit que tout ce petit monde du livre rare. Mon bureau et ma table de chevet croulaient sous les livres concernant des personnalités comme Thomas Jefferson Fitzpatrick, un professeur de botanique qui avait amassé tellement de livres dans les années 1930 que leur poids excédait celui indiqué dans les normes de sécurité du bâtiment[6]. Il décéda à l'âge avancé de 83 ans en 1952, et fut retrouvé chez lui allongé sur un lit de camp dans sa cuisine, cerné par quatre-vingt-dix tonnes de livres. Gilkey aurait-il été capable d'en voler autant si on ne l'avait pas arrêté ?

Je lisais aussi beaucoup de choses sur Thomas Jefferson, le célèbre troisième président des États-Unis, et sa bibliophilie légendaire. (Sa famille racontait qu'il avait lu tous les livres de la bibliothèque de son père dès l'âge de 5 ans. Même si les faits sont exagérés, l'idée est là.) Après la disparition de sa première collection dans un incendie en 1770, il en entama une encore plus grande. Il se rendit en France pour une mission diplomatique et en profita pour écumer les librairies parisiennes et se fit envoyer des livres depuis Londres et d'autres villes d'Europe. Dans sa bibliothèque, à sa propriété de Monticello, il rangeait ses livres par taille : les plus petits sur les étagères du haut, les grands formats au milieu, et les livres les plus volumineux en bas.

En 1814, lorsque l'armée britannique incendia la bibliothèque du Congrès à Washington, Jefferson proposa de revendre sa collection personnelle riche de 6700 volumes. Les livres furent transportés par wagons entiers de Monticello à Washington et servirent de fonds initial à la bibliothèque actuelle. Il y avait probablement beaucoup trop de volumes pour se contenter de les ranger par taille, aussi il proposa un système de classement qu'il avait imaginé à partir de l'ouvrage de Francis Bacon *Du progrès et de la promotion des savoirs*, dans lequel les livres sont classés en trois grandes catégories : mémoire, raison et imagination. Une division poétique que je serais curieuse de voir appliquée dans les librairies aujourd'hui. Cela prendrait peut-être plus de temps de trouver ce que l'on cherche, mais qui sait sur quoi l'on risquerait de tomber.

Plus je piochais dans mes piles de livres consacrés à des collectionneurs, plus je pensais au rôle que ces hommes (et quelques rares femmes) avaient joué pour préserver notre héritage culturel. Pour reprendre les mots de Wilmarth Sheldon Lewis, un collectionneur décédé en 1979 : « Sains d'esprit ou fantasques, ils sauvegardent la civilisation[7]. » Ils me fascinaient tous.

Bien entendu, ce n'est pas toujours dans l'intérêt commun qu'ils ont entrepris de sauvegarder des bribes de civilisation. Certains de ces hommes se sont montrés remarquablement égoïstes. Une histoire qui me tenait en haleine tard le soir était celle de Guglielmo Libri (1803-1869), l'un des plus éminents gardiens de notre héritage culturel, qui a probablement autant pillé que préservé[8]. Libri était un comte italien, dont le nom prophétique appartenait à la vieille noblesse toscane et qui se rendit coupable de vols colossaux. Il était mathématicien, journaliste, enseignant, conseiller du gouvernement français. C'était une référence en histoire des sciences et il naviguait dans les milieux académiques aussi bien français qu'italien et anglais. En 1841, on lui confia la responsabilité d'inventorier tous les manuscrits anciens des bibliothèques publiques de France. Cette mission l'autorisait à entrer dans toutes les réserves à n'importe quelle heure. Il exigeait souvent qu'on lui ouvre en pleine nuit afin de pouvoir mener des recherches sans être interrompu. (Le jour où un bibliothécaire lui refusa l'accès, Libri le provoqua en duel.) Sa réputation de scientifique le protégea encore longtemps après que l'on eut commencé à le soupçonner de piocher dans les fonds. En tant que catalogueur des bibliothèques de France, il savait exactement quels manuscrits n'avaient pas encore été inventoriés, et il ne put résister à la tentation. On le voyait souvent grimper jusqu'aux étagères les plus élevées sur lesquelles reposaient les œuvres les plus anciennes, parfois non reliées. Il n'était pas seulement avide, mais aussi astucieux. Il empruntait des ouvrages de grande valeur pour les remplacer par d'autres de moindre importance. Il faisait disparaître les tampons des bibliothèques en les frottant avec du sable avant de revendre les ouvrages à un bon prix. Quantité de ces manuscrits étaient hors de prix, quatre-vingt-treize dataient d'avant le XIIe siècle. Au total, sa collection a été estimée à 600 000 francs (soit plus de 1 500 000 euros aujourd'hui). Il se fit arrêter en 1850 et fut condamné à dix ans de réclusion en isolement. Après avoir purgé sa peine, il rentra en Italie où il vécut jusqu'à la fin de ses jours. Je doute fort que cet homme prêt à combattre en duel pour des livres ait terminé sa vie sans en voler quelques autres.

◆

Après que Gilkey m'eut raconté comment il avait été expulsé d'Acorn Books, il me confia qu'il avait été très impressionné de voir à quel point les livres étaient bien protégés dans les bibliothèques de San Francisco. Il semblerait qu'il ait voulu photocopier une page d'un livre rare et qu'on le lui ait refusé. La seule explication que je vois, c'est que Gilkey ait cherché à sortir le livre de la zone sécurisée, voire qu'il ait demandé à le sortir de la bibliothèque. Quelques mois après cet échange, alors que je m'entretenais avec des libraires sur Gilkey, je dus faire transparaître mon inquiétude qu'il ne se mette un jour à voler des ouvrages de bibliothèque, car plus tard son contrôleur judiciaire m'apprit que, lors d'un rendez-vous hebdomadaire, une personne (dont il ne pouvait me révéler le nom) avait mentionné, en présence de Gilkey, cette préoccupation. Le mot s'était répandu. Je compris à quel point je devais être prudente si je voulais que Gilkey continue de me parler. À présent, après des mois d'entretiens et d'enquête, j'étais plongée dans cette histoire jusqu'au cou et n'avais aucune intention de perdre contact avec Gilkey ou Sanders. Nous étions tous des traqueurs tenaces – de livres pour Gilkey, de voleurs pour Sanders et d'histoires en ce qui me concernait. Ce que je n'avais pas prévu, c'est que mon rôle allait être beaucoup plus compliqué que je ne pensais. Fini d'être une observatrice objective, il allait falloir que je prenne part à l'intrigue.

Cette conversation peut être enregistrée ou contrôlée 11

Lorsque j'étais allée visiter la librairie de Sanders à Salt Lake City, il m'avait parlé du jour où il avait rencontré l'écrivain Wendell Berry qu'il admirait tant. Grâce à sa façon de parler, avec un rythme et un vocabulaire propres à l'Utah, j'en appris autant sur Berry et sur la vie d'une exploitation de tabac du Kentucky que sur Sanders lui-même.

« Wendell Berry a fait son trou et il en a bien conscience. Il a quitté ses collines natales du Kentucky lorsqu'il était jeune, mais il y est revenu par la suite, et comme il le dit lui-même : "Depuis je ne cesse de déployer ma contrée." Il m'a invité à venir le voir.

« C'est un sacré bosseur, je suis arrivé pendant la période de cueillette, et il aidait ses voisins à ramasser le tabac. C'était la première fois que je voyais une exploitation de ma vie. Cette plante est monstrueuse ! On dirait des aliens immenses, avec des feuilles de la taille de cette table et des tiges presque aussi grosses que ce verre. Après la journée de travail, nous sommes rentrés chez lui et avons bu du bourbon sous son porche en regardant les lucioles. À 6 heures le lendemain matin, il a remis ça. Et le dimanche, il a voulu me montrer les bois. Il a une certaine conscience de sa place dans le monde et met en pratique les idées qu'il défend.

« En rentrant à Salt Lake City, je me suis dit : Ici c'est chez moi, je suis né là, je viens d'une longue lignée de mormons, mais je n'ai pas ce sentiment d'appartenance. Je me sens comme un étranger sur ma propre terre. Je n'éprouve aucune connexion avec cet endroit. Et je doute de l'avoir un jour. »

Sanders se sentait peut-être en décalage avec Salt Lake City, mais, à mon avis, grâce à sa librairie, il déployait une contrée d'un autre genre pour lui-même, habitée par des livres éclectiques et un flux continu de gens qui les aimaient. C'était son monde à lui, celui auquel il appartenait irréfutablement. Sanders connaît aussi bien ses étagères que Berry connaît les rangs de tabac de ses voisins. Lorsqu'il prend un vieux volume obscur dans ses mains, il peut estimer sa valeur de la même manière tout aussi mystérieuse qu'un fermier sent dans l'air comment la météo va tourner. Lors de l'après-midi que j'avais passé assise à côté de lui à le regarder servir ses clients (on lui demanda, entre autres, *The Phantom Blooper* de Gustav Hasford et « n'importe quel grand classique romain en latin »), c'était moi qui me sentais comme une étrangère. J'enviais le lien qu'il cultivait avec ce monde depuis toujours comme j'enviais celui de Wendell Berry.

L'histoire de Gilkey, celle de Sanders et la manière dont les deux s'entremêlaient m'obsédaient. J'essayais encore de comprendre d'où venait la passion de Gilkey, pourquoi il était prêt à mettre sa liberté en péril, et pourquoi Sanders était aussi déterminé à lui mettre la main dessus, pourquoi il prenait des risques qui pouvaient avoir de graves conséquences pour sa librairie. Je décidai donc de passer encore plus de temps avec eux et d'explorer le territoire sur lequel ils se rejoignaient : celui de la collection.

Par définition, chaque collectionneur est légèrement obsédé, un petit peu fou (l'un de mes livres préférés sur la question s'intitule d'ailleurs *A Gentle Madness*). Le collectionneur n'en a jamais assez et, lorsqu'il termine une collection, il en commence aussitôt une autre. L'accumulation n'en finit jamais. Même si Sanders dit qu'il ne collectionne plus, il admet que tenir sa librairie est une manière de collectionner par procuration et que le fonds n'est qu'une partie de ce qu'il possède. Il a aussi un entrepôt, qu'il appelle « les catacombes », où il conserve des milliers de livres. Il vend des livres tous les jours, mais en achète encore plus. Gilkey fonctionne de la même façon. Même lorsqu'il ne vole pas de livres, il fait des recherches. Parfois je me demande jusqu'où il aurait pu aller, jusqu'où n'importe quel collectionneur pourrait aller ?

C'est dans l'Histoire que je trouvai une réponse à ma question, à travers l'exemple de don Vincente, un moine espagnol du XIXe siècle. Il commença par voler des livres dans la bibliothèque de son monastère cistercien[1], avant de disparaître pendant un certain temps, puis de refaire surface à Barcelone à la tête d'une librairie de livres anciens particulièrement bien fournie. Toutefois son magasin faisait toujours plus d'acquisitions que de ventes. Et don Vincente ne vendait que les volumes les plus ordinaires, gardant pour lui les plus précieux. Ce moine était complètement obsédé par un ouvrage : *Furs e ordinacions fetes per los gloriosos reys de Aragó als regnícols del regne de València* [Édits et ordonnances pour les glorieux rois d'Aragon et les seigneurs du royaume de Valence], imprimé en 1482 par Lambert Palmart, premier imprimeur du royaume d'Espagne. À la mort de son propriétaire en 1836, le livre fut mis en vente aux enchères. Autant que l'on sache, il s'agissait d'un exemplaire unique et don Vincente était bien décidé à l'acheter. Il offrit tout ce qu'il possédait, mais Augustino Patxot, un libraire qui tenait une boutique située à côté de celle de don Vincente, proposa une somme plus importante. Tout le monde crut que don Vincente était devenu à moitié fou, il partit en grommelant des menaces dans la rue et refusa d'empocher les *reales de consolación*, un petit montant que l'acquéreur doit donner au second enchérisseur. Trois nuits plus tard, le domicile de Patxot partit en fumée et son corps fut retrouvé calciné le lendemain. Bientôt on découvrit aussi le corps de neuf hommes de lettres, tous poignardés à mort. En raison de l'esclandre qu'il avait fait lors des enchères, don Vincente devint immédiatement le principal suspect. Sa maison fut perquisitionnée et l'on retrouva le *Furs e ordinacions* sur une étagère du haut, avec des livres appartenant aux autres victimes. Il fallut que le juge lui promette que sa collection serait soigneusement entretenue après son incarcération pour qu'il avoue avoir étranglé Patxot et poignardé les autres. Lorsque le juge lui demanda, pendant l'audience, pourquoi il n'en avait pas profité pour voler de l'argent chez ses victimes, il répondit : « Je ne suis pas un voleur. » Lorsqu'on lui fit remarquer qu'il avait ôté la vie à autrui, il dit alors : « Tout le monde doit mourir, tôt ou tard. Tandis que les bons livres, eux, doivent être conservés. » Son avocat plaida la folie. Il ajouta que l'on venait de découvrir un second exemplaire du livre à Paris et qu'il était donc impossible de prouver que l'ouvrage trouvé chez son client appartenait à Patxot. Don Vincente, désespéré au plus haut point, s'écria : « Hélas, hélas, mon exemplaire n'est pas unique ! » On entendit cette complainte jusqu'à ce qu'il soit exécuté à Barcelone en 1836.

Cette histoire a inspiré à Flaubert l'une de ses nouvelles de jeunesse, *Bibliomanie*, premier texte qu'il publia, écrit en 1836 alors qu'il n'avait pas encore 15 ans.

Quand la fin de mon séjour à Salt Lake City se rapprocha, Sanders me demanda quel portrait j'allais faire de lui dans mon article. « Aussi fou que Gilkey ? » Ce n'était pas la première fois qu'il me posait cette question. Parfois, il ralentissait son débit de paroles au milieu d'une conversation comme si ce qu'il disait n'était pas à son avantage à mes yeux. Il me donnait l'impression d'être tiraillé entre un désir de reconnaissance et la méfiance que je lui inspirais. J'admirais son mode de vie peu conventionnel, l'audace de ses opinions, sa nature iconoclaste, ses amis artistes, ses histoires captivantes, et le dévouement qu'il portait à ses enfants et à ses livres, mais son caractère prudent et suspicieux, qui l'avait aidé dans son travail de « biblioflic », formait à présent une barrière entre nous. Je tentai de le rassurer en lui disant que je ferais un portait positif de lui.

Gilkey, lui, en revanche, ne me posa pas la question. Quand bien même il aurait demandé, j'aurais été incapable de lui répondre. Je pensais à Sanders : « *Aussi fou que Gilkey ?* » Est-ce que Gilkey était fou ? Malgré toutes les informations que j'avais en main, il me manquait toujours une réponse claire. Ils avaient tous deux partagé leur histoire avec moi, leurs aspirations, leurs motivations, mais cette matière ne venait pas s'assembler pour former deux portraits aux contours précis.

De retour à la maison, je lus dans le journal que John Berendt, l'auteur de *Minuit dans le jardin du bien et du mal*, serait en ville pour présenter son nouveau livre. Je me souvins que Gilkey m'avait dit qu'il y passerait peut-être. J'hésitai à y aller, avant de renoncer. Je ne voulais pas vivre une nouvelle rencontre malencontreuse en public. D'ailleurs, nous avions déjà prévu de nous voir le mercredi suivant au Goodwill Café, à l'angle de Mission et de Van Ness.

Je l'appelai pour confirmer, mais il ne décrocha pas et ne répondit pas non plus à mon message. J'appelai une seconde fois, toujours sans réponse. C'était très inhabituel, car il prenait toujours soin d'être à l'heure à tous nos rendez-vous ou de me prévenir bien en amont lorsqu'il devait annuler.

La semaine suivante, je reçus un appel en PCV.

« Madame Bartlett ? demanda la seule autre personne qui n'est pas un télévendeur à m'appeler ainsi. C'est John Gilkey. »

Il me téléphonait depuis une cabine payante du centre pénitentiaire Deuel Vacational Institution de Tracy où je l'avais interviewé la première fois. Il me raconta qu'il s'était fait arrêter à Modesto le jour où Berendt était venu, on l'avait renvoyé en prison à cause de la carte postale de Brahms.

« Ils m'ont proposé de tirer trois mois et demi, et j'ai refusé », continua-t-il, ajoutant qu'il avait en conséquence été condamné à neuf mois et demi. Ce n'était pas la première fois que Gilkey contestait une sentence et se voyait appliquer une peine plus longue que celle annoncée. « Je vais faire appel et tirer cette histoire au clair, dit-il, plus résigné qu'en colère. Je suis innocent cette fois. C'est la meilleure. »

Bien sûr.

Gilkey m'expliqua qu'après la perquisition de son appartement à Treasure Island la police lui avait retourné les documents dont elle n'avait pas pu prouver qu'ils étaient volés, parmi eux la carte de Brahms qu'il avait dérobée à Roger Gross. Pour lui, cela suffisait à prouver qu'il était innocent.

« Ils me l'ont rendue, dit-il. Qu'est-ce que j'étais censé croire ? »

Je réfléchissais au mode de raisonnement tordu de Gilkey, lorsqu'un message sonore vint nous interrompre : *Cette conversation peut être enregistrée ou contrôlée*.

Lorsque je lui annonçai que je passerais éventuellement le voir en prison, il se montra très enthousiaste.

« Faut-il que je signe quoi que ce soit ? »

Il fallait que je sois plus franche avec lui. Je lui annonçai que j'avais parlé avec des libraires victimes de ses vols qui n'avaient jamais touché de dédommagement de la part de leur assurance. Certains étaient en déficit.

« Hum, si j'étais quelqu'un de bien… enfin, je suis en prison en ce moment, évidemment (il assumait qu'il n'était pas ce genre de personne), je dirais que c'est dans la nature des affaires. Voilà mon avis. Si j'étais commerçant, je n'aimerais pas perdre 500 dollars. Mais si vous choisissez d'ouvrir une boutique, cela peut vous arriver. Une cave à spiritueux, par exemple, se fera probablement braquer une fois par mois. Donc, si c'est ce que vous voulez faire, vous devez vous y préparer. »

Ça arrive. Être la cause de ces pertes lui importait peu. Il m'expliquait ça sur le même ton que lorsqu'il évoquait ses vols. Ses phrases étaient courtes, saccadées, elles débordaient de fierté, comme un gangster dans un film des années 1940. Je ne pouvais pas m'empêcher de penser qu'il était toujours à l'ouest, qu'il n'arrivait pas à comprendre que ses actions l'avaient conduit là où il était, un combiné sur l'oreille, des gardiens dans le dos. J'imagine que j'avais envie qu'il comprenne. Je lui demandai s'il pensait pouvoir vivre sans livres.

« Bien sûr, oui. Je veux dire, je ne vais pas pouvoir continuer ma collection sans que les gens m'en offrent. »

Très clairement, il était hors de question pour lui de les acheter.

« Je pense qu'il faudra bien que je me procure d'autres livres, mais vu les circonstances, je ne vois pas comment m'y prendre. »

Malgré son imagination débordante, il ne pouvait se représenter un monde dépourvu de livres anciens. Pas plus, semblait-il, qu'il ne pouvait s'empêcher de chercher des moyens détournés de se les procurer.

« Franchement, j'ai bien échafaudé une escroquerie. Mais je doute que ce soit faisable. Je pensais à une sorte d'arnaque à l'assurance. » Et il ajouta, comme pour se justifier de cet aveu : « Je vous dis ça simplement pour être honnête. »

Malgré le rappel fréquent, digne de *1984*, que notre conversation pouvait être surveillée, il continua de me dévoiler ses états d'âme en perpétuel mouvement, passant du rêve au doute, de la circonspection à la fierté. « Oui, une arnaque à l'assurance afin de réunir les cent titres [de la liste établie par la Modern Library]. Et cela peut tout aussi bien marcher comme échouer. Je ne le ferai probablement jamais, de toute façon, même si j'y pense. »

Je lui demandai s'il avait aussi réfléchi à ses actes, s'il estimait qu'il y avait quelque chose de bien ou de mal là-dedans.

« Pour parler en pourcentage, je dirais que ce n'est pas mal à 100 %. Les proportions seraient plutôt à 60 % mal et 40 % bien. Je veux dire, oui, je comprends bien qu'il s'agit de leur petite entreprise, aux libraires, mais ils devraient faire en sorte que les livres soient plus abordables pour les amateurs. »

Il poursuivit comme s'il avait anticipé ma réaction : « Voilà le genre de vision déformée que j'en ai. » Mais aussitôt, il revint à sa logique autocentrée : « Enfin, comment voulez-vous que je puisse achever ma collection sans être multimillionnaire ? »

Gilkey avait un rêve qu'il ne pouvait s'offrir, et tous ceux qui l'empêchaient de le réaliser, les libraires, méritaient d'être punis. Je me demandais ce que l'on pouvait ressentir lorsque l'on avait cette vision du monde, lorsque l'on estimait qu'une chose nous revenait de bon droit jusqu'à se convaincre que tous les moyens étaient bons pour l'obtenir. Si c'était là sa vision du monde, et tous nos échanges le confirmaient, alors peut-être qu'il était malade. Il avait parfaitement conscience que c'était illégal de voler, mais cela ne l'arrêtait pas, car il faisait une distinction entre *illégal* et *mal*. Cet état d'esprit était-il irréversible ou pouvait-il changer ? Il n'avait pas l'air d'en avoir envie. Il restait concentré sur sa collection et imaginait comment elle lui permettrait de s'élever dans l'échelle sociale. Alors on le verrait comme un homme cultivé, érudit, exactement comme cette femme que j'avais vue dans une publicité. Toute l'imagerie qui entourait Gilkey – au cinéma, à la télé, dans les publicités et les catalogues de vêtements – venait lui confirmer le respect qu'inspirait non pas la littérature en soi, mais l'accumulation de livres. Comme s'il s'agissait d'une distinction honorifique. Gilkey aurait pu occuper une place de choix dans un monde rêvé, mais peut-être qu'il était un petit peu trop fou.

Le message vocal nous interrompit à nouveau. *Cette conversation peut être enregistrée ou contrôlée.*

Je lui demandai pourquoi il avait laissé tous ces livres bien en vue chez lui, à Treasure Island, et il eut un petit rire.

« Ouais… c'est vraiment trop bête, Je n'aurais pas dû les laisser sur les étagères. Il y en avait pour 50 000 dollars de livres. Je ne pensais pas qu'ils viendraient jusqu'ici. »

Il attisait ma curiosité. « Où sont les autres livres ? » demandai-je.

Oubliant qu'il avait prétendu ne plus en posséder un seul, il répondit : « Ils sont stockés par là. La police en a embarqué pas mal… mais il m'en reste un peu.

— Dans votre maison de famille ? Dans un entrepôt ? »

Gilkey réfléchit un instant. « Hum… À vrai dire, ils sont dans une salle des ventes, mis de côté. Je les déplace sans cesse. Je pense les revendre quand tout se sera tassé. »

Gilkey n'avait plus que quelques minutes devant lui. Je me rappelai soudainement qu'il m'avait raconté avoir acheté *Lolita* et *Le Retour de Sherlock Holmes* avec *sa propre* carte. Le temps pressait, alors je le relançai. Je lui rappelai cet épisode en ajoutant qu'il disait toujours rechigner à dépenser son argent dans des livres.

« Eh bien, voyez-vous, vous avez des facilités de paiement à partir d'une certaine somme avec les cartes American Express. J'ai donc passé une commande à hauteur de 1 500 dollars, et ensuite je n'avais qu'à rembourser 300 dollars par mois. »

Je n'eus pas le temps de lui dire que je doutais qu'il ait effectué ces versements quand il se confessa avec précipitation : « Mais j'avais une botte secrète, donc en fait je n'ai rien déboursé du tout.

— Comment avez-vous fait ?

— Eh bien, dit-il, penaud, j'ai appelé American Express pour faire une déclaration de perte et préciser que je n'étais pas à l'origine de ce paiement. »

En l'espace de cinq minutes, Gilkey m'avait avoué toute sa manigance étape par étape.

« Bon, dit-il, là, il faut vraiment que j'y aille. » Nous nous dîmes au revoir.

Je raccrochai et me demandai qui d'autre était au courant pour cette histoire d'opposition frauduleuse. La banque ? La police ? Pourquoi m'avait-il avoué ça ? Comment se faisait-il qu'il n'ait pas peur que j'en parle ? Devais-je le faire, d'ailleurs ? Étais-je légalement tenue d'en parler ? J'étais contente qu'il se soit ouvert à moi, mais je ne voulais pas être obligée de le dénoncer. Je voulais garder cette information pour moi tant que je n'aurais pas tiré au clair quelles étaient mes obligations, mais au fond de moi je savais que ce qui me tracassait le plus n'était pas tant la question légale que celle de ma conscience.

Fallait-il que j'en parle aux libraires ? Est-ce que cela changerait quelque chose dans la mesure où je ne savais même pas où se trouvaient ces deux livres ? Il fallait que je parle à un avocat.

◆

Vers la fin de l'automne, je me rendis à la librairie Heldfond Book Gallery, où Gilkey avait frappé. J'avais eu Erik Helfond au téléphone, qui m'invita à m'entretenir avec sa femme Lane. C'est elle qui avait eu affaire à Gilkey.

Lorsque j'entrai dans la boutique, Lane s'occupait d'un couple de Britanniques qui avaient l'air d'être des habitués. Je ne voulais pas lui faire rater une vente, et me baladai donc dans la librairie. La plupart des livres avaient une couverture somptueuse et étaient disposés en *facing*, comme s'ils cherchaient à mettre en valeur leur meilleur profil. Étaient exposés la première édition d'*Opération Tonnerre* de Ian Fleming ; le numéro de la revue littéraire américaine *The Dial* dans lequel a paru le poème de T. S. Eliot

La Terre vaine pour la première fois ; *In the American West* [L'Ouest américain] du photographe Richard Avedon ; et de nombreux classiques de la littérature jeunesse, *Les Œufs verts au jambon* de Dr. Seuss, les *Contes* d'Andersen, *Elves and Fairies* [Les elfes et les fées] de Frances Olcott, *Peter et Wendy* de J. M. Barrie. Perchée sur un siège derrière le comptoir, Lane me jeta un regard suspicieux à deux reprises et je me demandai si elle me prenait pour une voleuse à la tire. Dès que les deux clients partirent, j'allai me présenter.

« Rappelez-moi pour quel journal vous travaillez », dit-elle sèchement en me toisant. Erik lui avait dit que j'écrivais un article sur Gilkey et, visiblement, cela lui déplaisait. « Vous avez une carte de visite ? »

Je lui expliquai que je n'avais pas de carte avec moi, mais que l'article était destiné à être publié dans le *San Francisco Magazine*. Elle nota mon nom et mon numéro sur un morceau de papier à côté de la caisse. Je doutais qu'elle ait besoin de mon numéro. Elle faisait plutôt ça pour me montrer qu'il ne fallait pas essayer de l'embobiner et qu'elle allait me garder à l'œil.

Après m'avoir observée, elle accepta, non sans mal, de me parler. Elle me raconta toute l'histoire depuis le début : la commande passée au téléphone, Gilkey qui met sa main devant sa bouche, et comment elle l'avait reconnu parmi plusieurs suspects. L'inspecteur Munson et Sanders m'avaient déjà donné tous ces éléments. Mais ils avaient oublié le détail le plus important : Lane Heldfond était sacrément remontée. À quelques exceptions près, les libraires d'ouvrages anciens ne gagnent pas des mille et des cents. Pour la majorité d'entre eux, une perte sèche de 5 000 dollars est énorme. Trois ans plus tard, elle était encore furieuse contre Gilkey, et à présent, il ne faisait aucun doute qu'elle en avait aussi contre moi.

« Ce que vous êtes en train de faire, là, eh bien, j'ai peur que cela ne lui procure une certaine célébrité, dit-elle en comparant cela à la médiatisation qu'il y avait eu autour de Charles Manson : tout le monde sait de qui il s'agit. »

Il y avait un sacré fossé entre Manson le meurtrier et Gilkey le bibliomane, mais je voyais ce qu'elle voulait dire. C'étaient deux criminels qui bénéficiaient d'une attention particulière indigne de leurs actes.

« Ce métier, nous le faisons par amour, expliqua Lane et, en portant sa main au cœur, elle ajouta : Cela vous touche. Je suis tellement en colère contre cet homme. »

Lane n'avait plus envie de parler et je rangeai mon carnet de notes. Mais au moment où je m'apprêtais à partir, elle m'arrêta.

« Vous savez, nous avons des livres très précieux ici. Il y a beaucoup de bibliophiles qui viennent nous voir et disent n'avoir jamais vu ça ailleurs, et il y a de fortes chances qu'ils ne recroisent jamais ces livres de leur vie. Cela fait quinze ans que l'on travaille dur, d'abord nous avons acheté des livres à 8 dollars en espérant que leur cote monterait, puis des livres à 80 et ainsi de suite. Nous sommes parvenus à faire de cette librairie un petit bijou, quelque chose d'unique. [...] Nous voulons que ces livres aillent entre les mains de personnes qui les aiment, de gens prêts à les acheter, qui les apprécient. [...] Gilkey me rend folle de rage. Je me sens humiliée. Le jour où il a pris ces livres, c'est à moi qu'il les a arrachés, à moi et à lui », dit-elle en indiquant son époux. Puis, d'une voix basse, elle se tourna un instant vers sa fille aux yeux et aux cheveux bruns, âgée de 9 ou 10 ans, qui aidait à enlever la poussière sur les étagères, et elle continua : « Il les a pris à *elle* aussi. »

Ces propos me touchèrent profondément : je sentais qu'elle et sa famille avaient été affectées par le vol et surtout qu'elle était passionnée par son métier juste à la façon dont elle décrivait ses étagères. Ces livres que l'on ne verrait sûrement qu'une fois dans notre vie étaient plus que de beaux objets, et leur apparence donnait du poids à leur contenu. Sa colère était parfaitement justifiée.

J'avais beaucoup réfléchi à l'aspect physique et matériel des livres depuis le *Kräuterbuch* et ma première fois au Salon de New York, mais après ma discussion avec Heldfond, je pensai à la place, à l'espace dirais-je, qu'occupaient les livres non pas dans l'Histoire en général, mais dans nos vies. C'est une question qui avait commencé à me hanter lorsque, quelques mois plus tôt, un ami à moi, Andy Kieffer, s'était mis à chanter les louanges des e-books. Lui et sa femme s'en étaient acheté peu de temps avant de déménager à Guadalajara. Il en était très content, car il est difficile de trouver des livres en anglais sur place, et le service postal était peu fiable. Il n'avait aucun problème à lire *La Mouette* de Tchekhov ou *L'Île au trésor* de Stevenson sur écran, il s'était aussi abonné au *New York Times* et au *New Yorker*, et avait téléchargé un dictionnaire d'anglais et quelques mauvais livres de plage. Il avait tout ça sur sa liseuse.

« C'est très pratique, car je ne sais jamais à l'avance ce que j'aurai envie de lire », m'expliqua-t-il.

Tant mieux pour lui, me dis-je, mais je ne comprenais pas comment une personne qui pouvait facilement se procurer des livres passerait à la liseuse. Puis je pensai à mes deux enfants qui sont ados et lisent sur un ordinateur une grande partie de la journée, pas seulement des messages ou des mails, mais de longs articles pour leurs études. Ils n'auraient aucun problème à lire un e-book. Et pourtant, je pense que cela ne fait que renforcer leur attachement à l'objet qu'ils peuvent conserver. Le jour où mon fils a obtenu son bac, je lui ai acheté, à la dernière minute, une Constitution des États-Unis dans un format de poche (il s'intéresse beaucoup à l'histoire et au droit). C'est un tout petit livre noir. De tous les cadeaux qu'il a reçus, dont un ordinateur portable pour aller à la fac, c'est ce petit livre austère que mon fils, plutôt réservé d'habitude, porta contre son cœur en disant : « Je le garderai pour toujours. » Et à présent, ma fille a sur ses étagères des livres de Lucy Maud Montgomery, *Anne… la maison aux pignons verts*, *Anne d'Avonlea*, *Kilmeny du vieux verger*, ayant appartenu à ma mère et à ma grand-mère. « Quand je les ouvre et que je commence à lire, j'aime imaginer les gens qui les ont eus avant moi, m'explique-t-elle. C'est comme s'ils avaient plus d'une histoire à raconter. »

Les objets sont chargés d'histoire et de sens, qu'il s'agisse de textes anciens ou de livres pour enfants. Lorsque je suis à la bibliothèque, cernée par les hautes étagères, j'ai comme le sentiment que le poids de l'étude est palpable, ce qui est une source à la fois d'humilité et d'inspiration. Cette magie ne fonctionne pas qu'avec les livres, mais aussi avec les lieux. On a des descriptions de l'Holocauste, de l'endroit où Emily Dickinson a écrit la *Lettre au monde* ou de la sépulture de Jim Morrison. Inutile de se déplacer, des photos sont disponibles en ligne. Et pourtant, des milliers de personnes se rendent tous les ans à Auschwitz, au Homestead et au Père-Lachaise. Je suppose que nous aimons être environnés de livres pour les mêmes raisons que nous allons sur ces lieux, ils nous relient à quelque chose qui nous dépasse, quelque chose de réel. C'est pourquoi je suis persuadée que les livres papier survivront, même lorsque les e-books seront devenus monnaie courante. Lorsque je marche dans la rue et que je vois tous ces gens isolés avec leur iPod ou leur téléphone, je ne peux m'empêcher de penser que notre rapport au livre est toujours aussi important et tangible. Et c'est cette relation qui fait que les livres de mes grands-parents me sont si chers et que le *Kräuterbuch* est sublime.

12 Que puis-je demander de plus ?

Depuis que Gilkey n'était plus le bienvenu dans ses librairies préférées et qu'il était sorti de prison, il cherchait la compagnie des livres dans des bibliothèques où il se rendait quotidiennement. Sa nouvelle lubie était de collectionner des livres écrits par des Nobel. Lorsque je le revis, il s'était procuré un ouvrage de Dario Fo qui avait reçu le prix en 1997. Gilkey l'avait apporté avec lui, un mince volume de poche à la couverture rouge unie, qu'il me tendit. Je remarquai une petite étiquette sur la quatrième de couverture, une étiquette de bibliothèque. Lorsque je lui demandai ce qu'elle faisait là, il bredouilla avoir acheté le livre dans un déstockage à Modesto. Alors que nous continuions notre conversation, je le vis gratter l'étiquette.

Je lui demandai à nouveau où il entreposait ses livres et il me répondit en haussant les épaules et avec un regard entendu : « Techniquement, je n'ai pas de livres. » J'étais certaine qu'il se retenait de m'en dire plus, mais il avait aussi bien conscience du risque qu'il courait. Lui qui rêvait d'être admiré pour sa collection était pris à son propre piège. Il mourait d'envie de montrer sa collection, mais ce simple geste aurait causé sa perte. Désormais ses nouvelles acquisitions ne pouvaient plus être qu'un plaisir solitaire, caché de toutes et de tous, à une seule exception : moi. J'étais devenue son seul public. Il ne pouvait évidemment pas tout me raconter, ni me montrer l'intégralité de ses livres, mais il me montrait des livres de poche qui pouvaient, ou non, provenir d'un déstockage et me parlait de la signification qu'ils avaient pour lui. Les plus gros « achats », eux, en revanche, restaient cachés. Du moins pour l'instant. Je sentais que si je parlais assez longtemps avec Gilkey, il finirait par partager avec moi quelques pépites, et j'étais aussi déterminée qu'un collectionneur. Nous nous donnâmes donc à nouveau rendez-vous.

Il n'y a pas que dans les magasins d'antiquités isolés du New Hampshire que l'on tombe sur des pépites. John Windle me raconta qu'il était allé à Londres pour le compte d'un collectionneur qui mettait ses biens aux enchères. Alors qu'il procédait à l'inventaire, il avait découvert dans le tiroir d'une commode un exemplaire du *Livre de Job* de William Blake – petit recueil somptueux de vingt et une gravures. Blake a toujours été apprécié des collectionneurs pour son exigence en tant qu'artiste, poète et imprimeur. *Le Livre de Job* est l'un de ses ouvrages les plus réussis.

« J'ai trouvé un autre document, glissé à l'intérieur du *Livre de Job*, encore plus précieux, raconta Windle. Quatre pages recto intitulées *The Song of Liberty* [Le chant de la liberté], aussi de Blake. » Comme une poupée russe, chaque trésor en contenait un autre. Le meuble fut estimé à 2000 dollars, et *Le Livre de Job* à 100000 dollars. En revanche, *The Song of Liberty* n'avait pas connu d'enchères depuis quarante ans, et Windle ne connaissait absolument pas sa valeur. Il savait par contre que personne n'avait idée de l'existence de ce document. « Presque tout mon être me disait de le glisser dans ma poche et d'aller déjeuner. Mais ma conscience s'interposa. » Il informa la salle des ventes de sa découverte. Trois mois plus tard, *The Song of Liberty* était vendu à 25 000 dollars.

Lorsque nous nous revîmes au Café Fresco, Gilkey me raconta où il en était de ses petites recherches. Il courait après un livre d'Iris Murdoch, dont le roman *Sous le filet* occupait la quatre-vingt-quinzième position sur la liste de la Modern Library. Il s'intéressait particulièrement à ses écrits sur l'existentialisme. Il avait lu Jean-Paul Sartre et Simone de Beauvoir.

« Cette manière qu'ils ont de ne pas dissocier le bien du mal, j'ai trouvé que ça correspondait bien à ma personnalité. »

Il me raconta qu'il espérait pouvoir se rendre à un salon à Los Angeles et à un autre en Arizona dédié à la littérature d'horreur. Je lui demandai si ce n'était pas risqué de voyager ainsi, lui rappelant qu'il pouvait se faire arrêter pour violation de liberté conditionnelle, mais il estimait que c'était très peu probable. J'insistai en ajoutant qu'il serait entouré de livres, comme autant de tentations auxquelles il aurait du mal à résister. Il me répondit simplement : « Parfois je suis tenté de recommencer, pour parler franchement, mais le risque est trop grand. » Pourtant prendre des risques, mettre sa liberté en jeu, rien de tout ça n'était rédhibitoire pour John Gilkey.

Un peu plus tôt, il avait accepté de me montrer quelques téléphones qu'il utilisait pour passer ses commandes de livres.

« À vrai dire, celui-ci est très bien. »

L'un de ses préférés était dans l'entrée du Crowne Plaza Hotel, à côté du café où l'on se rencontrait souvent. Nous ramassâmes nos affaires et nous mîmes en route.

Gilkey ouvrit les Pages jaunes à la section des libraires de livres anciens et fit glisser son doigt le long des encarts.

« Alors, regardez, je suis allé dans plusieurs d'entre elles. [...] En y repensant, j'aurais probablement dû éviter celle-ci, dit-il alors que son doigt arrivait en bas de la page. Je suis allé à Kayo, à Argonaut [...] à Brick Row [...] chez Thomas Goldwasser. Il a failli m'attirer des ennuis, celui-là. Et voilà, Black Oak Books, dit-il en pointant l'annonce. Je vais les appeler. C'est un numéro gratuit. »

Je crus avoir mal compris, je pensais qu'il allait mimer une conversation, mais la seconde d'après il composait le numéro. L'écouteur à l'oreille, attendant que quelqu'un décroche, il me dit : « Je me souviens assez bien du genre de phrases que j'utilisais. Je les avais apprises par cœur. »

Je l'observais : abasourdie, reconnaissante, coupable.

« Ça ne répond pas, dit-il en raccrochant. C'est légèrement agaçant. Chaque fois qu'un libraire me fait le coup, vous pouvez être sûre que je retiens bien de commander un livre chez lui. J'en fais ma priorité. »

Il remit le nez dans les Pages jaunes. « Brick Row ?

— Vous n'allez pas les appeler ! m'exclamai-je, incapable de me retenir.

— Simplement pour leur poser une question. Bon, d'accord, non. Que diriez-vous de Jeffrey Thomas Fina and Rare Books ? demanda-t-il en regardant un encart. Ou Robert Dagg ? Et là, Moe's Books. Eux, ils sont bien d'ailleurs. »

Il se décida pour Serendipity Books, à Berkeley, qu'il avait arnaqué plus d'une fois, et composa le numéro.

« Bonjour, je vous appelle car j'aurais besoin d'un cadeau pour un mariage. Auriez-vous un livre d'Iris Murdoch ? *Sous le filet*, ou autre chose d'elle ? Ou bien un ouvrage de J. P. Donleavy comme *L'Homme de gingembre* ? » (Ce titre occupait la quatre-vingt-dix-neuvième position.)

Tandis que la personne au bout du fil allait chercher ce qu'il y avait en magasin de Murdoch et de Donleavy, Gilkey m'expliqua, sans même prendre la peine de mettre sa main sur le combiné : « C'est comme ça que je m'y prends, généralement, je demande un livre que je suis en train de lire. Elle est en train de vérifier. Je vous ai déjà dit qu'ils ont des milliers de livres, non ? »

Gilkey patientait. Moi, j'observais.

« Le seul problème avec cette ligne, c'est que l'on ne peut pas recevoir d'appel. Habituellement, je leur dis que je suis au bureau, très occupé. Puis je téléphone à nouveau un peu plus tard pour m'assurer que le paiement a été effectué. »

Gilkey attendit encore un instant que la femme lui trouve un ouvrage qui l'intéresse. Il commençait à s'impatienter.

« Vous voyez, dans ce genre de situation, quand ils me font attendre comme ça, vous pouvez être sûre que je place leur nom en haut de ma liste. »

La femme de Serendipity revint et lui demanda probablement son numéro, car il lut celui qui était affiché sur l'appareil, et son nom, car il bredouilla : « Heu… Robert. »

« J'ai lu sur Internet que vous étiez spécialisés dans les auteurs irlandais, et tout particulièrement James Joyce. Pourriez-vous me recommander un titre ? Oh, ce que vous voulez jusqu'à 5 000 dollars. Oui, un cadeau de mariage. À moins que vous n'ayez un autographe de Joyce ou de Dickens ou… OK, si vous pouviez jeter un œil. D'accord, merci. »

J'avais déjà entendu cette histoire, Sanders et des victimes de Gilkey me l'avaient racontée. Ils m'avaient décrit la voix de Gilkey qui passait commande, sa manière de montrer qu'il s'y connaissait, ses histoires de cadeaux pour untel. Son ton et ses propos, son jeu était devenu une sorte de comédie. Et cela se déroulait sans accroc. Je supposais qu'il n'irait pas jusqu'à donner de numéro de carte au libraire ni l'adresse de l'hôtel et j'étais déçue de n'assister qu'à un demi-crime. J'étais mi-horrifiée, mi-fascinée.

Gilkey raccrocha et me donna son sentiment, un mélange de mépris pour la profession et de fierté personnelle.

« Vous voyez, c'était la configuration idéale, parce que le propriétaire n'était pas là. Elle ne connaît probablement pas la procédure. Elle ne sait même pas où les livres se trouvent. Aujourd'hui, si j'avais voulu, j'aurais pu le faire. Je lui aurais donné un numéro de carte. Et ça serait passé. Si le paiement n'avait pas eu lieu, je lui aurais donné un autre numéro. J'en aurais pris trois ou quatre avec moi. Je lui aurais demandé à quelle heure ils fermaient et si elle pouvait me faire un paquet avant de marmonner un truc et de dire d'accord. S'ils avaient fermé à 17 heures, par exemple, je serais arrivé à 16 h 15 ou 16 h 30, j'aurais fait un tour dans les rayonnages pour m'assurer qu'il n'y avait personne de suspect sur place. Puis je me serais présenté en disant que je venais chercher un livre pour Robert, en espérant qu'il serait prêt, ce qui n'était pas toujours le cas et me rendait nerveux. Ils peuvent vraiment se montrer aussi bêtes que ça. Ils pourraient me demander de leur montrer la carte de crédit. Parfois, ils n'entraient le numéro que lorsque j'étais sur place. Franchement, je ne voyais pas où ils voulaient en venir. Mais je me contentais de signer le reçu et de filer. Je ne faisais rien de bizarre, je disais merci et c'est tout. Éventuellement, je regardais un livre ou deux, et puis au revoir et merci. Et je sortais calmement. »

Je hochai la tête et jetai mon carnet de notes sur la petite tablette en dessous du téléphone et vis à quel point il avait l'air ragaillardi.

« Bien évidemment, c'est quelque chose que je ne fais plus. Mais là, c'était l'occasion rêvée. »

Gilkey me parla d'une autre occasion rêvée alors que nous quittions le Crowne Plaza pour nous diriger vers un autre de ses téléphones favoris, à l'hôtel Grand Hyatt. Son père et lui avaient pris un vol de nuit direction New York où ils s'étaient offert quelques jours de « belle vie », grâce à des cartes de crédit volées. Le voyage, commenta Gilkey, fut « un grand succès ». C'est à cette occasion qu'il mit la main sur les exemplaires de *Winnie l'Ourson* et d'*Un tramway nommé*

Désir d'une valeur de 3 000 dollars. Gilkey eut la prudence de me dire qu'il provenait d'« une boutique » du Waldorf Astoria. « Vous n'avez pas idée de la facilité avec laquelle je l'ai eu », se vanta-t-il.

Sa troisième acquisition à New York fut « une histoire drôle ». Ils étaient descendus à l'hôtel Hyatt sur Madison Avenue où se trouvaient plusieurs librairies de livres anciens. Il consulta leurs catalogues – Gilkey ne me donna pas de nom – et se montra intéressé par une série de livres de voyage. Ne sachant que choisir, il laissa son père décider. Les livres de voyage tentaient bien Gilkey père, et c'est ce que son fils commanda à Hyatt.

« Donc, je me rends sur place, et ils étaient en train de préparer le paquet. Et je découvre qu'il s'agit d'une collection en dix-sept volumes. Ça devait bien peser trente-cinq kilos. J'ai dû porter tout ça jusqu'à l'hôtel. » Il précisa ne pas avoir pris de taxi, car il ne voulait pas dépenser d'argent. « C'était très éprouvant, poursuivit-il. J'ai dû faire plusieurs haltes. Je me suis traîné tout le long. »

Quelqu'un était-il au courant de ce vol-là ? Sanders ? L'ALAA ? Quand je lui demandai dans quelle librairie il était allé, il me répondit : « Je ferais mieux de ne pas le dire. » Il me faisait cette réponse de plus en plus souvent, car il me confessait fréquemment ses crimes. Je gagnais sa confiance, et j'espérais qu'il finirait par me dire où était sa planque.

Gilkey ne se contentait pas de remplir sa valise de livres rares et d'objets de collection, lui et son père avaient passé leur temps à New York « à manger pour des centaines de dollars, à visiter l'Empire State Building et à flâner dans Greenwich Village. Nous mangions comme des rois. Je lui ai dit : “Je te garantis que tout sera gratuit, hôtels, repas, tout. Laisse-moi te le dire.” »

Ce voyage le marqua profondément.

« C’était exactement tout ce que je voulais faire, organiser des séjours dans différentes villes. Tout particulièrement à New York qui est un endroit incroyable. Le séjour s’est déroulé sans accroc. »

Jusqu’à leur retour. Les deux Gilkey embarquèrent avec des valises lourdes de livres, mais à leur arrivée à San Francisco, quelqu’un se trompa et prit leurs bagages.

« C’était la pire chose qui pouvait arriver. Il y en avait pour des milliers de dollars de livres. »

Un passager originaire de San Mateo avait le même modèle de valise, et il retourna celles de Gilkey père et fils en l’espace de quelques heures. Malgré cette mauvaise expérience, Gilkey parlait de ce voyage avec enthousiasme, c’était assurément l’un de ses plus beaux souvenirs.

« Je ne voulais rien faire d’autre. Juste découvrir de nouvelles villes, descendre à l’hôtel sans payer, prendre l’avion à l’œil. Tout s’était très bien déroulé à New York. Il me restait quatre-vingt ou quatre-vingt-dix reçus, et je pouvais tirer 1 000, 2 000, même 3 000 dollars de chaque reçu. Vacances gratuites, repas gratuits, livres gratuits. J’étais dans tous mes états. J’allais naviguer d’une ville à l’autre. New York n’était qu’un tour de chauffe. New York était à l’image de mon futur, car que pouvais-je bien demander de plus ? »

13 Regardez un peu : encore des livres !

Après notre petite tournée des meilleurs téléphones publics de Union Square, je n'eus pas de nouvelles de Gilkey pendant plusieurs semaines. Je continuais de vivre ma vie, tout en craignant qu'il ne soit retourné en prison. Un jour, alors que j'emmenais ma fille au magasin caritatif Goodwill, où il y avait aussi le café où j'ai souvent vu Gilkey, pour qu'elle se trouve un déguisement, j'allai flâner vers les étagères de livres. C'est le genre d'endroit où l'on peut encore trouver des trésors, j'avais peut-être une petite chance. Joseph Serrano, un collectionneur, m'avait dit être tombé sur deux livres intéressants : un premier tirage signé de l'autobiographie de Willie Mays qu'il avait acheté pour 2,49 dollars (plus tard, il vit sur Internet qu'un exemplaire non signé valait 400 dollars) et *Destinataire inconnu* de John Dunning (que Gilkey a lu en prison) pour 3,49 dollars (dont Serrano estimait qu'il valait entre 400 et 500 dollars). Je me dirigeai immédiatement vers les « points chauds » : Stephen King, aucun premier tirage ; pas de *Tarzan* non plus (j'avais appris qu'ils valaient très cher). Autant que je puisse en juger, il n'y avait pas grand-chose d'autre que les livres de poche que l'on trouve dans tous les aéroports et quelques livres de cuisine tachés. Je laissai mes yeux courir d'une étagère à l'autre, m'arrêtant sur les rares grands formats. Pas un seul premier tirage dans le lot. Il y avait aussi des étagères derrière moi, mais contrairement à l'homme patibulaire dans un parka sale qui fouinait consciencieusement à côté de moi, j'étais prête à jeter l'éponge. Je pensai à Gilkey, qui venait parfois chiner à Goodwill, et n'arrivais pas à comprendre comment on pouvait continuer à venir ici alors qu'il y avait très peu de chances de tomber sur un livre intéressant. Je retournai vers les étalages de chemisiers en tulle et en velours où ma fille farfouillait, j'avais envie de m'en aller. Elle avait eu autant de veine que moi et nous repartîmes bredouilles. En sortant, je jetai un œil à l'homme toujours au milieu des livres, une petite pile à côté de lui au sol. À côté de quoi étais-je passée ?

La semaine suivante, j'appelai le centre pénitentiaire à plusieurs reprises pour savoir si Gilkey était incarcéré. On me répondit que non. J'appelai au domicile de sa mère, sa sœur décrocha et me dit qu'elle n'avait aucune idée d'où il était. Pourtant je savais qu'ils étaient en contact tous les deux, je la soupçonnai de me mentir.

Finalement, ce fut Gilkey qui me rappela pour me proposer de nous revoir, à l'Olive Garden, dans le centre commercial Stonestown. Il m'expliqua, devant sa pizza, qu'il ne s'était pas présenté devant son contrôleur judiciaire et qu'il était désormais en cavale, il n'avait jamais été aussi heureux. Il s'était acheté un ordinateur portable, qu'il me montra, et suivait des cours « dans une fac pas loin » dont il tenait à garder le nom secret. Il étudiait Nietzsche, il m'avait déjà parlé de lui auparavant, et s'attarda sur le concept selon lequel il n'y a pas de mal à aller à l'encontre d'un système injuste. Le système injuste qu'il avait en tête n'était autre que celui dans lequel il ne pouvait pas s'offrir les livres de ses rêves, contrairement à d'autres. S'il les volait, ce n'était que pour mieux rectifier le système.

Il me raconta qu'il avait un boulot à mi-temps sur les quais, sans me donner plus de détails. Même si l'on est logé dans un hôtel miteux, il est très difficile de vivre dans une ville comme San Francisco avec une demi-paye. Je lui demandai comment il s'en sortait financièrement.

« Hier, j'ai dépensé 18 dollars, puis j'en ai gagné 19 au Loto. Donc, j'ai fini la journée avec un petit pécule. Je pense que j'ai de la veine en ce moment. Je vais toucher le jackpot. » Il était rempli d'énergie et d'optimisme. « Vous imaginez un peu l'histoire ! Je gagne un million de dollars au Loto et j'achète une librairie de livres anciens. »

Je sentais bien qu'il cherchait à m'offrir une fin pour mon livre. Ce n'était ni la première ni la dernière fois qu'il le faisait. Lors d'un autre rendez-vous, il m'avait dit : « Vous savez, je pense que lorsque vous aurez fini votre livre, j'aurai lu les cent titres de la Modern Library, et peut-être même que j'embaucherai un illustrateur pour le projet dont je vous ai parlé et que j'organiserai une expo. Ça ferait une belle scène de fin. » Après y avoir réfléchi un instant, il ajouta : « À moins que je ne fasse un faux pas ou quelque chose du genre… mais je ne pense pas que ça arrivera.

— Vous avez eu des problèmes dernièrement ?
— Non, dit-il. Je n'ai pas eu le temps. »

◆

Alors que Gilkey était toujours en liberté conditionnelle et qu'il vivait dans un hôtel de seconde zone, il organisa une rencontre avec sa mère, Cora, et sa sœur, Tina, à Modesto.

Elles vivaient dans un quartier où les maisons avaient des allures de ranch, avec de petites pelouses bordées de hauts liquidambars qui perdaient leurs feuilles sur le trottoir. On aurait dit une de ces villes qui, il y a trente ans, vivaient au rythme des sonnettes de vélo et des mères qui appelaient leurs enfants pour dîner. J'entrai chez elles et m'assis dans le salon où chaque recoin de table et bout d'étagère était chargé d'objets hétéroclites. Il y avait, sur l'un des rebords de la table, un lot de chandeliers en cuivre et sur l'autre, de la porcelaine anglaise, « pas de la camelote de Chinois », fit remarquer la mère de Gilkey. On trouvait aussi du tissu philippin, des cuillers en argent, des poupées des quatre coins du globe, des assiettes aux illustrations de Norman Rockwell, des salières et des poivriers. Gilkey m'avait raconté que sa mère n'était pas une collectionneuse et je ne pense pas qu'il ait cherché à me mentir, c'est simplement qu'il ne la voyait pas sous cet angle-là. L'accumulation était devenue chez eux aussi banale que s'asseoir autour de la table en famille pour dîner : c'était naturel.

Cora était une Philippine de 80 ans aux yeux clairs avec les mains graciles et lisses d'une femme beaucoup plus jeune. Elle commençait à être dure d'oreille et sa voix chevrotait, mais elle avait toute sa tête. Après m'avoir invitée à m'asseoir sur le canapé en cuir noir qui occupait presque entièrement la pièce, elle me raconta comment elle avait rencontré son mari, le père de ses huit enfants, à Okinawa où il faisait son service militaire. Ils avaient d'abord dû déménager à Sacramento, avant de venir s'installer ici, à Modesto, où les collections s'étaient multipliées au même rythme que la famille s'agrandissait.

Elle me fit faire le tour de la maison. « J'ai beaucoup de tasses anciennes, dit-elle dans un anglais imparfait en me montrant du doigt une collection. Et aussi des clochettes, des babioles en cuivre, des livres, des horloges. John me dit que ça finira par valoir quelque chose. Et là, regardez, des bijoux gravés. John me dit de ne rien vendre. [...] J'adore les bijoux chinois. Et les figurines en porcelaine, c'est anglais ça aussi, d'ailleurs. Aujourd'hui, quand on va dans une boutique, on ne trouve rien qui y ressemble. Tenez, John m'a donné ça, une bougie. Et ça aussi, dit-elle en me montrant un bougeoir en cuivre. Vous voyez tous ces anges, là-bas, c'est John qui m'a offert ça aussi. J'ai tout un tas de trucs. Je leur ai dit [à John et à Tina] de ne pas laisser les autres [frères et sœurs] le leur prendre. Quand je serai partie, ils se les partageront. Mais aujourd'hui, ils ne viennent plus jamais me voir... L'une de mes filles a déjà rempli un break avec mes chapeaux et les a embarqués. Patricia.

— Ma mère avait une collection de chapeaux des années 1960, expliqua Tina.

— J'ai dit à Patricia : “Tu peux en prendre un”, mais elle est partie avec tous. »

Nous entrâmes dans la chambre parentale. « Alors, vous voyez : des livres, des livres et encore des livres. Là, que des livres de la collection Franklin Mint. *Crimes et Châtiment*. Les vieilles affaires criminelles. En bas, il y en a plein d'autres. Beaucoup sont à lui, emballés dans des sacs en plastique. Il y a aussi son détecteur de métaux pour trouver des pièces de monnaie. »

Nous nous assîmes à nouveau au salon pour reprendre notre conversation. Cora était impatiente de m'en dire plus sur John. Elle me parla de lui enfant : « Il inventait des histoires et nous racontait ce qui lui passait par la tête ! Et il adorait lire. Il pouvait lire un livre dans la journée ou dans la nuit. Il a tellement de collections et d'affiches de films. Il sait qu'il finira par en tirer quelque chose. C'est comme ça qu'il gagne des sous. » Elle irradiait la fierté maternelle. « Vous l'avez vu dernièrement ? Ho, comme il est grand ! Et costaud. Ce que j'aime chez lui, c'est que, de tous mes fils, c'est lui qui se tient le mieux. Toujours droit. »

Tina était en retrait, assise dans un fauteuil, se demandant si elle devait se joindre à la conversation ou non. Bien qu'elle n'ait que de très légers traits asiatiques, comme son frère, elle ressemblait énormément à sa mère. Elle finit par nous raconter que John aimait beaucoup jouer la comédie quand il était petit. Il venait dans le salon et racontait des histoires devant ses parents qu'il enregistrait sur son magnéto. « Il était souvent très drôle. »

Toutefois, dès que j'abordai la question des vols, on arrêta de rire. Je leur demandai comment, à leur avis, il avait fait pour se mettre dans une situation pareille, et Cora essaya de me convaincre qu'il y avait quelque chose qui clochait.

« Je veux dire par là qu'il ne l'a pas fait exprès. Peut-être qu'il est simplement sorti avec le livre à la main sans s'en rendre compte et qu'on l'a attrapé. »

Je me demandai si elle se trompait sur son fils, ou bien si elle cherchait à me tromper, moi.

« Je pense que c'est son père qui a eu une mauvaise influence sur lui », expliqua Cora en soutenant le regard de Tina d'un air entendu. Puis elle hocha la tête dans sa direction, attendant qu'elle confirme ses propos, mais Tina ne semblait pas partager son avis. Cora poursuivit. Le père de John était un véritable panier percé et cela avait dû le marquer. Elle alla même jusqu'à avancer que c'était lui qui l'avait poussé au crime. Elle lança à nouveau un regard à Tina pour qu'elle confirme, mais celle-ci secoua la tête en signe de désaccord. Cora expliqua ensuite comment son mari l'avait quittée, et était parti avec John, alors âgé de 19 ans.

« Je comprends aujourd'hui qu'il m'a privée de mon cadet. »

C'est la seule perte qu'elle ne présenta pas comme une étourderie.

Si Cora et Tina ont été les complices de John, elles ne se sont pas trahies. J'avais pourtant appris au cours de mes lectures que les voleurs enrôlent souvent des membres de leur famille. Au Danemark, par exemple, en 2003, la police de Copenhague a découvert une cache de livres anciens, de documents rares et de cartes dans la cave d'une femme de 78 ans. Il s'agissait de la veuve d'un philologue qui travaillait à la collection orientale de la Bibliothèque royale du Danemark. Il avait subrepticement déplacé certains livres des étagères de la bibliothèque vers les siennes entre la fin des années 1960 et 1978. La veuve, son fils et sa fille avaient attiré l'attention de la police le jour où ils avaient voulu revendre aux enchères, à Londres, l'unique exemplaire d'un livre daté de 1517 qui provenait de la bibliothèque. Parmi les livres volés, on trouva des ouvrages de John Milton, Martin Luther, Emmanuel Kant, et de l'astronome Tycho Brahe. Lorsque la police découvrit la cache en 2003, il n'y avait que 1 800 livres sur les 3 200 qui manquaient sur les étagères de la bibliothèque. Une centaine d'entre eux avaient été revendus, dont un original de l'*Utopie* de Thomas Moore, cédé pour une somme équivalente à 244 500 dollars[1].

Cora et Tina me demandèrent si je souhaitais voir des photos de Gilkey lorsqu'il était jeune. Elles étaient toutes dans le désordre, si bien qu'il y avait une photo de lui à l'âge de 6 ans à côté d'une autre où il en avait 10, puis des photos de ses aînées bébés sur la page d'en face. Les couleurs pastel des années 1960, les vignettages des années 1970 et les tons mats des années 1980 se côtoyaient.

« Est-ce que vous voulez voir son père ? » demanda Cora. Elle me conduisit dans le couloir dont les murs étaient recouverts de portraits de famille. John et son père ne se ressemblaient que très peu. Son père était plus menu et avait aussi le visage plus rond. Cora et Tina en profitèrent pour me faire visiter le reste de la maison. Elles me montrèrent certaines des affaires les plus coûteuses de John, dont une peinture à l'huile.

« John voulait absolument que vous voyiez ce tableau, dit Cora. C'est pour ça qu'on l'a mis ici. »

Alors, comme ça, Gilkey avait planté le décor avant mon arrivée. Il cherchait donc à ce que je le voie comme un amateur d'art.

Nous tournâmes au bout du couloir étroit. « C'est la chambre de John. Entrez. Regardez un peu ces livres ! »

Tina nous rejoignit. En haut d'une pile d'ouvrages volumineux posés sur la commode, elle prit un livre sur le vin à la couverture poisseuse.

Je regardai autour de moi et fus submergée par la sensation que je n'avais rien à faire ici, dans la chambre de Gilkey. Ses chaussures étaient soigneusement alignées sur le plancher et des estampes étaient accrochées au mur. Sur les étagères, il y avait des grenouilles en céramique, une autre de ses multiples collections. Je fis mine de vouloir sortir, mais sa mère s'approcha du placard et l'ouvrit.

« Vous voyez comme il tient ses affaires ? C'est propre, rangé. Et regardez un peu : encore des livres ! »

Oui, encore. Des piles et des piles au milieu des vêtements suspendus. Les dos étaient tournés vers l'intérieur de la penderie, comme si on cherchait à les cacher. C'était probablement l'endroit le plus secret, le plus intime de la chambre de Gilkey et, au lieu de jeter un œil pour voir si je reconnaîtrais l'un des livres volés, je préférai m'éclipser. C'était comme contempler une vilaine cicatrice, c'était horrible et fascinant à la fois. J'avais peur de ce que je pouvais trouver en piochant dans la pile, de la responsabilité que j'aurais à porter si je découvrais que tels livres y étaient.

Plus tard, je m'en voudrais cruellement d'avoir manqué de courage.

◆

En décembre, je revis Gilkey au Café Fresco. L'interview fut brève. Je n'avais que quelques questions, des infos à vérifier, mais rapidement une femme de ménage arriva d'un pas lourd pour passer l'aspirateur. Le bruit m'empêchait d'enregistrer l'entretien et je coupai court en proposant de nous revoir bientôt. Nous rassemblâmes nos affaires et j'éteignis mon dictaphone. Gilkey, lui, sortit un livre de poche qu'il me montra.

« J'ai pris ça à la bibliothèque, dit-il par-dessus le bruit de l'aspirateur, histoire que l'on ne remarque pas mes habitudes. »

Je ne connaissais pas ce titre. Et je ne comprenais pas non plus où il voulait en venir. « Que voulez-vous dire ? demandai-je

— D'habitude, je prends des classiques.

— Et donc ?

— Eh bien, j'ai déjà retiré trois jaquettes de grands classiques, vous savez, pour que les auteurs me les signent. »

Je venais de comprendre.

« Et une carte, ajouta-t-il, que j'ai découpée dans un livre. »

Eh bien bravo, pour quelqu'un qui n'était pas censé toucher aux bibliothèques.

Cela devait arriver. Imaginez un voleur de bijoux chez Tiffany, entouré des diamants, des saphirs, des émeraudes les plus beaux, sur des présentoirs de velours, à portée de main. C'est la même chose pour un voleur de livres qui entre dans une bibliothèque, surtout lorsque les premiers tirages sont disponibles sur les travées.

C'était la première fois qu'il me confessait un vol récent – tous les autres dataient de plusieurs années. Je me disais que les jaquettes ne devaient pas valoir grand-chose, mais j'avais peut-être tort. Et la carte ? J'avais entendu parler d'un expert en cartes de Nouvelle-Angleterre qui en avait dérobé pour des millions de dollars. Gilkey n'avait pas dû voler celle-ci dans un livre d'une trop grande valeur, mais il était possible que je me trompe. Peut-être que c'était justement le genre de trésor que j'espérais découvrir chez lui. Je ne savais pas quoi en penser. Je n'avais pas prévu qu'il me fasse ce genre de confidence, et j'en craignais les conséquences. Devais-je le signaler à la police ? À la bibliothèque ? Si je ne partageais pas cette information, comment les gens du milieu réagiraient une fois qu'ils l'apprendraient ?

Je demandai leur avis à deux amis avocats. Après m'avoir bien précisé qu'ils n'étaient pas spécialistes en droit pénal, ils me dirent qu'ils étaient presque certains que je n'avais aucune obligation légale de prévenir les autorités, à moins qu'une personne ne soit en danger. Plus tard, mon agent littéraire me fit la même remarque.

Mais qu'en était-il de la responsabilité morale ? La différence entre les deux était aussi floue que mon implication dans cette histoire, car j'étais passée de simple observatrice à actrice. Est-ce que je devais quoi que ce soit aux libraires qui m'avaient aidée dans mes recherches ? Mais si je leur en parlais, comment espérer que Gilkey continue de se confier à moi ? Pire encore, comment pourrait-il me dire où se trouvait sa cachette ? J'hésitais entre défendre mes intérêts et ceux des autres. J'essayais de me rassurer en me disant que je n'étais pas responsable.

Deux mois plus tard, bien que toujours indécise, j'appelai le FBI. Je venais de lire qu'ils avaient travaillé sur des affaires similaires et voulais savoir combien ils en traitaient à l'année, en apprendre plus sur les dossiers, de quel genre de crime exactement ils s'occupaient, etc. Je parlai à Bonnie Magness-Gardiner, responsable de la section de lutte contre le vol et le trafic d'œuvres d'art. Je lui expliquai ce qui m'intéressait et pourquoi. Elle ne put m'apporter de chiffres sur le vol de livres anciens au cours des dernières années, mais me précisa que le FBI s'intéressait au transport inter-étatique de livres de plus de 5 000 dollars que l'on pouvait identifier comme pièces uniques.

« Dans ce cas alors, dit-elle, le FBI *pourrait* s'emparer de l'affaire, mais il y a une prescription de cinq ans. »

Je me souvins de la collection de livres de voyage que Gilkey avait volée à New York et ramenée en Californie.

« Si la personne sur laquelle vous travaillez venait de voler quoi que ce soit, vous me le diriez, n'est-ce pas ?

— Ho, oui, bien sûr. »

Je raccrochai et plongeai dans mes notes. En quelle année avait-il volé ce lot ? Impossible de m'en souvenir. Quand est-ce qu'il m'avait dit ça ? Est-ce qu'il était trop tard pour prévenir la police ? Ou bien le FBI ? Je parcourus frénétiquement des classeurs entiers de retranscriptions.

Je fouillai et fouillai, et finis par tomber dessus.

Gilkey avait volé ces livres en mai 2001, et m'en avait parlé pour la première fois en septembre 2006, un peu plus de cinq ans après les faits. Cela me rassura. Mais je fus aussi frappée de voir que Gilkey m'avait confié ce crime alors que la période de prescription venait tout juste d'entrer en vigueur. Avait-il fait preuve de ruse, une fois de plus, ou bien de chance ?

14 La marche du diable

Lors d'un déplacement à New York, je me rendis à la Morgan Library and Museum pour voir la collection privée de John Pierpont Morgan. Je voulais aussi visiter la nouvelle exposition : « Frédéric II de Montefeltro et sa bibliothèque ». C'est la plus grande collection privée de toute la Renaissance italienne[1]. Elle est actuellement hébergée par le Vatican, mais certaines pièces de choix avaient été mises à disposition de la Morgan. Montefeltro était le fils illégitime d'un comte qui était parvenu à obtenir le titre de duc à force de combats et d'instruction. À en juger par ce que j'avais vu et lu, il prenait particulièrement soin de ses livres et adorait les montrer. Sa bibliothèque était proche de l'entrée dans sa vaste demeure d'Urbino, permettant au plus grand nombre d'admirer ses livres, même si peu de personnes avaient le privilège de les lire. Il avait aussi pour habitude d'exhiber sa bible en deux tomes qui, selon un universitaire, lui servait à « se définir comme un prince humaniste catholique[2] ». Faire coïncider possession matérielle et personnalité, voilà un point de vue que Gilkey aurait apprécié. L'exposition était dans une petite galerie, il y avait des portraits au mur, des manuscrits vieux de six cents ans et des enluminures, mais ce qui attira le plus mon attention furent les reproductions de panneaux de bois que le duc avait fait faire pour son *studiolo*. Il s'agissait de bas-reliefs en marqueterie représentant de manière très réaliste des étagères chargées de livres, d'instruments de musique et d'objets scientifiques : un astrolabe, une horloge, un orgue, un clavicorde. Tous avaient une signification symbolique et l'ensemble reflétait la culture et l'érudition du duc. Si Montefeltro était un homme puissant, Gilkey, lui, ne l'était pas. Je ne pus m'empêcher de me demander, au milieu de cette galerie, si tous deux auraient commencé leur collection sans le public auquel il voulait la montrer – dans le cas de Gilkey, un public fantasmé.

◆

Gilkey passa l'été en détention pour avoir violé les termes de sa libération conditionnelle (la police avait fini par l'arrêter chez sa mère), et lorsqu'il sortit à l'automne 2007, nous nous revîmes à plusieurs reprises. Je voulais lui poser une question qui me trottait dans la tête depuis des mois, une question simple qui me permettrait de savoir s'il calculait ce qu'il faisait ou s'il avait simplement eu de la chance à l'époque où il n'en faisait qu'à sa tête : savait-il qu'en allant voler dans différents États, différents pays, différentes juridictions, sa capture serait plus compliquée pour les autorités ?

« Vraiment ? » demanda-t-il, perplexe. Il réfléchit à la question un instant. « Oui, je le savais. »

Cet homme était chanceux.

Il fut tout autant surpris lorsque je lui appris que le FBI ne pouvait plus l'arrêter pour les vols qu'il avait commis à New York.

Il me fallut du temps pour me rendre compte que sa chance l'avait protégé d'autre chose encore. Bien que sa passion dévorante ait commis des ravages sur sa vie, elle lui avait aussi donné un sens. Souvent, lorsque je racontais son histoire, des personnes me disaient être tristes pour lui. Elles voyaient toutes un homme dont les pulsions allaient inévitablement le conduire en prison. Je ne partageais pas leur avis. Son obsession confinait au désir insatiable, au rêve impossible, mais il devait éprouver un grand plaisir à la satisfaire. Plus Gilkey me répétait qu'il déprimait en prison, qu'il ne voulait plus jamais y retourner, et plus je comprenais ce qu'il voulait dire : il était devenu un « client régulier » (ainsi que le formula un gardien de la prison), c'était le prix à payer. Certains se retrouvaient avec de l'hypertension ou un divorce. Lui, il passait par la case prison. À mon sens, Gilkey avait tout pour être un homme heureux, il se fixait des objectifs, avait de l'ambition et le goût de la réussite. Pour réaliser son rêve, il devait seulement subir une série de mises à l'écart.

L'une des dernières fois où nous nous vîmes, Gilkey chercha à me parler de ce qu'il allait faire ensuite, comme s'il sentait que nous n'avions plus beaucoup de temps à passer ensemble.

« Je pourrais porter un tee-shirt qui dirait : "Cherche à travailler dans le livre ancien". On pourrait mettre une photo de moi portant ce tee-shirt par-dessus un costume, à la fin du livre. Ça pourrait être pas mal. »

Non, vraiment pas.

« J'ai pris des notes. Je réfléchissais à la manière de terminer cette histoire… et je me suis dit que ça serait génial de demander aux gens de m'envoyer des livres, comme ça je pourrais éviter de retourner en prison. J'ai pensé à ce genre de fin un peu sentimentale. »

Il poursuivit : « Pourquoi ne pas fabriquer des figurines à l'effigie d'écrivains célèbres ? J'ai fait des recherches pour les copyrights. On pourrait faire un tirage limité d'un millier d'exemplaires qui accompagneraient les livres. »

Parmi ses projets, il voulait aussi arpenter les villes fantômes du Nouveau-Mexique avec une caméra et un détecteur de métaux. « Je parlerai de l'histoire du lieu avant de partir à la recherche de trésors. » Il diffuserait ensuite la vidéo sur Internet.

Il envisageait aussi de se lancer dans l'édition de livres tombés dans le domaine public. Pour commencer, il avait pensé à *La Splendeur des Amberson* de Booth Tarkington, qu'il voulait tirer à 500 exemplaires, accompagnés d'une figurine de l'auteur.

« J'ai encore une autre idée. Je travaille dessus en ce moment. Je vais construire une grande base de données de libraires de livres anciens et leur demander, tout simplement, s'ils n'ont pas un livre à me donner. Ça ne coûte rien de demander. Et puis, ce n'est pas illégal.

— Vous ne vous arrêterez donc jamais ? dis-je, sans que ce soit vraiment une question.

— J'aime collectionner les livres, et toutes sortes de choses. À vrai dire, j'allais vous parler d'un plan que j'ai en tête, mais je ferais mieux de le garder pour moi. Rien d'illégal, bien sûr, sans quoi on me renverrait en prison. Mais c'est vrai qu'il serait préférable que j'obtienne ces livres gratuitement. »

Au rendez-vous suivant, alors que je m'étais habituée à ce qu'il prenne part à l'écriture de sa propre histoire, il me prit de court. Craignant que le livre ne manque d'action il me regarda d'un œil perplexe et me demanda : « Du coup, vous pensez que je devrais me procurer les cent livres de la Modern Library dès maintenant ?

— Ne comptez pas sur moi pour répondre à cette question », dis-je, effarée.

Il s'était mis à planifier sa vie en fonction de ce que cela pourrait donner sur le papier, tandis que je continuais de penser que ma présence n'avait aucune influence sur lui. Il n'était pas question que je devienne la réalisatrice de ses fantasmes.

Gilkey m'expliqua ce qu'il avait en tête.

« Je réfléchissais à un bouquet final… Comment rassembler cette centaine de livres. Pour montrer que j'ai gagné. »

Je n'en croyais pas mes oreilles, mais, à ma grande surprise, j'avais aussi appris à m'y faire. À la fin, ce que j'avais d'abord pu trouver crispant et gênant était devenu habituel, presque agréable. Il adorait les livres, nous avions au moins ça en commun. Je l'avais entendu me raconter sa vie à une table de café un nombre incalculable de fois au cours des deux dernières années. Ce qui ne faisait aucun doute, au-delà du fait que c'était un criminel, c'est qu'il était curieux, ambitieux et poli, trois qualités que je respectais. Mais lorsque je rentrais chez moi et écoutais nos entretiens, je comprenais à quel point son apparence physique me distrayait de son propos. Le charme des fraudeurs est la première de leurs manipulations, et derrière cette façade se cache une avidité tenace.

Un jour, après m'avoir raconté comment il avait volé tel livre avant de le revendre, il dit : « L'avarice est comme le feu, plus on y met de bois, plus il brûle. » Je pensais qu'il parlait pour son compte jusqu'à ce qu'il ajoute : « Les libraires ne peuvent s'empêcher d'acheter. » Il parlait d'un libraire en particulier à San Francisco, mais refusa de me donner son nom. Cet homme lui achetait régulièrement des livres ainsi que d'autres objets de collection pour une somme dérisoire. Le libraire lui aurait dit à de nombreuses reprises qu'il préférerait arrêter de lui prendre sa marchandise, sachant bien comment il se l'était procurée. Pourtant, il répondait toujours présent au rendez-vous, ce qui confirmait aux yeux de Gilkey que de nombreux libraires étaient des voyous. L'avarice est comme le feu, plus on y met de bois, plus il brûle[3].

◆

C'est lors d'un salon que j'ai pu observer l'un des livres les plus remarquables qu'il m'ait été donné de voir. Le libraire prit le volume, dont les tranches et la gouttière étaient dorées, le disposa face à moi légèrement de biais comme s'il s'apprêtait à le feuilleter. En exposant la bordure des pages, il révéla une peinture minutieuse, une scène nautique de marins essuyant une tempête. « C'est ce que l'on appelle une tranche peinte », dit-il. Je poussai un cri d'exclamation et lui demandai de recommencer. Il me raconta que des artisans ornaient des livres depuis des siècles. Les peintures méticuleuses sont généralement en lien avec le texte : scènes de batailles, portraits de présidents, nymphes Art déco, et même des illustrations érotiques, ce qui n'est pas surprenant pour ces petites images clandestines. Comme si ce genre de trésor caché ne suffisait pas, certains livres comportent deux tranches peintes, recto verso. Généralement, on ne trouve ces images que sur des livres de faible valeur (le contraire serait considéré comme du vandalisme), elles sont plutôt destinées à des ouvrages qui ont une valeur sentimentale pour leur propriétaire. Elles apparaissent comme par magie, comme si les mots à l'encre noire pouvaient se transformer en formes colorées. La gouttière une fois remise en place, personne ne peut soupçonner ce qui se cache à un cheveu de la dorure.

Après deux ans de discussions avec Gilkey, j'en avais vu la dorure, si je puis dire, et les rebords. Si je devais le résumer en une phrase, je dirais que c'est un homme pour qui posséder une vaste collection de livres anciens est un moyen d'exprimer sa personnalité : une fois cette collection rendue publique, les gens ne peuvent qu'apprécier le collectionneur.

Mais il était plus compliqué que ça. J'écoutais, encore et encore, nos entretiens et chaque fois son égoïsme était aussi flagrant que des lettres en gras au milieu d'une page, alors que ce trait de caractère était estompé par ses bonnes manières lorsque l'on était face à lui. Comme une tranche peinte, Gilkey se cachait derrière la dorure. Était-il poli, curieux et ambitieux ou bien avare, égoïste et criminel ? Tout à la fois, évidemment, mais ce qui me frappait le plus étaient les différences qu'il y avait entre l'avoir en face et l'écouter sur un enregistrement. Sa personne physique déformait la vérité, du moins elle faisait pencher la balance en sa faveur. Cela expliquait aussi pourquoi une bibliothèque pouvait avoir autant de valeur à ses yeux : parce qu'il connaissait le pouvoir de persuasion des objets.

Lors de mon dernier entretien avec Gilkey, j'eus une révélation. Je compris que celui dont je croyais qu'il volait des livres pour passer pour un gentleman, qui se construisait une image toute faite, une identité de façade, était en fait *véritablement* en train de devenir un gentleman. Il étudiait la philosophie, faisait des recherches sur de grands auteurs, lisait de la littérature, il écrivait même des essais et des pièces de théâtre. À travers tous ces efforts, il cherchait à se construire une personnalité idéalisée. Et l'autre manière de faire naître cette personnalité était de me raconter son histoire.

Un matin, alors que je travaillais, une étagère remplie de livres sur les collectionneurs à côté de moi, je repensai au temps que j'avais passé entourée de bibliomanes, sur les salons, dans les librairies ou bien même chez eux. J'avais apprécié la beauté des livres qui m'entouraient et, plus encore, leur histoire. Au cours de mes lectures sur l'histoire du livre, j'avais constaté que la question de sa destruction revenait fréquemment. Depuis Qin Shi Huang en Chine, qui ordonna en 213 av. J.-C. que tous les livres qui n'étaient pas un manuel d'agriculture, de médecine ou de divination soient détruits[4], jusqu'aux autodafés nazis (*Säuberung*), les dictateurs s'étaient toujours opposés à leur pouvoir d'enseignement. Aujourd'hui encore, des dirigeants américains essayent de faire interdire certains livres. Le soulagement est donc d'autant plus grand lorsque l'on voit que des livres comme le *Kräuterbuch* ont pu survivre. Cette envie irrépressible de voir les livres disparaître ne fait que mettre en lumière leur pouvoir, et cela n'est pas uniquement vrai pour les livres scientifiques, politiques ou philosophiques, mais aussi pour la poésie et la fiction qui ont la même capacité à nous changer.

Bien que la bibliomanie ne se soit pas emparée de moi, je me vois à présent comme une collectionneuse fervente, non plus de cornalines et de tubes de bonbons en poudre, mais d'histoires. Partir à l'affût, me documenter, écrire donne un sens à ma vie de la même manière que la traque, la compilation, le référencement donne un sens à celle du collectionneur de livres. En repensant au parcours de Gilkey et de Sanders, ainsi qu'à celui de nombreux voleurs et collectionneurs dont j'ai croisé la route, je les vois tous comme une collection, une vaste histoire qui témoigne de l'amour des livres : de leur contenu, de leurs histoires, de leur corps soyeux, vieilli, corné, tacheté, gaufré, marqué, fait de cuir et de papier. Je partage cette passion avec eux tous.

◆

La dernière fois que je vis Gilkey, je lui demandai s'il avait réfléchi aux conséquences de mon livre. Il invoqua la prescription en murmurant et regarda mon carnet de notes comme si son futur reposait sur l'une des pages. Il se figea l'espace d'un instant. Puis il dit que mon livre pourrait bien lui poser problème lorsqu'il chercherait du travail à l'avenir.

« Mais, non, je ne me fais pas de souci à propos de ça, ajouta-t-il en retrouvant sa contenance. Enfin, je vais devoir vérifier certains aspects juridiques. M'assurer que l'on ne puisse pas me poursuivre pour je ne sais quoi. »

Puis, aussi brutalement que l'on peut refermer un livre, il changea de sujet comme il en avait l'art et la manière, passant des risques que le livre pourrait engendrer aux magnifiques conséquences qu'il pourrait avoir.

« J'ai repensé à la fin de votre livre. Je pourrais être en train d'écrire une série de romans policiers. Le premier parlerait d'un serial killer fasciné par le poème *La Marche du diable* de Samuel Taylor Coleridge, écrit en 1820. C'est un poème saisissant. Il y est question d'un libraire et d'une sorte d'obsession... Bref, dans mon roman, le FBI doit faire appel au plus grand expert du milieu du livre, car aucun libraire ne peut l'aider à résoudre le crime. Cet expert serait, comme le dit Sanders, passé du côté obscur et aurait volé une telle quantité de livres qu'il détiendrait l'une des plus grandes collections au monde. Il aurait fait son temps en prison avant d'être libéré et que le FBI ne l'appelle. Malheureusement pour celui-ci, il est un peu fou, vous savez, mais il s'y connaît en livres anciens. Le personnage me ressemblerait un peu. Ce serait quelqu'un comme moi, en plus sombre. Peut-être que mon personnage en profiterait pour avoir accès aux livres que le gouvernement nous cache. Vous savez, *le* livre. Vous voyez de quoi je veux parler... Il y a toujours un livre en particulier sur lequel il est impossible de mettre la main. Peut-être que mon personnage collaborerait avec le FBI afin d'avoir accès au livre en question… Il est peut-être conservé à la bibliothèque du Congrès, ce sont peut-être les manuscrits de la mer Morte ou le journal de l'assassinat de Kennedy. Quelque chose du genre. Il pourrait aussi y avoir un retournement de situation à la fin. Car un jour, mon personnage a accès au livre, alors… » Gilkey marqua une pause avant de révéler la fin. « Peut-être que je suis toujours un voleur au fond. Comment trouvez-vous l'idée ? Votre avis m'intéresse. »

Postface

J'ai écrit la plus grande partie de ce livre chez moi, dans mon bureau qui surplombe un petit carré d'herbes aromatiques que mon fils a plantées lorsqu'il avait 9 ans. Les seules qui datent encore de cette époque sont la rue, une herbe vivace très amère qui me fait penser à l'expression « regretter amèrement le jour », et la sauge, que mon fils a un jour fait sécher et a nouée en un petit bouquet auquel il a mis le feu afin de purifier l'air de tous les mauvais esprits. Chacune de ces herbes trouve sa place dans le *Kräuterbuch*. Mon fils s'est intéressé aux plantes médicinales après avoir lu dans *Harry Potter* qu'un manuel d'herboristerie était au programme à Poudlard. Presque tous les gens que j'ai côtoyés pendant l'écriture de ce livre ont été, eux aussi, influencé par une histoire.

Quant à moi, j'ai conservé pendant trois ans sur mon bureau un livre porteur d'inspiration, mais qui ne m'appartient pas : le *Kräuterbuch*. Je me suis souvent demandé si je pourrais être considérée comme une voleuse si jamais je ne le retournais pas. Ou bien ne suis-je voleuse que le temps où il reste en ma possession ? Où est la limite ? Ai-je donné naissance à une nouvelle espèce de voleuse en décortiquant l'histoire de Gilkey ? Je ne pense pas : je n'ai fait qu'emprunter un livre à la provenance indéterminée, et Gilkey m'a confié son histoire de son plein gré. J'ai « regretté amèrement le jour » où j'ai eu connaissance de cette histoire, et peut-être aurais-je dû brûler de la sauge autour de mon bureau pour chasser les mauvais sorts que l'on attire en écrivant sur des histoires criminelles. Mais je suis aussi très heureuse d'avoir eu la chance de rencontrer ces gens aussi passionnants qui soulèvent autant de questions autour de l'obsession et de la mystification. Sur la manière dont les passions nous provoquent, et comment nous justifions de nous y adonner. Cette histoire m'a tenue sous son charme du début à la fin.

◆

Juste avant que le livre soit envoyé à l'impression, Sanders, officiellement « biblioflic » en retraite, a pris la peine d'alerter ses anciens collègues du dernier vol de Gilkey qui s'en était pris à un libraire canadien. Gilkey ne fut pas arrêté. L'histoire ne finit jamais.

Ce livre n'appartient à nul autre que moi
Car c'est mon nom que vous lisez à l'intérieur.
Si vous vous risquez à le voler
Vous vous retrouverez pendu par la gorge.
Les corbeaux, alors, vous entoureront,
Pour chercher vos yeux et les piquer.

Et en criant :
« Oh, Oh, Oh »,
Souvenez-vous que vous méritez ce châtiment.

Mise en garde écrite par un scribe allemand
au Moyen Âge.

Remerciements

Ce livre n'aurait pu exister sans le soutien de Ken Sanders et de John Gilkey. Ils ont tous deux répondu à mes questions sans fin, ce qui est la marque d'une générosité et d'une patience exceptionnelles pour lesquelles je les remercie profondément.

Parmi tous les gens mentionnés dans ce livre, j'ai particulièrement apprécié l'aide et l'expertise du libraire John Crichton et de l'inspecteur Kenneth Munson. Je remercie aussi tous les collectionneurs que j'ai interviewés, tout particulièrement Celia Sack, Joseph Serrano et David Hosein. Un remerciement spécial à Malcolm Davis pour m'avoir confié le vieux volume qui m'a entraînée dans le monde du livre ancien jusqu'à cette histoire.

J'ai aussi eu la chance incroyable de travailler avec Sarah McGrath. Je la remercie profondément pour l'intelligence de son regard d'éditrice. Mes meilleurs sentiments vont aussi à Marilyn Duckworth, Michael Barson, Sarah Stein, et au reste de l'équipe de Riverhead. Je tiens aussi à remercier Nan Weiner, formidable rédacteur en chef du *San Francisco Magazine*, qui a sorti mon article sur John Gilkey et Ken Sanders.

Toute ma gratitude va à Jim Levine, mon agent, pour sa vision, son discernement et la foi qu'il a placée dans ce livre. J'apprécie aussi le travail et le dévouement de Danielle Svetcov, Lindsay Edgecombe et Levine Greenberg.

L'écriture est une activité généralement solitaire, mais depuis bientôt dix ans, j'ai l'incroyable chance de faire partie du groupe d'écriture North 24. Merci de tout cœur aux autres membres : Leslie Crawford, Frances Dinkelspiel, Katherine Ellison, Sharon Epel, Susan Freinkel, Katherine Neilan, Lisa Wallgren Okuhn et Jill Storey.

Merci à tout le monde au San Francisco Writers' Grotto, tout particulièrement à Nathalie Baszile et Melanie Gideon. Je dois aussi beaucoup à Andy Keiffer, Ursula Bendixon et Waltraud Bendixon, ainsi qu'à mes parents, Lyle et Sidney Hoover, pour leur aide et leurs encouragements.

L'appétit de mes enfants, Sonja et Julian, pour les histoires de voleurs de livres ne s'est jamais tari pendant que j'écrivais ce livre et il m'a permis de continuer. À John, pour son soutien et sa foi inébranlable, je dois aussi un remerciement tout particulier et mon amour.

Note sur les sources

Il n'est pas très surprenant d'apprendre qu'il existe quantité d'ouvrages sur les livres rares et anciens et leurs collectionneurs. On y apprend l'histoire complexe du livre, des différentes formes qu'il a prises et comment certaines périodes, certains genres, auteurs, illustrateurs et certaines éditions attisent le désir des collectionneurs. Curieusement, en revanche, il n'existe que très peu d'ouvrages sur les voleurs. J'ai trouvé la plupart de mes informations sur le sujet dans des magazines et auprès des personnes que j'ai interviewées. J'invite les lecteurs curieux de la question à se rendre dans les bibliothèques et les librairies de livres anciens, où ils pourront non seulement voir, toucher et même lire de vieux livres, mais aussi entendre eux-mêmes des histoires que l'on n'entend nulle part, des histoires consignées dans aucun livre.

Plusieurs collectionneurs ont écrit leurs Mémoires ou ont fait l'objet d'une biographie, mais la liste de titres qui suit donne plutôt une vision d'ensemble du milieu du livre ancien et de ceux qui l'habitent :

Nicholas Basbanes, *Among the Gently Mad* ; *A Gentle Madness* ; *Patience and Fortitude* et *A Splendor of Letters.*

Philipp Blom, *To Have and To Hold.*

Rick Gekoski, *Nabokov's Butterfly: And Other Stories of Great Authors and Rare Books.*

Holdbrook Jackson, *The Anatomy of Bibliomania.*

Robert H. Jackson et Carol Zeman Rothkopf (éd.), *Book Talk: Essays on Books, Booksellers, Collecting, and Special Collections.*

Werner Muensterberger, *Collecting: An Unruly Passion: Psychological Perspectives.*

Harold Rabinowitz et Rob Kaplan (éd.), *A Passion for Books: Book Lover's Treasury of Stories, Essays, Humor, Love and Lists on Collecting, Reading, Borrowing, Lending, Caring for, and Appreciating Books.*

William Targ, *Bouillabaisse for Bibliophiles.*

Ainsi que ce précieux dictionnaire :

John Carter, *ABC for Book Collectors.*

Notes

Un confrère m'a parlé une fois du sentiment d'« extase de la recherche ». En écrivant ce livre, je m'y suis adonnée corps et âme. Si j'ai consulté beaucoup de documentation (livres, périodiques, sites Web et consorts) pour trouver des informations sur le commerce du livre pendant l'Antiquité, la grande partie de mes recherches s'est faite grâce aux interviews (auprès des libraires, des collectionneurs et autres personnes). Les scènes de vie avec Ken Sanders et John Gilkey, plus particulièrement, sont issues quasi exclusivement de mon expérience personnelle avec eux, complétée par des informations recueillies auprès de leurs parents, amis et collègues. Les dossiers de police ont aussi été d'une valeur inestimable. Chaque mois ou presque, aussi, je tombais sur un article à propos d'un voleur de livres, ce qui soulignait à mes yeux qu'il s'agissait d'un crime très répandu et en quoi il s'agit ici d'une histoire très moderne.

Prologue

1. Échange d'e-mails avec Leslie Overstreet, conservatrice à la Smithsonian Institution Libraries.

2. Interview de John Windle par l'auteure.

3. *Ibid.*

4. Interview d'Ursula et Waltraud Bendixon par l'auteure.

5. Copenhague : « Twists, Turns in Royal Library Book Theft Case ». www.denmark.dk (site officiel). Consulté le 28 mai 2004.

Kentucky : « Transy Thieves Took Names from Film ». www.kentucky.com. Consulté le 11 octobre 2005. Contrairement aux habitudes, ce vol fut particulièrement peu violent. Le 17 décembre 2004, un jeune homme appela la conservatrice de la bibliothèque de la Transylvania University, Mme B. J. Gooch, pour prendre rendez-vous afin de visiter la salle des livres rares. Une fois sur place, le jeune homme demanda à voir certains des livres les plus rares. Il avait entendu dire qu'il y avait un premier tirage de *De l'origine des espèces* de Darwin, mais voulait savoir quels autres trésors se cachaient, et avait demandé à venir avec un ami. Gooch prépara un choix de livres extraordinaires qu'elle sortit de leur présentoir en Plexiglas. Rapidement, l'ami du visiteur arriva, coiffé d'un chapeau et portant lunettes de soleil et écharpe, qui venaient couvrir son visage. Gooch trouvait ces deux-là suspects, mais ne s'attendait certainement pas à ce qui suivit. Lorsqu'elle se retourna pour ouvrir l'un des tiroirs, ils la paralysèrent avec un pistolet à impulsion électrique avant de la ligoter et de s'enfuir avec plusieurs raretés dont *De l'origine des espèces* et des croquis de Jean-Jacques Audubon. « Je suis restée étendue au sol, sans défense, pendant qu'ils prenaient la fuite. » Quelques jours plus tard, les deux jeunes se présentèrent aux enchères de Christie's avec leur butin d'une valeur de 750 000 dollars et une histoire improbable qui éveilla les soupçons. Ils furent arrêtés avec deux autres personnes qui avaient planifié l'opération. Ils écopèrent tous d'une peine de prison. Interview de B. J. Gooch. Cambridge :

« Biblioklepts », *Harvard Magazine*, mai 1997.

6. Interview de John Windle par l'auteure.

1
Comme un papillon autour de la flamme

1. Du latin *incunabula* qui signifie « berceau », et désigne des livres remontant aux prémices de l'imprimerie, entre 1450 et 1500 environ. John Carter, *ABC Book Collectors*, 5e éd., New York, Alfred A. Knopf, 1973, p. 118.

2. Cité dans Nicholas A. Basbanes, *Among the Gently Mad*, p. 81.

3. Cité dans *ibid.*, p. 72.

4. Batts, M. S., « The 18th-Century Concept of the Rare Book », *The Book Collector*, vol. 24, automne 1975, p. 383.

5. *Ibid.*

6. Les lecteurs qui chercheraient à en savoir plus sur ces questions peuvent s'inscrire dans l'une des nombreuses écoles consacrées au livre rare dans le monde. La plus ancienne et la plus célèbre est hébergée par l'université de Virginie, et offre des cours pour adultes sur des sujets aussi variés qui les livres rares et anciens, les manuscrits et les fonds spécifiques. (On en trouve d'autres en Angleterre, en Nouvelle-Zélande et en Californie.)

7. Depuis la mort d'Updike en 2009, l'intérêt pour son œuvre, et donc la valeur de ses livres, s'est accru, comme c'est presque toujours le cas chaque fois qu'un écrivain célèbre décède.

8. Interview de Ken Sanders par l'auteure.

9. Nicholas A. Basbanes, *A Gentle Madness*, p. xix.

10. *Ibid.*, p. 59.

11. *Ibid.*, p. 62.

12. *Ibid.*, p. 25.

13. Frognall Dibdin, *The Bibliomania or Book Madness*, Tiger of the Stripe, 2004, p. 15. Dibdin fait remarquer plus loin qu'à son époque, au début du XIXe siècle, les collectionneurs se passionnaient pour : 1) des livres grand format ; 2) des exemplaires non coupés ; 3) des livres illustrés ; 4) des exemplaires uniques ; 5) des exemplaires imprimés sur papier vélin ; 6) les premières éditions ; 7) les hapax ; 8) de manière générale tout ce qui était en écriture gothique.

14. Rita Reif, « Auctions », *New York Times*, daté du 1er avril 1998.

15. Basbanes, *A Gentle Madness*, *op. cit.*, p. 29.

2
Demi-vérités

1. L'un des meilleurs livres parus récemment sur les collectionneurs est *Collection of Nothing* de William Davies King (University of Chicago Press, 2008).

2. L'université UC Santa Cruz m'a bien confirmé que Gilkey a eu son diplôme.

3
Richie Rich

1. Interview de Celia Sack par l'auteure.

2. Le Dr Alfred Kinsey, le célèbre sexologue, et aussi collectionneur, a écrit : « La plupart d'entre nous aiment collectionner des objets. [...] Si votre collection est la plus vaste du monde, cela vous rendra heureux. Cela prouve votre capacité d'accomplissement, l'ordre dont vous êtes, la manière dont vous présentez vos spécimens, et l'autorité que vous avez sur la question », in *An Introduction to Biology*, cité dans le livre de Geoff Nicholson, *Sex Collectors*, Simon & Schuster, 2006, p. 236-237.

Cité dans le livre de Janine Burke, *The Sphinx on the Table*, Walker, 2006, p. 290. Burke cite Max Schur, *Freud, Living and Dying, Hogarth Press and the Institute of Psychoanalysis*, 1972, p. 247.

3. Cité dans le livre de Burke, *The Sphinx on the Table*, *op. cit.*, p. 7. Burke cite Jeffrey Moussaieff Masson, *The Complete Letters of Sigmund Freud to Wilhlem Fliess, 1887-1904*, Harvard University Press, 1985, p. 398.

4. Rick Gekoski, *Nabokov's Butterfly*, Carrol and Graf, 2004, p. 12.

4
Une mine d'or

1. Interview de Ken Sanders par l'auteure.

2. E-mail de Susan Benne adressé à l'auteure.

3. Patricia Hampl, *Blue Arabesque: A Search fot the Sublime*, Harcourt, 2006, p. 52.

4. *Bibliomania: A Documentary Film of the 34th California International Antiquarian Book Fair*, réalisé et monté par Paul Ryall, 2003.

5. Eugene Field, *The Love Affairs of a Bibliomaniac*, Charles Scribner's Son, 1896, p. 97-98.

6
Bonne année

1. Interview de Ken Sanders par l'auteure.

2. James Thorpe, *Henry Edwards Huntington: A Biography*, University of California Press, 1994.

3. www.huntington.org

4. Barbara Pitschel, conservatrice de la bibliothèque du Jardin botanique de San Francisco. E-mail adressé à l'auteure.

5. Pour un compte rendu détaillé des mutilations faites aux livres, se référer au travail de Fernando Baez, *A Universal History of the Destruction of Books*, Atlas, 2008.

6. Basbanes, *A Gentle Madness*, *op. cit.*, p. 42-43.

7
Le trio de Ken

1. Cité dans *ibid.*, p. 20.

2. Interview de Tony Garcia par l'auteure.

8
L'île au trésor

1. Interview de Ken Sanders par l'auteure.

2. Interview d'Arnold Herr par l'auteure.

3. Interview de Kenneth Munson par l'auteure.

4. *Ibid.*

10
Ne rien lâcher

1. Interview d'Andrew Clark par l'auteure.

2. Interview d'Alan Beatts par l'auteure.

3. Interview de Bob Gavora par l'auteure.

4. Interview de Sebastiaan Hesselink par l'auteure. Et Travis McDade, *The Book Thief*, Praeger, 2006.

5. Nicholas A. Basbanes, *A Splendor of Letters*, Harper Perennial, 2004, p. 15.

6. Robert Vosper, « A Pair of Bibliomanes for Kansas: Ralph Ellis et Thomas Jefferson Fitzpatrick », *The Papers of the Bibliographical Society of America*, vol. 55 (3e trimestre, 1961).

7. Wilmarth Sheldon Lewis écrivit ces mots pour un discours qui ne fut jamais prononcé. Cité dans Basbanes, *A Gentle Madness*, *op. cit.*, p. 23.

8. P. Alessandra Maccioni Ruju et Marco Mostert, *The Life and Times of Guglielmo Libri*, Verloren, 1995.

11
Cette conversation peut être enregistrée ou contrôlée

1. Lawrence Sidney Thompson, « Notes on Bibliokleptomania », *Bulletin of The New York Public Library*, septembre 1944 ; et Basbanes, *A Gentle Madness*, *op. cit.*

13
Regardez un peu : encore des livres !

1. Newsletter de l'American Library Association du 12 décembre 2003.

14
La marche du diable

1. Marcello Simonetta (éd.), *Federico da Montefeltro and His Library*, Y. Press and Biblioteca Apostolica Vaticana, 2007.

2. Jonathan J. G. Alexander, « Perfection of Illustration and Ornament » in *ibid.*, p. 17.

3. Selon Freud, le collectionneur a souvent « un esprit curieux, un penchant pour le secret » et « une tendance à la rationalisation ». Cité dans Burke, *The Sphinx on the Table*, *op. cit.*, p. 196. Burke cite Patrick Mauries, *Cabinets of Curiosities*, Thames & Hudson, 2002, p. 182.

4. Baez, *A Universal History of the Destruction of Books*, *op. cit.*

Cet ouvrage a été composé et mis en page
par PCA, 44400 Rezé

Imprimé en France par CPI
en décembre 2019
N° d'impression : 3036608

S29862/01